Valerie Wilson Wesley

Der Exlover

Ein Fall für Tamara Hayle

ROMAN

Aus dem Amerikanischen von
Gertraude Krueger

Diogenes

Die Originalausgabe erschien 1995 bei
G. P. Putnam's Sons, New York,
unter dem Titel ›Devil's Gonna Get Him‹

Covermotiv: Gemälde von Bruno Vekemans

www.diogenes.ch
40/22/852/1
ISBN 978 3 257 30088 8

Für meinen Vater,
Bertram W. Wilson, der allen,
die schreiben,
mit Achtung begegnet

Devil's gonna get you
Devil's gonna get you
Devil's gonna get you
The way you carryin' on.
Porter Grainger

I

»Sie sind also Tamara Hayle«, sagte der große, hagere Mann, der, ohne anzuklopfen, in mein Büro spaziert kam. »DeLorca sagt, einen besseren Privatdetektiv gibt es in ganz Essex County nicht. Ich arbeite immer nur mit den Besten.« Er hatte eine makellos dunkle Haut, dichtes silbergraues Haar und war mit seinem marineblauen Nadelstreifenanzug und den schwarzen Halbschuhen wie ein Banker gekleidet. Seine Augen aber waren leblos wie bei einem Straßengangster. Killeraugen, dachte ich bei mir, obwohl ich wusste, dass das nicht stimmte.

Lincoln E. Storey war in Newark eine lebende Legende, und ich fragte mich, warum die Fotos, die ständig im *Black Enterprise* und auf den Wirtschaftsseiten von *The Star-Ledger* erschienen, nie das räuberische Glitzern in seinen Augen zeigten. Außerdem fragte ich mich, warum DeLorca, Polizeichef von Belvington Heights und mein mürrischer Exboss, mich so überschwänglich empfohlen hatte.

»Ja, ich bin Tamara Hayle. Bitte, nehmen Sie doch Platz«, sagte ich und streckte ihm die Hand entgegen. Er bedachte mein Angebot mit einem schnellen Blick, nahm es jedoch nicht an. Ich griff nach seinem Mantel, einem taubengrauen Kaschmirmodell, das sich nerzweich in die

Hand schmiegte, und hängte ihn an den wackeligen Kleiderständer in einem dunklen Winkel meines Büros.

»Sie wissen sicher, wer ich bin.« Er reckte arrogant das Kinn vor.

»Weiß das nicht jeder hier im Staate New Jersey?« Ich fand meinen kriecherischen Ton entsetzlich, konnte ihn aber nicht mehr zurücknehmen. »Was kann ich für Sie tun, Mr. Storey?« Ich bemühte mich redlich, nicht allzu beflissen zu erscheinen.

»Dazu komme ich noch«, raunzte er und gab mir so zu verstehen, dass er gewohnt war, die Gangart selbst zu bestimmen und seinen Willen durchzusetzen. Sein Ton verblüffte mich, doch ich schenkte ihm ein zuckersüßes Lächeln und beschloss auf der Stelle, mich lieber dem Ruf meines Geldbeutels als meinem Stolz zu beugen.

Auch wenn es angeblich keinen besseren Privatdetektiv in ganz Essex County gab, war ich total pleite. Wer einen Jetta Diesel Baujahr 1982 sein Eigen nennt, der ein neues Getriebe braucht, und ein Großmaul von einem halbwüchsigen Sohn durchfüttern muss, der wäre schön dumm, wenn er nicht nett zu dem größten Klienten wäre, der dieses schäbige kleine Büro je beehrt hat.

In Newark war alles in Frühlingsstimmung, nur ich nicht. Im Weequahic Park und Branch Brook Park blühten die Kirschbäume, alle Leute hatten den eisigen Wind und den strengsten Winter seit fünfzehn Jahren gründlich satt und gingen raus in die Sonne. Meine beste Freundin Annie hatte sich verliebt – und zwar wieder mal in den Mann, mit dem sie seit zehn Jahren verheiratet war. Mein Sohn Jamal hatte nach dem schlimmsten Jahr seines jungen Lebens den Kummer erstickt und sich mit aller Macht in die Entdeckung des anderen Geschlechts gestürzt. Und Wyvetta Green, die Besitzerin des Schönheitssalons Jan's Beauty Biscuit im Erdgeschoss, die mich mit ihrem sanften Wesen und ihrer scharfen Zunge nie im Stich ließ, hatte sich die Haare lüstern-blond gefärbt und plante einen einwöchigen Urlaub auf Jamaika mit Earl, ihrem Freund mit den Goldzähnen. Ich aber hatte Frühlingsgefühle und Ebbe in der Kasse, und etwas Schlimmeres konnte ich mir für diese Jahreszeit gar nicht vorstellen, die bislang stets meine beste Saison gewesen war. Das Jahr ließ sich nicht gut an. Ich hatte am Schreibtisch gesessen und mein trauriges Los beklagt, als Lincoln E. Storey zur Tür hereinspaziert kam. Da wollte ich ihn nicht so einfach wieder ziehen lassen.

»Darf ich Ihnen etwas zu trinken anbieten, Mr. Storey?« fragte ich. »Eine Tasse Tee?«

»Ich trinke keinen Tee.«

»Wie wärs mit Kaffee?«

»Frisch gebrüht?«

»Tut mir leid, ich habe keine Kanne. Geht auch Pulverkaffee?« Ich mag keinen Pulverkaffee, habe aber aus Höflichkeit welchen im Büro.

»Diese Brühe trink ich nicht.«

Das mit der »Brühe« brachte mich aus dem Konzept, doch ich unterdrückte das Verlangen, ihm zu sagen, er könne mich mal sonst wo lecken. Stattdessen sah ich zu, wie er die langen Beine übereinanderschlug und zu meinem Leidwesen den gebrauchten Computer zwischen uns in Augenschein nahm, die das Sonnenlicht trübende Schmutzschicht auf der Fensterscheibe und den braunen

Soßenfleck, der sich auf meine Bluse geschlichen hatte, als ich mit Wyvetta Foo-Yong-Eier zu Mittag aß. Dabei fiel mir ein, wann und wo ich ihm zum ersten Mal begegnet war.

Damals war ich zwölf, eins von vielleicht dreihundert gelangweilten Kindern, die am Black Heroes Day zu seinen Ehren in der Aula unserer Junior High School versammelt waren. Lincoln E. Storey, ein Sohn dieser Stadt, der es zu etwas gebracht hatte. Auf den schäbigen Straßen der übelsten Gegend von Newark aufgewachsen, machte er jetzt als einer der ersten schwarzen Investmentbanker an der Wall Street Geld wie Heu. Er war, wie der Direktor uns in einer blumigen Einführung berichtete, ein junger Mann, der fleißig gelernt, stets seine Pflicht getan und seine Träume wahr gemacht hatte.

Das war Ende der Sechzigerjahre, einer Zeit der Träume wie der Albträume. Die Flammen des Aufstands von 1967 hatten ihr Brandmal auf der Seele der Stadt hinterlassen. Alles wartete auf einen Helden, und da kam Storey wie gerufen. Er war damals Mitte zwanzig; für die Schüler von der Junior High School war das alt. Groß und streng hatte er dagestanden in seinem anthrazit grauen Anzug und uns vom Markt erzählt und wie er ihn beherrschen gelernt hatte, und wenn wir schön fleißig wären, könnten wir das auch schaffen. Das mit dem Markt verstanden wir nicht, aber wir verstanden durchaus, was es heißt, reich zu sein, und was das ehrerbietige Gebaren unseres Direktors und der Lehrer zu bedeuten hatte, die sich um ihn scharten wie die Hennen um einen jungen Hahn.

Doch als ich abends meinem Vater von Storey erzählte, hatten sich seine Augen verdüstert.

»An Lincoln, den Sohn von Seafus Storey, kann ich mich gut erinnern«, sagte er. »In dem heruntergekommenen alten Mietshaus da drüben am Irvine Turner Boulevard hat er gewohnt, nicht weit von der Avon Avenue – da hieß der Turner Boulevard noch Belmont, das war damals, bevor die schwarze Schickeria ins Rathaus einzog. Wenn sein Daddy seinen Koller hatte, dann hat er den Kleinen die ganze Avenue rauf und runter geprügelt. Ich hab mich immer gefragt, was wohl aus ihm geworden ist.«

Der Ausdruck in den Augen meines Vaters fiel mir ein, als ich Storey jetzt beobachtete und überlegte, wie alt er wohl gewesen war, als sich der grausame Zug so tief wie Falten um seinen Mund kerbte.

»Wie lange sind Sie schon im Geschäft?« Storeys Frage riss mich aus meinen Erinnerungen.

»Fünf Jahre, bald sechs.«

»Sie haben eine Zulassung für den Staat New Jersey?«

»Natürlich.«

»Was für Fälle bearbeiten Sie?«

»Alles, was so anfällt. Verschwundene und vermisste Personen. Ab und zu nimmt die Pflichtverteidigung meine Hilfe bei Mord und Diebstahl in Anspruch. Versicherungsbetrug.«

»Und Ihr Honorar?«

»Kommt auf den Fall an, dazu sämtliche Spesen.«

»Und Sie sind Ihr Geld wert?«

»So sagt man.«

»Finden Sie diese Tätigkeit schwierig für eine Frau, eine schwarze Frau?«

»Nicht schwieriger als bei der Polizei.«

»Soviel ich weiß, haben Sie früher bei DeLorca gearbeitet.«

»Bis vor sechs Jahren.«

»Warum haben Sie dort aufgehört?«

»Ich hatte die Nase voll«, sagte ich und überlegte, was DeLorca ihm alles über mich erzählt haben mochte.

»Die Nase voll von ...«

»Davon, mich von meinen eigenen Brüdern in Uniform im Dienst tagtäglich als Nigger beschimpfen zu lassen.« Die alte Wut wallte wieder in mir auf und verlieh meinen Worten eine gewisse Schärfe. Storey gab ein kehliges Lachen von sich, und als unsere Blicke sich trafen, wusste ich, dass er nicht vergessen hatte, wo er herkam. »Wie ich höre, wohnen Sie in Belvington Heights?« Ich kannte die Antwort bereits und hatte nur keine Lust, noch mehr Fragen gestellt zu bekommen.

»Sie sind hier in der Gegend aufgewachsen?« Mit dieser Gegenfrage wechselte er das Thema. Seine schlanke Hand wies mit einer eleganten Bewegung zum Fenster hin und bedeutete mir, dass »hier in der Gegend« East Orange, Newark und Umgebung hieß.

»East Orange. Newark. Im selben Viertel wie Sie.«

In seinen Augen blitzte etwas auf, das ich nicht interpretieren konnte, und war gleich darauf wieder verschwunden.

»Diskretion ist für mich Gold wert«, sagte er unvermittelt.

»Ich kann sehr wohl den Mund halten.«

»Übernehmen Sie auch Beschattungen?«

»Ich habe Erfahrung damit.«

»Tun Sie das gern?«

»Kommt darauf an.«

»Worauf?«

»Auf die zu beschattende Person und wohin sie mich führt.«

Er lächelte hintergründig, ein Lächeln, das mir nichts verriet. »Ich brauche ... Informationen über jemanden.« Er hielt inne. »Ich muss jeden Scheißdreck wissen, der sich über diesen gottverdammmten Hurenbock in Erfahrung bringen lässt. Verstehen Sie mich?«

Die Wortwahl machte mir nichts aus. Ich habe schon oft Männer fluchen hören; mein verstorbener Bruder Johnny war das schlimmste Lästermaul, das mir je begegnet ist. Doch wie Storeys Gesicht sich beim Sprechen verzerrte, wie er jede Selbstbeherrschung verlor, wie seine Unterlippe zitterte und seine Augen schmal wurden, das war geradezu schauerlich. Wer dieser »gottverdammte Hurenbock« auch sein mochte, bei Storey hatte er es ein für alle Mal verschissen.

»Handelt es sich um einen Ihrer Mitarbeiter?«, versuchte ich in neutralem und absichtlich kühlem Ton der Hitzigkeit entgegenzutreten, die ich bei ihm spürte.

Storey grinste. »So könnte man es wohl ausdrücken, je nachdem, was man unter einem ›Mitarbeiter‹ versteht.«

Er wollte nicht mit der Sprache herausrücken, und ich fragte mich, was diese Geheimniskrämerei sollte.

»Ich nehme an, es handelt sich um jemanden, der Ihr Vertrauen missbraucht hat?« Das lag wohl auf der Hand.

»Ich will wissen, wo er schläft und wen er vögelt«, antwortete er ohne Umschweife.

»Schläft er mit jemandem, den Sie kennen?«, fragte ich

treuherzig. Mein teilnahmsvoller, schwesterlich-sanfter Ton bekundete die Bereitschaft, mir den Kummer eines Brothers anzuhören. *Ist es jemand, mit dem Sie schlafen?* Die Frage verkniff ich mir.

Er richtete sich gerade auf, nahm die Beine auseinander, faltete die Hände. »Meine Stieftochter«, sagte er nach einer Weile. »Ich vermute, sie schlafen miteinander. Meine Stieftochter Alexa hat sich mit diesem Menschen, diesem Subjekt eingelassen. Ich traue ihm nicht über den Weg. Ich habe den Verdacht, dass ihm mehr an meinem Geld liegt als an meiner Stieftochter, und ich will so viel wie möglich über ihn herausfinden.«

»Wie heißt er denn?«

»Brandon Pike.«

»Brandon Pike.« Ich sagte den Namen einmal leise vor mich hin, als hätte ich ihn noch nie gehört, dabei traf er mich wie ein schneller, harter Schlag in die Magengrube – Nein, unter die Gürtellinie, denn da hatte Brandon Pike mich verletzt, als ich ihn kannte und liebte: in meiner Weiblichkeit, an meiner empfindlichsten Stelle.

Lincoln Storey musterte mein Gesicht und registrierte die Veränderung, die dort vorgegangen sein musste.

»Sie kennen ihn offenbar?« Er beobachtete, wie ich die Augen niederschlug. Ich zwang mich, wieder aufzuschauen und ihm ins Gesicht zu sehen.

»Das ist Jahre her … nicht besonders gut.«

Anscheinend nahm Storey mir das ab. »Er ist jetzt ungefähr ein Jahr mit Alexa zusammen. Sie ist dreiundzwanzig. Hat oben im Staat New York das College geschmissen. Vassar. Wollte ›zu sich selbst finden‹. Er ist – wie alt würden Sie sagen? Anfang dreißig? Er hat sich in ihr Leben gedrängt. Ist hinter meinem Geld her, das sieht doch ein Blinder mit dem Krückstock. Sie hat ihm nichts zu bieten. Er ist genau der Typ dafür. Meine Frau Daphne und ich machen uns große Sorgen.« Er guckte, ob mein Gesicht irgendeine Reaktion verriet, und sprach dann weiter. »Wenn ich etwas gegen ihn in der Hand habe, kann ich sie damit konfrontieren. Es ist sonnenklar, dass sie ihm nichts zu bieten hat.«

Was bietet er ihr?, fragte ich mich, denn es war Brandons besondere Begabung gewesen, dass er Frauen das bieten konnte, was sie zu brauchen meinten.

Nach unserer »Affäre« hatte ich jahrelang versucht, aus ihm schlau zu werden. Und am Ende wusste ich nur, dass ich aus dem Witz einer Ehe mit meinem Exgatten DeWayne Curtis hocherhobenen Hauptes herausgekommen war – und dann hatte Brandon Pike mich so geduckt, wie ich mir das nie wieder von einem Mann gefallen lassen würde.

»Ich möchte, dass Sie ihn beschatten. Finden Sie über ihn heraus, was Sie nur können. Stellen Sie fest, was er so treibt. Erstatten Sie mir Bericht«, fuhr Storey fort.

Ich überlegte kurz, ob es sich wirklich mit meinem Berufsethos vereinbaren ließ, wenn ich mich in Brandons Angelegenheiten einmischte. War es recht, meine beruflichen Fähigkeiten zu benutzen, um mit jemandem abzurechnen, der mir unrecht getan hatte? Ein Privatdetektiv soll objektiv und distanziert sein. Kühl und unbeteiligt. Ich fragte mich, ob ich das könnte, wenn es um Brandon Pike ging. Aber es war jetzt drei Jahre her, seit er mich verlassen hatte – und ich mir den Kopf zerbrach, was ich wohl falsch gemacht und ob ich irgendwie versagt hatte. Er hatte damals alle Beziehungen abgebrochen. Beruflich. Persönlich. Endgültig.

Moral beiseite, ich brauchte das Geld. Und im Grund hatte der Schweinehund es nicht anders verdient.

»Was können Sie mir im Moment über ihn berichten? Ich brauche ein neueres Foto, die gegenwärtige Privatadresse, die Arbeitsstelle.« Ich verdrängte das Persönliche und verfiel wieder in meinen professionellen Ton.

Storey sah mich verständnislos an.

»Ich weiß, dass er vor ein paar Jahren einen Preis für *Slangin' Rock* bekommen hat, seinen Dokumentarfilm über Kinder, die mit Kokain dealen. Verdient er inzwischen Geld? Macht er noch Dokumentarfilme?«

»Ich dachte, Sie kennen ihn nicht besonders gut.«

»Ich habe ihn etwa fünf Jahre lang nicht gesehen«, sagte ich und sah Storey direkt ins Gesicht. *Drei Jahre.*

»Haben Sie ein neueres Foto?«, fragte ich noch einmal. Vielleicht hatte er sich in den drei Jahren ja wirklich verändert.

»Warum sollte ich ein Foto von Brandon Pike mit mir herumtragen, Herrgott noch mal?«

»Warum kommen Sie in mein Büro und wollen, dass ich jemanden für Sie beschatte, und haben kein Bild von ihm dabei, Herrgott noch mal?«, raunzte ich ihn meinerseits an. Ich hatte blitzschnell beschlossen, dass ich Lincoln Storeys Geld vielleicht doch nicht brauchte, jedenfalls nicht so dringend, um mir seine Unverschämtheiten gefallen zu lassen. Nicht so dringend, um womöglich alte Erinnerungen an Brandon Pike aufzurühren.

Storey schenkte mir ein Lächeln, das er wahrscheinlich für charmant hielt. »Ich mag feurige Frauen«, sagte er.

»Mr. Storey, verschwenden Sie nicht meine Zeit.« Auf einmal hing er mir zum Hals heraus wie sonst wer.

»Nein. Um Ihre Frage zu beantworten, ich habe kein Foto. Und ich kann Ihnen nicht viel über ihn erzählen, weil ich nichts weiß, sonst würde ich Sie ja nicht engagieren. Aber ich gebe heute Abend eine Veranstaltung, deren Erlös Stella Pharr zugute kommt. Stella Pharr.«

»Heute Abend?«

»Ja, für Stella Pharr«, sagte er und wiederholte damit den Namen zum dritten Mal.

»Stella Pharr?«, fragte ich. Ich hatte den Namen schon einmal gehört, konnte ihn aber nicht unterbringen. Storey weidete sich jedenfalls an seinem Klang.

»Ja. Die Stellvertretende Staatsanwältin. Sie kandidiert für einen Sitz im Parlament des Staates New Jersey. Alexa, meine Frau Daphne, Pike – alle kommen da hin. Im Tate's. Sie wissen ja, das Tate's war früher an der West Market Street, jetzt ist es an der Fullbright in Belvington Heights.«

»Ja, ich kenne es.« Sofort sah ich Jackson Tates altvertrautes Koboldgesicht vor mir. Als es mit Newark wieder aufwärtsging, galt das Tate's als der heißeste Tipp unter den neuen Restaurants. Die ganze Stadt war empört und aufgebracht, als Tate nach Belvington Heights zog, wo man ein neues Schickeriarestaurant so wenig brauchte wie noch einen Lexus-Händler. Mein Freund Jake liebt Newark mehr als jeder andere, und er war besonders sauer, obwohl er während seines Jurastudiums zeitweilig selbst als Kellner bei Tate gearbeitet hatte und seinen Apfelkuchen genauso gern mochte wie ich. Seit der Eröffnung des neuen Lokals hatte er nicht mehr dort gegessen.

Jackson Tate war mit meinem Vater zusammen in der Howard Street groß geworden, einer Straße mit Kopfsteinpflaster und Reihenhäusern, die damals zu den trostlosesten der ganzen Stadt gehörte. Das ist jetzt alles verschwunden, mitsamt der Hoffnungslosigkeit, die dort regierte. Ich dachte an die Geburtstagstorten zurück, die Tate für mich gebacken hatte, an seine Brötchen – »leichte Lüftchen« hatte mein Daddy immer dazu gesagt –, und ich dachte daran, wie Tate immer von einem eigenen Restaurant geträumt hatte: ein Jugendtraum, der auf seine alten Tage in Erfüllung gegangen war. Doch seit dem Umzug nach Belvington Heights war ich nur ein einziges Mal im Tate's gewesen; die Preise dort gingen entschieden über meine Verhältnisse.

»Was kosten die Karten?« Ich war mir nicht sicher, ob ich das Eintrittsgeld aufbringen konnte.

»Zweihundertfünfzig Dollar pro Kopf, aber Sie brauchen nicht zu zahlen«, sagte Storey, als könne er meine Gedanken lesen. »Wenn Sie wollen, können Sie jemanden mitbringen. Ich sag Tate, dass er es auf meine Rechnung setzt. Der Mann gehört mir sowieso.«

»Tate gehört Ihnen?«, fragte ich, ohne die erstaunte Empörung in meiner Stimme zu verbergen.

Doch Storey überhörte das anscheinend. Er zog eine elfenbeinfarbene Karte mit seinem Namen und seiner Adresse aus der Jackentasche, dann holte er ein Scheckbuch hervor und schrieb einen Scheck aus. Ich warf einen flüchtigen Blick auf die Karte und steckte sie dann mitsamt dem Scheck in das für Kreditkarten bestimmte Fach meiner abgenutzten grauen Brieftasche; mir blieb das Herz stehen, als ich die Eins und die drei verschnörkelten Nullen sah, die er da mit einem Federstrich seines Montblanc-Füllers hingesetzt hatte.

»Ich will auf keinen Fall, dass meine Frau und meine Stieftochter etwas von der Sache erfahren.« Er hielt kurz inne. »Aus naheliegenden Gründen.«

»Naheliegenden Gründen?« Das mit der Stieftochter konnte ich verstehen, das mit seiner Frau hingegen nicht.

»Je weniger Alexa weiß, desto weniger kann sie Pike erzählen, das ist doch klar. Und Daphne will ich nicht beunruhigen. Sie hat auch so schon genug um die Ohren.« Er wich meinem Blick aus. Ich fragte mich, ob er log. Doch selbst wenn, beschloss ich, ging es mich nichts an.

»Okay. Wie gesagt, ich kann durchaus den Mund halten.«

»Seien Sie vor neun im Tate's. Da ist wahrscheinlich noch nicht viel los, und Sie können uns leicht finden. Lassen Sie Pike nicht aus den Augen. Beobachten Sie, mit wem er spricht, was er tut. Ich sehe Sie dann heute Abend?«, fragte er plötzlich unruhig.

Ich warf einen Blick auf die Uhr. Es war jetzt halb fünf, aber die Bank hatte heute länger offen, also würde ich es wahrscheinlich noch schaffen, dort vorbeizugehen und den Scheck einzureichen und dann bei Pizza Hut eine Pizza für Jamal zu holen, bevor er mir den Kühlschrank ausräumte. Außerdem wollte ich Annie anrufen und schauen, ob sie sich mal für einen Abend von William losreißen konnte, um sich im Tate's zu vergnügen. Wahrscheinlich schon. Für gutes Essen hatte sie fast ebenso viel übrig wie für ihren Göttergatten, und im Tate's aß man immer noch mit am besten in ganz Essex County.

»Das passt mir ausgezeichnet«, sagte ich mit meinem liebreizenden professionellen Lächeln. Doch zwei kleine Fragen gingen mir weiter im Kopf herum: Wieso hatte Storey ein Anrecht auf Tate, und wollte ich *wirklich* wissen, mit wem Brandon schlief? Ich ließ das aber erst mal auf sich beruhen. Storeys Scheck brannte mir schon in der Tasche.

»Danke, Mr. Storey«, sagte ich.

»Ich glaube, wir kommen miteinander ins Geschäft, Ms. Hayle.«

Als er seinen Mantel vom Haken nahm und sich zum Gehen wandte, klopfte es plötzlich heftig an die Tür.

»Bist du da, Tamara?« Das war Wyvetta, die an dem Türknopf rüttelte. »Ich hab noch ein paar Frühlingsrollen von heute Mittag übrig, wenn du sie für Jamal mitnehmen willst.«

»Wyvetta, ich hab Besuch. Einen Klienten!«, sagte ich bestimmt, doch nicht rasch genug, um sie abzuwimmeln. Strahlend und mit einer fettigen Tüte von Golden Dragon in der Hand platzte Wyvetta herein.

»Oh, Mädchen, tut mir leid ...«, sagte sie, sobald sie Lincoln Storey erspähte, doch zugleich war das Lächeln blitzschnell aus ihrem Gesicht verschwunden.

Mit einem Blick, der selbst die Hölle in einen Eispalast verwandelt hätte, wich Storey vor uns beiden zurück, schaute unruhig von Wyvetta zu mir und wieder zu Wyvetta zurück. »Wenn Sie mich bitte entschuldigen, meine Damen«, stotterte er, warf sich den taubengrauen Mantel über die Schulter und stieß mich in seinem hastigen Bemühen, zur Tür herauszukommen, beinahe um.

»Wyvetta, kennst du …«

»Yeah, ich kenne ihn«, fiel sie mir mit einem verächtlichen Blick ins Wort. »Ich kenne ihn besser, als er denkt.« Wie ein Straßenmädchen spuckte sie zweimal hinter ihm her, und der Speichel zog eine dünne, hässliche Spur in dem Korridor, durch den Storey gerade verschwunden war.

2

Was zum Teufel sollte das denn?«, fragte ich Wyvetta, sobald Lincoln Storey die Treppe hinunter war. Sie zog einen Flunsch wie ein kleines Kind, wich meinem Blick aus und starrte auf die Wand hinter mir. »So geht das nicht, Wyvetta«, sagte ich. »Du kannst nicht einfach einem Mann wie Lincoln Storey hinterherspucken und einem dann nicht erklären, warum.«

»Kann ich schon, wenn es einen nichts angeht«, meinte sie ungerührt. Dabei runzelte sie die Stirn, und ihr schmales braunes Gesicht nahm einen finsteren Ausdruck an.

»Aber dem Mann hinterherzuspucken, Wyvetta. Ich weiß ja, dass er ein Ekel ist, aber dass du ihm *hinterherspuckst*.« Die Speichelspur da auf dem Korridorboden wirkte gemeiner, als wenn jemand ein paarmal hintereinander »Arschloch« geschrien oder ihm ins Gesicht geschlagen hätte, und mich hatte eindeutig die Neugier gepackt.

»Wenn du nicht Ultra Sheen Conditioner gegen deinen Spliss nimmst, lehne ich jede Verantwortung ab, wenn du nächstes Mal dein lahmes Hinterteil auf meinen Sessel setzt«, gab Wyvetta schließlich zurück, was mir unmissverständlich klarmachte, dass ich meine Nase gefälligst nicht in ihre Angelegenheiten zu stecken hatte. Ich gab mich mit einem Lächeln geschlagen und drang nicht weiter in sie.

Mit Wyvetta verbindet mich nicht so eine unerschütterliche Freundschaft, wo man sich Wahrheiten an den Kopf werfen und doch miteinander Pferde stehlen kann, wie mit Annie und ein paar anderen Sisters, die mit mir durch dick und dünn gegangen sind. Wir haben ein gutnachbarliches Verhältnis, essen zusammen zu Mittag oder gehen etwas trinken, wenn uns danach ist, und teilen uns außerdem einen Briefkasten. Das wenige, was ich über sie weiß, hat sie mir in beiläufigen Frotzeleien oder vertraulichen Momenten erzählt und wohl gedacht, ich hätte es schon nach zehn Minuten wieder vergessen. Aber ich vergesse nicht so leicht etwas, das mir jemand erzählt. Ich weiß, dass sie ihren Schönheitssalon Jan's Beauty Biscuit nach ihrer Mutter Jan benannt hat, die gestorben ist, als Wyvetta eben achtzehn wurde. Meine eigene Mutter starb, als ich fünfzehn war, und dieser frühe Verlust war die erste Gemeinsamkeit, die wir zwischen uns entdeckten, auch wenn er uns nicht das gleiche Erbe hinterlassen hat: Ihr gibt die Erinnerung an ihre Mutter Auftrieb, während mich das Andenken meiner Mutter verfolgt. Darüber hinaus ist das Beauty Biscuit ein Tribut an Wyvettas Lieblingsspeise. Die Gute ist ganz närrisch nach den Biscuits genannten weichen Brötchen – ob es nun die von Popeye und Kentucky Fried Chicken sind oder die Sorte, die man rasch mit einer Tasse Milch und etwas Bisquick zusammenrührt, oder Großmutters selbst gebackene, an denen man sich dumm und dämlich essen kann. Außerdem weiß ich, dass Wyvetta eine hart arbeitende Sister ist, die sich allen Widrigkeiten zum Trotz aus eigenen Kräften hochgerappelt hat, eine Frau, die erst dann um etwas bittet, wenn ihr das Wasser bis zum Hals steht.

Ihr Vater war ein gutmütiger Versager, der so schlau war, die Lebensversicherung seiner verstorbenen Frau auf ein Sparkonto zu legen, doch andererseits so dämlich, dass er ein Jahr nach ihrem Tod im Gefängnis von Rahway landete, weil er bei einer Kneipenstreiterei irgendeinen Trottel umgelegt hatte. Wyvetta hat das Versicherungsgeld bis zu ihrem zweiunddreißigsten Lebensjahr (das heißt, bis es nennenswerte Zinsen eingebracht hatte) nicht angerührt und es dann zur Finanzierung des Biscuit verwendet, das ihr nun schon rund acht Jahre lang gehört.

Wenn es sein muss, ist Wyvetta zäh wie altes Putenfleisch, aber sie kann auch butterweich sein, vor allem wenn es um ihre dreiundzwanzigjährige Schwester Tasha geht, die sie »die Kleine« nennt und großgezogen hat, nachdem die Eltern von der Bildfläche verschwunden sind. Tasha kränkelte viel, und Wyvetta, die sonst keine Angehörigen mehr hat, ließ es ihr nie an etwas fehlen; erst letztes Jahr hatte sie zum Teil das Geld dafür aufgebracht, dass Tasha sich mit einem eigenen Catering-Service selbstständig machen konnte.

Doch die vorzeitige Sorge für ein Kind ist nicht spurlos an Wyvetta vorübergegangen. Sie hat etwas Verdrossenes, Verhärmtes an sich, das sie hinter ihren flotten Sprüchen und ihrem frechen Mundwerk verbirgt. Ich meine immer, dass in ihren Frisuren – den Bienenkorbfrisuren à la Marge Simpson, den kurzen roten Zottelhaaren, die jeden zweiten Sommer ihren Kopf zieren, den strammen, wie Plastik wirkenden Locken mit Goldsträhnchen, die kurz vor Weihnachten zum Vorschein kommen, und jetzt diesem Blondhaar – schlicht und einfach die gute alte Albernheit durchbricht, die sie in ihrer Teenagerzeit nicht ausleben konnte, weil sie diese Jahre Tasha gewidmet hat. Von Tasha heißt es, dass sie ein ungebärdiges Wesen hat und hundsgemein werden kann, wenn man ihr in die Quere kommt.

Ich war wirklich neugierig wegen Wyvetta und Lincoln Storey und der unschönen Beziehung zwischen ihnen, die sie ausspucken – und ihn seinen Hut nehmen – ließ, doch ich hatte zu viel Achtung vor ihr, um noch heftiger in sie zu dringen, und ließ daher das Thema fallen. Als wir unten an der Treppe waren, ging ich in Gedanken hektisch durch, was ich noch alles zu erledigen hatte, bevor ich um acht im Tate's sein konnte.

Meine erste Station war die Bank, wo ich Storeys Scheck einreichte und mich vor Qualen krümmte, als mein betrüblicher Kontostand zweistellig auf dem ATM-Bildschirm flimmerte. Dann kam der Pizzaladen, wo offenbar ganz Essex County just in dem Moment auf die Idee gekommen war, sich etwas zu essen zu holen. Als ich zu Hause war, ging es auf halb sieben zu, und bis ich endlich geduscht und etwas mit meinen Haaren angestellt hatte, war es fast sieben.

Mein Sohn Jamal kam herein, als ich vor dem Spiegel letzte Hand anlegte – einen Hauch Rouge und uralten Lippenstift, den ich mit einem kaputten Lippenpinsel aus der Hülse kratzte.

»Hey, Ma, was ist denn hier los?«, fragte er. Er kaute auf einem Stück Pizza herum, lümmelte sich dabei mit seinen schlaksigen Teenagergliedmaßen auf mein Bett und konnte jeden Augenblick mein Kopfkissen mit Tomatensoße bekleckern. Er trug extraweit geschnittene Jeans, die ihm locker um das schmale Hinterteil schlabberten, und ein Sweatshirt, das für seine magere Gestalt viel zu groß und unförmig wirkte. Er hatte sich einen neuen »Look« von gewollter Schlampigkeit zugelegt – anscheinend ein Muss für Hip-Hop-Stars und Jungen im Teenageralter. Seine Timberland-Stiefel standen oben offen. (Ich hatte sie ihm voriges Jahr zum Geburtstag geschenkt und mehr Geld dafür ausgegeben als für mich selbst, als ich mir zu Annies Silvesterfete letztes Jahr ein Paar Schuhe leistete, die Annie »Nuttenstöckel« nennt.) Jamal hatte sich im Lauf der vergangenen Monate einen leicht verwegenen männlichen Teenagerstil angewöhnt, bei dem mir nicht ganz wohl war. Schwarze Männer kriegen die Bosheit anderer Leute voll ab, und ich lebte in ständiger Angst, dass irgendein Idiot meinen Sohn falsch einschätzen könnte, weil er eben mal wieder so einen Gangstertyp in den Sechsuhrnachrichten gesehen hatte. Doch mein guter Freund Jake, den ich immer häufiger um Erklärungen für Jamals Veränderungen auf dem Weg zur schwarzen Männlichkeit bitten muss, hat mir versichert, dieses abgebrühte Gehabe sei ein natürlicher Schritt auf dem Weg seiner Selbstfindung. Außerdem ist es nun mal so, dass auch ein Brooks-Brothers-Anzug und eine Coach-Aktentasche kein bisschen an Amerikas Werturteil über einen Brother ändert. In aller Regel wird ein schwarzer Mann von vornherein als Verbrecher angesehen, ganz egal, wie er sich kleidet, also konnte der Junge auch gleich so rumlaufen, wie er wollte.

»Gehst du aus?«, fragte Jamal zwischen zwei Bissen von seiner Pizza.

»Yeah.« Ich legte Rouge auf meine rechte Wange auf.

»Wohin denn?«

»Tate's.«

»Mit wem?«

»Geht dich nichts an.«

»Arbeitest wohl an einem Fall, hä?«, fragte Jamal mit hinterhältigem Grinsen. Er wusste genauso gut wie ich, wie trübe es mittlerweile um mein Sozialleben bestellt war. Wenn ich tatsächlich ein Rendezvous gehabt hätte, und noch dazu im Tate's, dann hätte er das schon vor Tagen zu hören bekommen. Ich beachtete ihn nicht.

»Keine Sorge, Ma«, witzelte er und gab mir einen raschen Kuss auf die Wange. »Das wird schon wieder, warts nur ab. Schau mich an. Noch vor einem halben Jahr – nichts als ein öder, trübseliger Schnarchkasper. Und jetzt« – er schaute sich über die Schulter im Spiegel an und warf seinem Spiegelbild eine Kusshand zu – »rufen die Weiber ständig hier an und laden mich ins Kino ein, prügeln sich um meine Telefonnummer, wollen in Mathe unbedingt neben mir sitzen. Guck mich an, Ma, der Schwarm aller Mädchen!«

»Der Schwarm aller Mädchen? Wer hat dir das erzählt?«

»Geht dich nichts an«, entgegnete er und grinste wie ein Schmierenkomödiant. Ich verdrehte die Augen, musste aber im Innern zugeben, dass er in den letzten Monaten wirklich hübsch geworden war. Und mit den Mädchen hatte er recht. Sie riefen ständig hier an, eine Entwicklung, die mir allmählich entschieden auf die Nerven ging.

»Trag die Nase nicht zu hoch, Jamal. Frauen mögen keine eitlen, selbstsüchtigen Männer, die zu sehr von sich eingenommen sind«, sagte ich, womit ich wohl eher meinem eigenen Männergeschmack Ausdruck gab als dem heranwachsender Mädchen.

»Ma, komm ich dir wirklich wie ein eitler, selbstsüchtiger, von sich eingenommener Laffe vor?«, fragte er rasch mit plötzlich weit aufgerissenen Augen. Ich staunte immer wieder, wie empfindlich Jamal war und wie leicht ein gedankenloser kritischer Blick oder Kommentar von mir – selbst wenn es ein Scherz sein sollte – sein Selbstbewusstsein erschüttern konnte.

»Nein, mein Junge. Nicht wie ein Laffe, bloß ein bisschen eitel.«

Er kam zu mir an die Kommode, schnüffelte und griff nach der Flasche Norell, die ich gerade abgestellt hatte, dann warf er einen Blick auf den Kleiderhaufen am Fußende meines Bettes.

»Wo ist denn das Billigzeug vom Body Shop hin, das du sonst immer nimmst? Für Brombeerduft bist du dir inzwischen wohl zu fein? Und apropos eitel, Ma« – er machte eine übertriebene Kopfbewegung zu dem über das Bett verstreuten Kleiderhaufen mit seiner bunten Vielfalt von Stoffen und Stilen hin –, »da hast du ja wirklich sämtliche Fummel herausgekramt, äh. Also, woran arbeitest du?«

»Du weißt doch, dass ich darüber nicht reden darf«, sagte ich mit einem Hauch von Wichtigtuerei.

»Klar, Ma. Aber pass auf, dass du nicht allzu gut aussiehst und riechst. Männer mögen keine eitlen, selbstsüchtigen Frauen, die zu sehr von sich eingenommen sind.« Er stand mit einem durchtriebenen Kichern auf und schlurfte, immer noch seine Pizza kauend, aus dem Zimmer.

»Und wasch gefälligst das Geschirr im Ausguss ab, wenn

du für die Chemiearbeit gelernt hast!«, rief ich, doch als ich mir den Kleiderhaufen ansah, der alles vom grauen Alltagskostüm bis hin zu einem hautengen roten Satinmodell umfasste, packte mich der Ekel vor mir selbst.

Alles nur wegen Brandon Pike?

Ich musterte mich noch einmal in dem großen Spiegel, den ich letzten Sommer aufgehängt hatte, und überlegte, ob das schwarze Seidenkostüm, für das ich mich endlich entschieden hatte, wirklich das Richtige war. Es war ein Kostüm für reiche Damen, befand ich, während ich mich im Spiegel betrachtete. Ein Kostüm für aufstrebende schwarze Frauen – elegant und unbestreitbar professionell. Solche Kleider trugen Frauen zu den Veranstaltungen, die ich einst mit Brandon Pike besucht hatte – bevor er mir den Laufpass gab. Solche Kleider sollten Frauen wie ich, die in den Sozialwohnungen der Central Ward aufgewachsen sind, deren Daddy in der Farbfabrik arbeitete und deren Mama putzen ging, eigentlich nicht besitzen. Ein Kostüm für die erwachsenen Töchter der Frauen, bei denen meine Mutter früher gearbeitet hat – die kleinen reichen schwarzen Mädchen, deren Mütter mir ihre abgelegten Kleider zukommen ließen. (Und um ehrlich zu sein, ich war immer froh über diese Sonntagsstaatskleider – es sei denn, ich bemerkte den Neid in den Augen meiner Freundinnen, wenn ich diese Sachen anhatte, und wusste, dass alles nur Schwindel war.)

Ich gehöre hier nicht hin.

Dieses Gefühl hatte ich immer gehabt, wenn ich mit Brandon auf so eine Party ging, Wohltätigkeitsveranstaltungen und gemütliche kleine Diners, um seine Gönner zu umgarnen.

Ich gehöre nicht zu den Leuten, die 250 Dollar pro Nase springen lassen können, bloß um zu sehen und gesehen zu werden. Den Leuten, die Brandons Dokumentarfilme finanzieren können.

»Es ist eine Kunst für Reiche. Guck sie dir doch an, die ganzen reichen Gören da auf der Filmakademie – nicht für fünf Cent Talent, aber Daddy schiebt die Kohle rüber, das macht mich echt fertig, Tamara«, hatte er mir eines Morgens erklärt. Ich hatte ihm gerade den Kaffee ans Bett gebracht (meinen guten Blue Mountain aus Jamaika), was ich mein Lebtag nie wieder für einen Mann tun werde.

»Und dabei knüpfst du die Verbindungen für deine Stipendien und Fördermittel und was du sonst noch an Geldern für deine Filme brauchst?«, hatte ich zuckersüß gefragt. »Diese Hundertfünfzig-Dollar-Partys und wo du mich sonst noch alles hinschleppst?« Hier hatte ich am Satzende gekichert wie ein kleines Mädchen. (Man sollte meinen, nach DeWayne Curtis, diesem Nichtsnutz von meinem ersten Mann, hätte ich mir dieses Getue sonst wohin gesteckt, doch wie meine Großmutter zu sagen pflegte, ein harter Schädel holt sich viele Beulen.)

»Im Grunde gefällt es dir ja«, hatte Brandon gestichelt.

»Eine Frau wie du hat es verdient, zu Vierhundert-Dollar-Feten zu gehen und guten Champagner zu trinken.«

»Guten Champagner … yeah«, hatte ich geantwortet. Er hatte gelacht, doch dann hatte er weggeschaut, und sein Blick verlor sich in eine Welt, in die ich ihm nicht folgen konnte.

»Du gewinnst irgendeinen Dreck, so wie ich neulich, und schon zahlen die Leute Geld, bloß um dich reden zu hören. Du schmeichelst ein paar reichen Arschlöchern, machst ihren dämlichen Weibern den Hof …«

»Dämlichen Weibern!«, hatte ich in weiblicher Solidarität gekränkt aufgeschrien. Ich war verwirrt von ihm abgerückt; für einen kurzen Moment war etwas aufgeblitzt, das ich noch nie gesehen hatte und das so rasch verschwand, wie es gekommen war. Dann sah er mir wieder ins Gesicht.

»Yeah. Solche, die große Töne spucken, dass ihre Mama vor vierzig Jahren bei Lord and Taylor's als weiß durchgegangen ist, solche, die jedes Frühjahr bei Bergdorf's ein paar Riesen hinblättern.«

»Das hört sich so herzlos an, Brandon.« Bei seinem Tonfall, dem Ausdruck in seinen Augen war es mir kalt über den Rücken gelaufen, aber es reichte nicht – wie ich zu meiner Schande gestehen muss –, um ihn aus meinem Bett zu werfen.

»Das ganze Geschäft beruht auf Vitamin B, Tamara. Und ich bandele mit jedem reichen Schwarzen an, wenn er mich mit einem noch reicheren weißen Kerl zusammenbringen kann, der keine Angst hat, dass seine alte Dame nur hinter meinem Schwanz her ist. Vitamin B, Geld und Charme, Baby. Die Sache ist nämlich die, Tamara, ich bin ein ehrgeiziger Hund, der es noch weit bringen wird. Bist du mit von der Partie?«

Dann hatte er mich an sich gezogen und so zärtlich geküsst, dass ich fast bis ans Ende der Welt mit ihm gegangen wäre, weil er anders war als alle Männer, denen ich je begegnet war. Er hatte mir den Weg in eine reiche schwarze Welt geebnet, die ich nur aus den Erzählungen meiner Mutter kannte, und wenn ich mit ihm zusammen war, dann fühlte ich mich zum ersten Mal im Leben wohl in der Gesellschaft der Leute, für die sie geputzt hatte.

Seit dem Morgen hatte ich Brandon Pike nur noch ein einziges Mal gesehen und nicht geglaubt, dass ich je wieder mit ihm zu tun haben würde. Aber jetzt war ich unterwegs ins Tate's. In die Welt, die ich an seinem Arm betreten und wieder verlassen hatte. Lincoln Storeys Welt. Brandon Pike ist auf eine Goldader gestoßen, dachte ich trübsinnig mit einem letzten Blick in den Spiegel auf mein Kostüm für reiche Damen, und gleich würde ich feststellen, wie schamlos er sie nun wirklich auszubeuten gedachte.

3

Belvington Heights, meinen Zielort, wo ich früher bei der Polizei gearbeitet habe, trennen Hautfarbe, Geld und sechzehn Meilen auf dem Garden State Parkway Richtung Norden von meiner Geburtsstadt. Als ich in meinem Blauen Dämon (Jamals Spitzname für unser Auto) den zweiten Gang einlegte und den Hügel erklomm, der Belvington Heights – »die Heights«, wie die Einheimischen sagen – vom Rest der Welt scheidet, begann ich über den anstehenden Job nachzudenken: die heikle Frage, wie ich Brandon Pike beschatten sollte.

Jemanden zu observieren, der einen überhaupt nicht kennt, ist ein Kinderspiel, besonders für eine schwarze Frau. Die wird einfach übersehen und als Person gar nicht wahrgenommen – wieder so eine Sister, die Lebensmittelpreise eintippt oder den Boden aufwischt. Wenn die eigenen Erwartungen den Leuten den Blick verstellen, kann ich am besten arbeiten. Ich lächle viel. Lasse strahlend die Zähne blitzen. Es ist sogar schon vorgekommen, dass ich den Kopf ein wenig senke und leicht nach links neige. Ein nettes schwarzes Mädchen. Eine verlässliche, anspruchslose Erscheinung. Und mit diesem Theater kann ich jeden neunmalklugen Schafskopf bis ans Ende der Welt verfolgen und mir dabei nach Herzenslust Notizen machen.

Ich genieße es, wenn ihnen aufgeht, dass ich sie mit meinen ganzen Verbeugungen und Katzbuckeleien nach Strich und Faden hereingelegt habe.

Doch bei Brandon Pike würde diese Schau aus naheliegenden Gründen nicht funktionieren. Wäre ich Storey nicht so eifrig in den Hintern gekrochen, dann hätte ich ihm klargemacht, dass es klüger wäre, Brandon von weitem zu überwachen. Bei uns in der Branche heißt das Fernobservierung: Beobachtung aus der Distanz mit einem guten Feldstecher und einer Zoomlinse auf der uralten Nikon, die ich von meinem Bruder Johnny geerbt habe. Meine übliche Beschattungsmethode – ein paar zusätzliche Pfunde mittels eines alten Trainingsanzugs von Jamal, eine von Wyvetta gestiftete graue Perücke und eine Brille aus dem Billigsortiment von Duane Reade – kam natürlich nicht in Frage. Es war wohl gescheiter, ein, zwei Tage lang Alexa zu beschatten und Brandon ganz und gar aus dem Weg zu gehen, bis ich eine Ahnung hatte, wie eng ihr Verhältnis tatsächlich war. Da Storey mich angeheuert hatte, um den Liebhaber seiner Stieftochter zu observieren, würde er wohl nichts dagegen haben, wenn ich noch mehr in ihre Privatsphäre eindrang.

Heute Abend wollte ich erst einmal ganz offen auftreten, wenn ich Brandon entdeckte. Es wäre unsere erste Begegnung nach drei Jahren, und ich würde einen kecken kleinen Jauchzer ausstoßen. Er war eitel genug zu glauben, dass eine Frau, die er fallen ließ wie eine faule Tomate, sich tatsächlich *freuen* würde, ihn wiederzusehen. Außerdem wollte ich durchblicken lassen, ich sei von Annie eingeladen worden, der einzigen Sister in meiner Bekanntschaft, die sich so eine Party tatsächlich leisten konnte. Noch besser wäre es, wenn Annie diese Fehlinformation verbreitete. Beim Einbiegen in den Parkplatz erkannte ich hinter mir ihren roten Mercedes.

»Also, was liegt an, Sister?«, fragte sie grinsend und musterte mich beim Aussteigen von oben bis unten. »In dem Teil habe ich dich zuletzt gesehen, als du es mit diesen Leichtemädchenstöckeln voriges Jahr zu meiner Fete anhattest. Auf wen hast du es abgesehen, und wozu bin *ich* hier?«

»Annie, fang mir nicht wieder von diesen verdammten Schuhen an.«

Sie lächelte über das ganze Gesicht und trat dann einen Schritt zurück, um sich im Außenspiegel ihres Wagens zu betrachten.

»Ist das okay so?«, fragte sie wie ein unsicheres kleines Mädchen, zog den Bauch ein und richtete sich noch gerader auf. »Sitzt das auch richtig?«

»Du siehst wunderbar aus, Mädchen.« Zur Bestätigung nahm ich sie rasch in die Arme. Sie trug ein elegantes schwarzes Crêpekleid, das ihren üppigen Körper sanft umschmeichelte. Um den Hals hatte sie eine doppelte Perlenkette drapiert, die sie von ihrer Mutter zum achtzehnten Geburtstag geschenkt bekommen hatte.

»Mamas Perlen?«

»Warum nicht?«, gab sie mit einem leichten Achselzucken zurück. »Das muss hier ja eine ganz große Sache sein, meine Süße. Im Tate's. Bei Mis-tör Tate.« Dabei hob sie ein wenig den Kopf und sprach Tates Namen mit übertriebener Betonung aus. »Zu wessen Ehre ist es denn?«

»Stella Pharr.«

»Stella Pharr, höchst interessant.« Annie legte den Kopf schief wie ein Witzblattdetektiv. »Ist das nicht die Sister, die für den Parlamentssitz kandidiert, den Tilly Dixon innehatte, bis man ihn vor Gericht gestellt hat? Wenn sie sich im Tate's in den Heights unter die Leute mischt, geht sie die Sache richtig an. Wer bezahlt denn den Spaß?«

»Keine Ahnung«, sagte ich achselzuckend.

»Okay.«

»Annie, kannst du mir einen Gefallen tun?«

»Kommt drauf an, meine Süße.« Sie zog ein Gesicht wie eine nachsichtige Großmama.

»Erzähl allen, die es hören wollen, laut und schamlos, du hättest mich eingeladen. Es soll sich rumsprechen.«

»Laut und schamlos? Das ist eigentlich nicht mein Stil, Tamara. *Überhaupt* nicht die feine Art. Ich weiß nicht recht. Dir dürfte wohl bekannt sein, dass ich für so etwas viel zu gute Manieren und weitaus zu viel Taktgefühl habe.«

»Okay, Baby, und wir wissen auch beide, dass du dieses Taktgefühl im Allgemeinen ganz gut verbergen kannst.«

»Überhaupt keine Manieren«, gab Annie zurück und schüttelte entrüstet den Kopf.

»Sonst noch was Neues? Es muss sein, Annie. Es geht ums Geschäft. Meine nächste Monatsmiete hängt davon ab.«

»Geschäft?«

»Glaub mir, es ist wichtig.«

»Klar, kein Problem«, sagte sie schließlich. »Also, was haben die Karten noch mal gekostet – wo ich sie doch bezahlt hab und so?«

»Zwei fünfzig.«

»Du meinst zweihundertfünfzig Dollar pro Stück? Du meinst, ich hätte fünfhundert Dollar bezahlt, damit wir heute Abend mit unsern kleinen braunen Hintern – oder in meinem Fall breiten braunen Hintern – im Tate's die Stühle wärmen dürfen?«, wollte sie mit erhobener Stimme wissen.

Ich nickte.

»Dann wollen wir mal beten, dass diese schamlose Lüge nicht William zu Ohren kommt, sonst denkt er garantiert, ich hätte vollends den Verstand verloren.«

»Ihm kannst du ja die Wahrheit erzählen.«

»Wenn ichs mir recht überlege – ganz so weit sollten wir vielleicht doch nicht gehen«, meinte Annie mit einem merkwürdigen kleinen Lächeln. »Wo wir schon so lange verheiratet sind, tut es seinen Hormonen womöglich ganz gut, wenn er denkt, ich hätte tatsächlich mal kurz den Verstand verloren. Lässt mich irgendwie aufregender erscheinen. Gibt ein bisschen Pfeffer an die Suppe. Damit der alte Schwanz wieder Auftrieb kriegt.«

»Annie!«

»He he he he«, gackerte sie durchtrieben wie die böse Hexe aus dem *Zauberer von Oz*, und wir gingen kichernd wie die Backfische im Tate's zur Tür hinein.

Damals in Newark war das Tate's ein intimes, gemütliches Lokal mit sepiabraunen Fotos von Schwarzen aus dem Newark der Dreißiger- und Vierzigerjahre. Aus der uralten Anlage klangen die Stimmen von Bessie und Billie und beklagten das schwere Los der Männer, die nicht treu sein können. Die bloße Existenz des Restaurants hatte einer trostlosen Ecke der West Market Street wieder Glanz verliehen, die nur die hartnäckigsten Anhänger der Stadt nicht längst abgeschrieben hatten. In seiner Blütezeit fand dort so manche Schulabschlussfeier statt, und ein Abendessen für zwei war der begehrte Hauptgewinn unzähliger Kirchentombolas. Mit seiner Beliebtheit bei New Yorker Journalisten machte es sogar den portugiesischen Lokalen im Ironbound Konkurrenz, und über Tate selbst war doch tatsächlich ein Artikel im *New Jersey Style* erschienen, einem »Schöner Leben«-Magazin, das sonst nie Bilder von Schwarzen brachte. Ein halbes Jahr nachdem Tate aus Newark weggezogen war, hatte man das alte Haus mit Brettern vernagelt, und die Miesmacher konnten wieder etwas gegen die Stadt ins Feld führen: »Ich habs ja gewusst, hier läuft so was nicht … Viel zu gut für dieses Banausenvolk … In so einer Stadt ist eben kein Geld zu machen …«

Die Leute von Newark nahmen Tates Auszug persönlich. Doch der gute alte Jackson Tate konnte immer noch meisterhaft mit den Töpfen jonglieren, und wenn sich der Ingwerduft seines Peach Cobbler jetzt auch mit der dünneren Luft in den Heights mischte, kamen die Leute weiterhin wohl oder übel zum Schlemmen hierher – manche Leute jedenfalls.

Für Tate ging Geld über Ehre und Heimatliebe, und in der Stadt, wo er sich einen Namen gemacht hatte, war kein Geld mehr zu holen. Doch ich konnte mich noch lebhaft an den Geschmack nach gebranntem braunem Zucker der Karamelltorte erinnern, die er mir immer zum Geburtstag gebacken hatte. Er und mein Vater waren dicke Freunde gewesen und Saufkumpane dazu, und er versäumte es nie, mir zu Weihnachten eine Münze als Glücksbringer hinter dem linken Ohr hervorzuzaubern und der Familie eine Flasche Jack Daniels mitzubringen. Deshalb nahm ich ihn immer in Schutz, wenn die Leute über ihn herziehen wollten. Daran musste ich jetzt wieder denken, als ich sein neues Lokal betrat.

»Hmmmph, hmmph, hmmph. Schwer was los hier heute Abend«, bemerkte Annie und wackelte leicht mit den Hüften. Als die Oberkellnerin namens Minnie mit ihrer hoch aufgetürmten künstlich verlängerten Haarpracht und den Zottellocken über den dank grün getönter Kontaktlinsen haselnussbraunen Augen endlich unsere Namen auf der zehnseitigen Gästeliste gefunden hatte, steuerten wir die mit Speisen beladenen Tische an.

Ich schaute mich um und staunte wieder einmal, wie sehr sich das Tate's verändert hatte. Anstelle der altmodischen Fotos hingen jetzt nüchtern-abstrakte expressionistische Bilder dort, und Bessie und Billie waren von Kenny G. verdrängt worden. Die Wände in dem langen, schmalen Raum waren buttercremegelb gestrichen, und um jedes der winzigen Tischchen aus gebeiztem Eichenholz zog sich eine Polsterbank mit einem feudalen ockerfarbenen Samtbezug.

»Das nenn ich gemischten Geldadel.« Annie warf einen Blick auf die Leute, die schwatzend und tratschend herumstanden. »Willst du wissen, wie Geld riecht, Tamara? Dann nimm mal 'ne Nase voll!«

Einen Geruch hatte das Geld nicht, aber es hatte ein Gesicht, und das war an dem Abend eindeutig zu erkennen. Von den an starken ebenholzschwarzen Handgelenken blitzenden Rolex-Uhren bis hin zu den lässig über dunkelbraune und bronzefarbene Schultern geworfenen Pelzen zeigte sich der Abglanz des Geldes und war noch in den Lachsalven der grüppchenweise zusammenstehenden Brooks-Brothers-Herren und den stolzen Blicken ihrer dünnen, eleganten Damen zu erkennen.

»Ich habs doch geahnt, ich hätte meinen Nerz anziehen sollen«, murmelte Annie mit einem Blick durch den Saal.

»Ich wusste gar nicht, dass es so viele reiche schwarze Herrschaften in New Jersey gibt.« Mit einer Hand häufte sie etwas Guacamole auf einen Blue-Corn-Chip und griff mit der anderen nach einem Glas Champagner, das von einem umherstreifenden Kellner angeboten wurde. »Warum müssen wir uns immer aus anderer Leute Kultur bedienen, wenn wir Geld machen wollen?« Sie knabberte verächtlich an dem Tortilla-Chip, den sie in der Hand hielt. »Wieso muss es unbedingt mexikanisch sein? Man hätte meinen sollen, sie würden uns gebratenes Hähnchen und Augenbohnen auftischen, dafür ist das Tate's schließlich berühmt.«

»War das Tate's berühmt«, murmelte ich trocken, tauchte einen großen Chip in einen scharf gewürzten Bohnendip und suchte gleichzeitig die Menge nach Storey und Brandon ab.

»Na schön, ich werd mal ein bisschen die Runde machen, bevor die Bohnen hier ihre Wirkung zeigen.« Dabei winkte Annie mit ausladender Gebärde zur anderen Seite des Saales hinüber. »Ooooh, ich glaub, die Tussi kenn ich noch von der Howard-Universität! Halt den Tisch hier besetzt, Mädchen, meine Füße machen das nicht länger als eine Stunde mit, und dann will ich mich setzen können.«

Ich nahm mir ein Glas Wein von einem streng dreinblickenden Kellner. Beim Hinsetzen entdeckte ich Jackson

Tate, der am anderen Ende des Saales mit einer gut gekleideten künstlichen Blondine sprach. Als er mich erblickte, lächelte er, entschuldigte sich rasch und kam auf mich zu.

Jackson Tate war immer dicklich gewesen, doch jetzt, mit über siebzig, hatten sich die überflüssigen Pfunde in Muskeln verwandelt. Er sah aus, als würde er eher Möbel schleppen als Kuchen backen. Sein breites Gesicht war von seidigem Haar umrahmt, das inzwischen fast weiß war, dabei war es früher einmal so dunkel und glatt wie das von Billy Eckstein. Zweierlei war jedoch unverändert: Jackson nannte mich immer noch »Puddin'«, und er zwinkerte mir immer noch gerne zu, als hätten wir beide ein köstliches Geheimnis miteinander.

»Puddin'!«, rief er. »Tamara. Tamara Hayle. Mein kleines Mädchen, du kannst dir gar nicht vorstellen, was da für Erinnerungen wach werden.« Er umarmte mich, dass mir schier die Rippen brachen, und bewies mir damit sein regelmäßiges Fitnesstraining. »Ganz schön voll hier, was?«

»Da macht jemand einen Haufen Geld«, sagte ich in neutralem Ton.

»Gehörst du denn auch zu ›Folks for Pharr‹?«

»So nennen die sich also?«

»Der Name stammt von Mr. Storey.«

»*Mister Storey?* Ich dachte, ihr seid Partner?« So genau hatte Storey das nicht gesagt, doch ich wollte nicht voreilig den Stab über Jackson brechen.

»Könnte man so sagen, oder auch nicht.« Eine ausweichende Antwort. »Willst du mal was Schönes sehen? Na komm, Puddin', ich zeig dir meine neue Küche. Ist gerade erst fertig geworden.«

»Neue Küche? Jetzt? Wo die Party in vollem Gange ist?«

»Na komm«, bat Jackson und packte mich am Arm. »Die ist so toll, dass ich mich regelrecht schäme für die stickige alte Bruchbude, in der ich damals in Newark gekocht habe.«

»Du hast da ein paar schöne Dinge zusammengekocht, in dieser stickigen alten Bruchbude.«

»Tja, hab ich wohl, was?« Einen Augenblick lang schaute er wehmütig drein, aber im nächsten Moment hatte er sich wieder gefangen. »Komm schon.« Er lotste mich durch das Gedränge. Ich folgte ihm. Aus dem heftigen Druck auf meinen Ellenbogen schloss ich, dass es ihm noch um etwas anderes als um seine neue Küche ging. Tate wollte mir etwas privat und unter vier Augen anvertrauen. Ich warf noch einen raschen Blick durch den Raum, ehe ich ihm durch eine Schwingtür im hinteren Teil des Restaurants folgte.

Der jähe grelle Schein der Lichtschienen blendete mich. Lincoln Storey hockte mit einer Frau in Marineblau zusammen; die beiden flüsterten lebhaft an einem kleinen runden Tischchen hinten im Raum. Als wir näher kamen, schauten sie erschreckt auf. Die Frau ließ hastig Lincolns Handgelenk los. Lincoln sah durch mich hindurch und funkelte Tate finster an.

»Entschuldigen Sie, Mr. Storey. Ich wusste nicht, dass Sie hier sind.« Jacksons unterwürfiger Ton verblüffte mich. Ich warf ihm einen erstaunten Blick zu, den er nicht bemerkte.

»Kein Problem«, sagte Storey und verzog seine Lippen rasch zu einem schwachen, wenig überzeugenden Lächeln. »Ich geh nur rasch meine Begrüßungsansprache mit

Ms. Pharr durch.« Beide standen gleichzeitig auf, als ob sie darauf brannten, dieses Zusammentreffen zu beenden.

»Sie kennen Stella Pharr«, sagte Storey mit einem Kopfnicken in ihre Richtung zu Tate.

»Ich hatte bereits das überaus große Vergnügen«, gab Jackson in widerlich salbungsvollem Ton zurück und ergriff ihre beiden Hände. »Ich möchte Ihnen Tamara Hayle vorstellen, falls Sie sich noch nicht kennen«, sagte er mit einem Blick auf Storey. Ich überlegte, ob er wohl wusste, dass ich auf Storeys Kosten hier war. Storey überhörte seine Worte. Stella streckte mir die Hand entgegen.

Sie war eine eindrucksvolle Frau, etwa gleich groß wie Lincoln. Ihr Lächeln war höflich und nichtssagend – es lenkte von den flinken Augen ab, die gierig aufnahmen, was sie nur konnten. Das spitze Kinn verlieh im Verein mit dem am Hinterkopf zu einem Grace-Kelly-Knoten zurückgekämmten pechschwarzen Haar der Schönheit, die sonst wohl ihre Züge ausgezeichnet hätte, eine gewisse Härte. Ihr teures marineblaues Kostüm machte einen äußerst seriösen Eindruck, und weder die goldenen Ohrringe noch das dünne Kettchen, das um ihr Handgelenk hing, konnten das strenge Aussehen mildern.

Als sie nun so nah vor mir stand, fiel mir ein, dass Jake uns vor ein paar Monaten auf einer Party der Staatsanwaltschaft miteinander bekannt gemacht hatte. Jake war mit seiner Frau Phyllis da gewesen, und Stella Pharr hatte mich bei unserer Begegnung abschätzig gemustert und mit ihren kalten Augen versucht, mein Verhältnis zu Jake zu ergründen. Diese Augen sahen mich jetzt durchdringend an und versuchten, meine Beziehung zu Storey zu ergründen.

»Ich glaube, wir sind uns schon bei der Abschiedsfeier für Thomas Winsome begegnet. Jake Richards hat uns bekannt gemacht«, erklärte ich, um ihr auf die Sprünge zu helfen.

»Ach ja«, sagte sie und presste die Lippen zusammen, was wohl ein Lächeln sein sollte. »Sie sind bei der Polizei.«

»Ich war.«

Ihre Brauen hoben sich kaum merklich. Anscheinend war sie drauf und dran, eine Frage zu stellen, als auf unserer Seite der Schwingtür eine Ladung Tabletts mit ohrenbetäubendem Krachen zu Boden polterte.

»Scheiße!«, kreischte die Serviererin mit den Tabletts, als sie uns vier erblickte. »Au Scheiße«, murmelte sie noch einmal und ging in die Knie, um das Schlamassel vom Boden aufzusammeln. Lincoln Storey und Stella Pharr wichen zurück und starrten sie an, als hätte sie gerade auf den Fußboden gepinkelt. Das Mädchen schaute wieder hoch. Dann endlich reagierte sie, als hätte sie mich erst jetzt richtig wahrgenommen. Wieder ließ sie alles fallen, rannte auf mich zu und gab mir einen dicken, feuchten Kuss auf die Wange. »Tamara!«, kreischte sie wie ein begeistertes Schulmädchen. »Lange nicht gesehn!«

»Was machst *du* denn hier?« Es war Tasha Green, Wyvettas kleine Schwester. Ich war ebenso erstaunt wie sie, dass wir uns hier begegneten.

»Catering, meine Liebe!« Sie warf mit unnatürlich lautem Lachen den Kopf in den Nacken. Dann stellte sie die Platten, die sie noch in der Hand hielt, mit übertriebenem Schwung auf einem Tisch ab. »Jetzt kannst du meiner großen Schwester, die sich ständig um meine Angelegenheiten kümmert, ruhig erzählen, dass sie wirklich ihr Geld wiederkriegt.«

Tasha Green besaß die ansteckende Munterkeit eines kleinen Mädchens, die mich immer zum Schmunzeln brachte. Sie war ein kleines, zierliches Persönchen mit einer Frisur, die Wyvetta einen »Lausbubenschnitt« nannte und die ihr hübsches braunes Gesicht umrahmte wie ein schwarzer Lockenhelm. Die gesundheitliche Anfälligkeit, die ihre Kindheit überschattete, konnte sie nie ganz überwinden. Letztes Jahr hatte Wyvetta sich mir während einer besonders hartnäckigen Krankheitssträhne endlich anvertraut: Tasha litt an Sichelzellanämie, einer erblich bedingten Form der Anämie, bei der die roten Blutkörperchen sichelförmig aussehen und leicht zerfallen. Doch an dem Abend strahlte ihre tiefbraune Haut einen gesunden Glanz aus, und ich stellte erleichtert fest, dass sie etwas zugenommen hatte. Wenn ich ihre Stimme hörte, die so voll und tief war wie die von Tina Turner, meinte ich immer, sie würde gleich in den Refrain von »Proud Mary« ausbrechen.

»Guten Abend zusammen.« Tasha wirkte gefasster, als sie das Wort an Lincoln und Stella richtete und dabei einen Schritt von dem Durcheinander zu ihren Füßen zurücktrat.

Lincoln setzte eine Miene auf, als wollte er sagen: »Mit Dienstboten rede ich nicht«, und wich von dem Chaos der Silberplatten zurück. Auch Stella ignorierte sie.

»Ich sagte: ›Guten Abend zusammen‹«, wiederholte Tasha, die sich eindeutig nicht ignorieren lassen wollte. Sie fixierte die beiden mit einem Blick, der ihrem Gesicht einen mir völlig unbekannten Anflug von Härte verlieh. Dieser Blick war unmöglich zu übersehen.

»Wie läufts da draußen?«, fragte Jackson, während er sich hinhockte, um die restlichen Platten aufzuheben. Trotz seines freundlichen Tons warf er Tasha einen vorwurfsvollen Blick zu, woraufhin sie wütend schnaubte, die Augen verdrehte, zu dem Kühlschrank auf der anderen Seite des Raums stolzierte und ihn so heftig aufzog, dass ich dachte, sie reißt noch das Scharnier aus den Angeln.

»Sie sollten jetzt wohl die Leute begrüßen«, flüsterte Storey Stella vernehmlich zu, fasste sie zugleich am Ellenbogen und geleitete sie hinaus. Stella sagte kein Wort, bedachte Tashas Rücken mit einem verkniffenen Lächeln und verließ den Raum, ohne sonst jemanden anzusehen.

»Mit der ist nicht gut Kirschen essen«, sagte ich zu Jackson, nachdem sie draußen waren.

»Das ist noch stark geschmeichelt«, murmelte Tasha laut aus der anderen Ecke.

»Brauchst du Hilfe?«, fragte Jackson sanft. Er hob die Platten auf, die Tasha liegen lassen hatte, und stellte sie in den Ausguss.

»Nö, ich wollte eigentlich nur Nachschub an Chips und Guacamole besorgen.« Tasha holte ein großes Gefäß aus dem Kühlschrank und knallte es auf den Tisch. »Ich stell jetzt mal den Bohnendip raus. Er muss Zimmertemperatur haben, sonst kann man ihn nicht dippen«, sagte sie mit gepresster Stimme über die Schulter hinweg zu Jackson.

»Alles okay?«

»Es geht schon.«

»Willst du nach Hause gehen, und ich mach das hier fertig?«

»Nein. Ich muss mich an solche Unverschämtheiten gewöhnen.«

»Kein Mensch sollte sich an solche Unverschämtheiten gewöhnen müssen.«

»Du hast es doch auch.«

»Was hat er *dir* denn angetan?«, fragte ich Tasha und mischte mich damit in ihr Gespräch ein. Die beiden schauten mich an, als wäre ich eben aus der hintersten Provinz hier eingefallen.

»Hast du in letzter Zeit mal mit meiner Schwester gesprochen?«, fragte Tasha belustigt zurück.

»Gibt es da etwas, das du mir erzählen möchtest?«, fragte ich forschend und versuchte, aus der seltsamen Mischung von hämischer Belustigung und Kummer in ihren braunen Augen schlau zu werden.

»Eigentlich nicht.« Sie schob ein Tablett auf den Tisch und stellte Guacamole und Chips darauf.

»Warum?«

»Du wirst es noch früh genug erfahren«, sagte sie mit geheimnisvollem Lächeln und ging hinaus.

»Und du?«, wandte ich mich an Jackson.

»Ich hab nichts zu sagen.«

»Wie kommt es, dass du ihm gehörst?«

»Ich gehör ihm nicht.«

»Das sagt er aber.«

»Wann hat er das gesagt?«

»Nun ja. So genau hat er es nicht gesagt.« Das war gelogen; genau das hatte er gesagt.

»Wo hast du das gehört?«

»Hier und da.«

»Quatsch keinen Unsinn.«

»Du benimmst dich, als ob du ihm gehörst. Wie du ihm in den Hintern kriechst.« Plötzlich war ich wütend, wegen Jackson, wegen Tasha, wegen der Art, wie Storey die beiden behandelt hatte.

»War das so offensichtlich?« Das kam so kläglich heraus, dass ich wünschte, ich hätte ihn nicht darauf angesprochen.

»Was hat Tasha denn gegen ihn?«

»Frag sie doch selbst. Ich red nicht über ihre Angelegenheiten.«

»Was hat er gegen dich in der Hand?«

»Was er gegen alle in der Hand hat.«

»Jackson, wie konnte das passieren? Wie kommt es, dass dein Restaurant ihm gehört? Er hat es gesagt, Jackson, er hat es mir *selbst* ins Gesicht gesagt!«

»Wer mit dem Teufel essen will, braucht einen langen Löffel«, bemerkte er bitter.

»Tja, die Küche ist wirklich hübsch.« Es war sinnlos, das Gespräch fortzuführen, und mir ging in jäher Selbsterkenntnis auf, dass ich Storeys Scheck auf mein beklagenswertes Bankkonto eingezahlt hatte, so wie alle anderen auch. Ich war ihm genauso zu Diensten.

»Yeah, Puddin', das ist wahr. Das ist wahr.«

Und sie war in der Tat hübsch. Kupferkessel und antikes Glasgeschirr verliehen der langen, hellerleuchteten Anrichte eine elegante Note. Hier würde es nie unordentlich aussehen, selbst wenn jetzt die schmutzigen Platten, die Tasha abgestellt hatte, zwischen den säuberlich aufgereihten Flaschen mit Oliven- und Pflanzenöl, zwei Gläsern mit Mayonnaise, dreien mit Erdnussbutter, süßsauer eingelegtem Gemüse und weiteren Vorräten an Tortilla-Chips und Bohnendip auf der gelb-weiß gekachelten Anrichte lagen.

»Tasha arbeitet jetzt also bei dir?«, fragte ich, um einen fröhlicheren Ton anzuschlagen.

»Sie übernimmt die Veranstaltungen, die ich nicht machen will.«

»Und diese wolltest du nicht machen?«

»Noch sagt er mir nicht, was ich in meiner eigenen Küche zu tun und zu lassen habe«, murrte Tate mit einer Wut, die Storey ganz sicher noch nie zu spüren bekommen hatte. »Ich mach mal lieber draußen weiter«, sagte er resigniert. »Aber wieso bist du denn hier?«, befragte er nun plötzlich mich, als wir zusammen aus der Küche gingen. »Du redest immer nur davon, was er gegen mich in der Hand hat – was hat er denn gegen dich in der Hand? Du legst doch nicht einen Haufen Geld hin, bloß um dich bei diesen Leuten blicken zu lassen.«

Ich versuchte rasch, mir etwas einfallen zu lassen, das sich mit meiner Berufsehre vereinbaren ließ. Vielleicht wusste Jackson doch nicht, dass ich auf Storeys Gehaltsliste stand. »Er ist mir einen Gefallen schuldig«, sagte ich schließlich.

Jackson lachte in sich hinein, als habe er meine Lüge durchschaut. »Lincoln Storey ist sein Lebtag noch nie jemandem einen Gefallen schuldig gewesen.«

Da fegte Annie – gerade rechtzeitig – an uns vorbei. »Hallo, Mr. Tate«, sagte sie höflich. »Du musst unbedingt aufs Klo gehen«, flüsterte sie mir ins Ohr. »Er hat gut und gern fünf Riesen allein für die Kacheln und Spiegel springen lassen.«

»Sechs Riesen«, sagte Jackson, der das mitbekommen hatte. »Gut und gern sechs Riesen.«

»Und eine Menschenseele?«, murmelte ich bissig, dann, als ich sein Gesicht sah, wünschte ich inständig, ich hätte es nicht gesagt.

»Das wohl auch, ja. Sei nicht zu streng mit mir, Puddin', solange du nicht in meinen Schuhen die Bergen Street runtergegangen bist. Aber unterschätz mich nur nicht«, meinte er augenzwinkernd. »Ich hab noch ein paar Asse im Ärmel, da kommt der größte Zocker auf der Prince Street nicht gegen an, und das Spiel ist erst aus, wenn die letzte Hand gespielt ist.« Annie sah uns verwundert an, dann schaute sie rasch zum Eingang des Lokals, wo eben eine Dreiergruppe hereinkam.

»Mädchen, ist das nicht dieser Blödmann, mit dem du mal ...« Doch noch ehe sie weitersprechen konnte, drehte ich mich um und erblickte Brandon Pike, der mit einem süßen jungen Ding am Arm hereinschlenderte, als sei er hier der Herr im Haus.

4

Brandon Pike hatte mir einmal erzählt, alle Frauen lächelten ihm zu und wünschten ihm nur das Allerbeste. An dem Abend wanderte er auf einer Woge weiblicher Bewunderung im Tate's zur Tür herein und lächelte verführerisch in die Runde. Es machte mir Spaß, ihn zu beobachten, und ich staunte, wie wenig sich verändert hatte. Brandon war schon immer felsenfest davon überzeugt, er hätte einen Anspruch darauf, dass Frauen nett zu ihm sind.

Der Brother sah tatsächlich ausgesprochen gut aus, das musste ich ihm lassen. Muskulös und geschmeidig wie ein Football-Profi strahlte er auf Schritt und Tritt Anmut und Selbstvertrauen aus. An dem Abend trug er einen grauen Nadelstreifenanzug mit Weste – Giorgio Armani, nahm ich an. Seine tiefbraune Haut war glatt wie ein Kinderpopo, und seine Haare waren kürzer als zu der Zeit, als wir uns kannten, fast bis auf die Kopfhaut geschoren wie bei einem Krieger oder Gladiator. Das knochige Gesicht wirkte kräftig und ganz und gar nicht süß. Doch das Eindrucksvollste an ihm waren die Augen – betörende Augen, die Schlafzimmerwonnen verhießen. Augen, die einem direkt in die Seele drangen, wenn man ihn nahe genug herankommen ließ.

Diese Augen weiteten sich nun, da sie mich erblickten. Überraschung, Erschrecken, genau konnte ich das nicht erkennen, wahrscheinlich eher Letzteres. Nur so zum Spaß schaute ich einen Moment lang mit völlig ausdruckslosem Gesicht starr zurück, dann musste ich grinsen. Ein aufgesetztes, albernes Grinsen, und meine Lippen formten seinen Namen: *Brandon, Brandon, altes Haus.* Er lächelte erleichtert und wandte sich dann der jungen Frau zu, die sich so fest an seinen Arm klammerte, dass sie ihm den Anzug verknitterte.

Alexa Storey wirkte jünger als dreiundzwanzig und hatte den pummeligen Körperbau eines Mädchens an der Schwelle zur Frau. Ihr langes Haar von der Farbe dunkler Kastanien war in der Mitte gescheitelt und hochgesteckt. Sie trug ein burgunderrotes Seidenkleid, das irgendjemand um ein paar Dollars ärmer gemacht hatte, ihr aber nicht gut stand: Der Stil, ein Empire-Look mit langen Ärmeln und Spitzenbesatz, der fast die Handgelenke bedeckte, gab ihr ein matronenhaftes Aussehen, und der rötliche Ton zog alle Farbe aus dem Gesicht. Kleine Pockennarben auf Wangen und Stirn zeugten von einem während der Pubertät verlorenen Kampf gegen die Akne. Ihre Bewegungen hatten etwas Unbeholfenes, und aus den großen Haselnussaugen sprach furchtsame Unsicherheit.

Diese Augen folgten jetzt Brandons Blick durch den Saal, doch es lag keine Bosheit darin, als sie sah, wie er mein aufgesetztes Lächeln erwiderte. Ihre Lippen verzogen sich zu einem raschen, wenn auch unsicheren Lächeln, das wohl besagen sollte: Brandons Freunde sind auch meine Freunde.

Bei ihrem Eintritt folgte ihnen eine Frau, die ich zunächst für Alexas ältere Schwester hielt. Doch dann wurde mir klar, dass das Daphne sein musste, Alexas Mutter. Lincoln Storeys Frau. Sie war genauso groß wie Alexa, doch schlanker, straffer, und neidvoll stellte ich fest, dass ich das schwarze Seidenkleid, das ihre zierliche Gestalt umhüllte, zu einem hohen dreistelligen Preis in einer Boutique in der Short Hills Mall gesehen hatte. Sie trug keinen Schmuck außer einem Diamantring mit einem Solitär von der Größe eines kleinen Vogeleis an der linken Hand. Ihr Lächeln war aufrichtig und nett wie das von Alexa, doch ihr Blick war direkt, der Mandelteint makellos, und das Haar ein bis zwei Schattierungen heller als bei ihrer Tochter, was wohl der Firma L'Oréal zu verdanken war, wie ich mit genüsslicher Gehässigkeit bei mir dachte. Frauen ihrer Art konnte ich auf Anhieb nicht leiden.

Lincoln Storey schaute lächelnd hierhin und dorthin, murmelte den Menschen in seinem Gefolge Begrüßungsworte zu und schlängelte sich so durch die Menge zu seinen Angehörigen vor. Er hielt Daphnes Hand, während er die drei mit derart dick aufgetragenem aalglattem Charme, dass sich mir der Magen umdrehte, zu ihren reservierten Plätzen an der Wand führte.

»Das ist er, nicht wahr?«, fragte Annie gespannt. »Lincoln Storey?«

»Nein, du Dummchen! Brandon Pike!«

»Yeah, das ist er.«

»Dacht ichs mir doch, dass ich hier überall die Höschen fallen höre!«

»Na, das müssen wohl deine eigenen sein, denn meine sitzen mir noch fest am Hintern.«

»Der hat es ja ganz schön weit gebracht. Mein Gott,

ich kanns gar nicht erwarten, meiner Mutter zu erzählen, dass ich ihn mit Alexa Storey zusammen gesehen habe, Jewels Enkeltochter. Daphne Winston Samson Storey ist die Tochter von Jewel Winston. Meine Mutter kann Jewel Winston nicht ausstehen.«

»Sie kann sie nicht ausstehen? Warum denn?«

Ein großer, fröhlicher Kellner kam mit einem Tablett voller Champagnergläser vorbeigewirbelt. Annie griff sich ein Glas und trank schnell einen kräftigen Schluck.

»Du weißt doch, dass Mama immer allen möglichen Clubs angehörte, wenigstens bis zu ihrem Schlaganfall. Jedenfalls, Jewel Winston, Missus Dr. Daniel J. Winston, Daphnes Mutter, hat Einspruch erhoben, als Mama in den Fünfzigerjahren dem alten Negro Ladies' Culture Circle beitreten wollte. Angeblich war sie ihr zu schwarz. So etwas vergisst meine Mama nicht. Sie regt sich immer noch auf, wenn sie davon spricht.«

»Zu schwarz? Die Zeiten haben wir Gott sei Dank hinter uns.« Ich schüttelte empört den Kopf.

Annie sah mich erstaunt an. »Herzchen, wo lebst du denn? Guckst du dir keine Videoclips an? Wenn da mal 'ne schwarze Frau auftritt, sieht sie aus wie Kate Moss mit künstlich verlängerter Mähne, Titten und Urlaubsbräune.

Na jedenfalls, Daphnes Familie nahm die Sache mit der Hautfarbe sehr wichtig und machte auch keinen Hehl daraus. Sie waren in den Vierzigerjahren aus Atlanta hierhergezogen. Eine der ältesten und reichsten schwarzen Familien von East Orange. Da muss der gute Onkel Doktor wohl ordentlich was gebunkert haben, vielen Dank auch. Mama hat immer gesagt, ihr käme das ein bisschen komisch und sonderbar vor, was die sich auf ihre helle Haut einbilden. Die Frauen haben den lieben langen Tag nichts anderes getan, sagt Mama, als sich mit ihrer Schönheit, ihrem Geld und ihrer Hautfarbe wichtig zu machen. Mama behauptet, der Doktor hätte nur Leute behandelt, die den Papiertütentest bestanden.«

»Den Papiertütentest? Das Wort hab ich nicht mehr gehört, seit meine Grandma tot ist.« Ich sah das Bild meiner klugen, lustigen Großmutter vor mir.

Bei einem unserer Gespräche darüber, wo es mit der Welt überall im Argen liegt, hatte sie mir erzählt, dass man früher einmal nur dann in gewisse »achtbare farbige« Organisationen hineinkam und in gewisse Familien einheiraten konnte, wenn man nicht dunkler war als eine braune Papiertüte. »Eine Papiertüte?«, hatte ich ungläubig gefragt, und wir hatten beide laut herausgelacht – auch wenn bei ihr eine tiefe Verbitterung mitschwang.

Mein Großvater war schon tot, als ich auf die Welt kam, aber Großmutter hatte immer noch kein gutes Wort für seine Familie übrig. Ich konnte mich noch an das alte, sepiabraune Hochzeitsbild erinnern, auf dem Großmutters Haut in dem dunkelsten, herrlichsten Braun, das ich je gesehen hatte, einen schönen Kontrast zu seiner karamellfarbenen bildete. Seine Familie war wütend gewesen, weil er eine »so schwarze« Frau geheiratet hatte, aber da war mein Vater, ihr erstes hübsches braunes Enkelkindchen, noch nicht auf der Welt. Danach war alles egal.

Einmal zu Thanksgiving, als ich noch klein war und mit allen Onkeln und Cousinen und Tanten zusammen in Großmutters winziger Wohnung saß, habe ich Nüsse in einer Schale der Farbe nach sortiert. »Die sehen aus wie wir«, hab ich angeblich gesagt. »Yeah, ein Haufen tauber Nüsse«, soll Johnny daraufhin geflachst haben. Dann haben alle gelacht, weil es in unserer Familie so viele Schattierungen von Braun, Bronze und Karamell gab. Der Gedanke gefiel mir gar nicht, dass diese spezielle Form des amerikanischen Rassismus auch unsere Familie heimgesucht hatte – anderes schon, aber das nicht.

»Mama hat sich fast totgelacht, als Daphnes erster Mann, Alexander Samson, den Löffel abgab und sie plötzlich mit leeren Händen dastand. Mama kann ganz schön zickig sein«, fuhr Annie fort und brachte mich damit wieder in die Gegenwart zurück.

»Als Daphne geheiratet hat, machte der Mann den Eindruck, als wäre er ganz schön betucht. Er war ein hübscher Bursche, nach den Maßstäben ihrer Familie jedenfalls, aber es war alles nur Angabe und nichts dahinter. Den Fehler hat sie beim zweiten Mal nicht wieder gemacht, und in Jewel Winstons Augen hat Lincoln Storeys Bankkonto die afrikanischen Gene ganz entschieden aufgewertet.« Ich warf einen Blick zu Storeys Tisch hinüber auf Daphne und Alexa und dann auf Brandon.

Solche, die große Töne spucken, dass ihre Mütter bei Lord and Taylor's als weiß durchgegangen sind.

Aber das war Daphnes Mutter gewesen und lange her. Da kam Tasha mit einem künstlichen Lächeln im Gesicht und einem Tablett voller Essen an: eine Silberschale mit Guacamole, und darum herum waren Chips und kleine Spieße mit Hühnerfleischstreifen arrangiert. Annie und ich nahmen uns, so viel wir konnten, ohne ungehörig zu erscheinen. Ich holte mir noch ein Glas Wein, und wir setzten uns an einen der winzigen Tische.

»So lässt sichs leben, nicht wahr?« Annie warf einen Blick durch den Raum und nippte dabei an ihrem Champagner. »Daran könnt ich mich auch gewöhnen«, fügte sie mit einem bewundernden Blick auf das Glas hinzu. »Aber hoffentlich bleibt am Ende noch etwas Geld für den Wahlkampf übrig.«

Ich nickte zustimmend. »Ich geh mal und guck mir die Toilette an, von der du so geschwärmt hast«, sagte ich und tupfte mir mit einer gelben Cocktailserviette die Lippen. Annie nickte zwischen zwei Bissen und warf jemandem an der Bar ein 14-Karat-Lächeln zu.

Auf dem Weg in den hinteren Teil des Restaurants schaute ich rasch in die Küche. Tasha war vor mir hineingegangen, und die Tür war noch nicht ganz wieder zugefallen. Ich sah, wie sie, die Hand in die Hüfte gestemmt, Häppchen auf einer silbernen Platte arrangierte. Sie wirkte nervös und nicht recht bei der Sache. Ich überlegte, ob ich sie ansprechen sollte – ich brannte immer noch vor Neugier, warum Wyvetta Lincoln Storey hinterhergespuckt hatte –, fand es dann aber klüger, diesen speziellen schlafenden Hund lieber nicht zu wecken, zumal ich ja für ihn arbeitete. Und Tasha hätte es gerade noch gefehlt, dass ich sie da drin bei der Arbeit störte. Daher ging ich weiter, ohne etwas zu sagen.

Mit der Damentoilette hatte Annie recht gehabt. Jackson Tate hatte für seine sechstausend ein gutes Geschäft gemacht. Wände und Fußboden waren mit – wie es aussah – Hunderten von winzig kleinen schwarzen Kacheln bedeckt; die goldenen Armaturen am Waschbecken glänzten, als wären sie echt. Ich machte mich ein Weilchen vor den vergoldeten Spiegeln zurecht, grinste und spielte mit meinem Haar, besprühte mich mit dem Duft aus den kostbaren Flakons auf der Ablage und rieb mir sogar die Hände mit einem Spritzer Caswell Massey Lotion aus der Flasche daneben ein. Im Innern nahm ich mir vor, die Zähne zusammenzubeißen und Jamal zu seinem nächsten Geburtstag hierhin auszuführen; dann wäre allerdings das Red Lobster abgemeldet, wenn er das hier gesehen hatte.

Ich schlüpfte in eine Kabine, setzte mich, stand wieder auf und setzte mich dann noch ein paarmal auf die Toilette, um herauszufinden, woher sie wusste, wann sie von allein zu spülen hatte. Als ich endlich gehen wollte, hörte ich zwei Frauen von draußen hereinkommen. Ich blieb, wo ich war.

»Warum kannst du einfach nicht auf mich hören, Alexa?«, fragte Daphne Storey. »Warum kannst du einfach nicht auf mich hören?«

Eine öffentliche Toilette ist der beste Ort der Welt, um vertrauliche Gespräche zu belauschen, deshalb zog ich die Füße hoch und kauerte mich auf den Toilettensitz, damit niemand sehen konnte, dass ich da war. Zwei hochhackige Schuhe klapperten an meiner Kabine vorüber, dann klopfte jemand an die Tür. Ich hielt den Atem an.

»Die ist abgeschlossen, weil sie kaputt ist«, verkündete Daphne Storey gereizt. »Erst legt Lincoln ein Heidengeld für den verdammten Laden hin, und dann heuert dieser Idiot von Tate so einen zweitklassigen Klempner an, um die Toiletten einzubauen, und die da läuft seitdem ständig über, darum hab ich gesagt, er soll sie abschließen.«

»Er sagt, es ist nicht wahr. Ich glaube ihm. Warum reicht dir das nicht?«, sagte Alexa offenbar als Antwort auf die Frage ihrer Mutter.

»Lincoln meint, es ist doch wahr, und will ihn deshalb fertigmachen, und du weißt, dass er das auch tut. Wenn Lincoln ihn erst durch die Mangel gedreht hat, ist er ein für alle Mal erledigt. Warum hörst du nicht auf mich?«

»Seit wann glaubst du denn, was dieses Arschloch sagt?«

»Rede nicht so von deinem Stiefvater!«

»Als ob dir das auch nur einen Scheißdreck ausmachen würde.«

»Und gebrauche nicht solche Redensarten in meiner Gegenwart. Du hast so ein dreckiges Mundwerk wie die Huren von der Springfield Avenue.«

»Genau wie meine Mutter?«

»Ich sollte dir eine runterhauen.«

»Meinst du?«

Der Wasserhahn wurde aufgedreht, und ich hörte es spritzen, als ob sich jemand das Gesicht wäscht.

»Hast du einen Lippenstift dabei, Mommy?«, fragte Alexa. »Ich hab meinen zu Hause vergessen.«

»Du würdest noch deinen fetten Arsch vergessen, wenn der nicht an deinem Rücken säße.«

Der kindliche Tonfall schockierte mich am meisten, mehr noch als die gemeine, verletzende Antwort der Mutter. Es lag eine solche Sehnsucht nach Anerkennung in Alexas Ton, und es wurde so wenig darauf eingegangen, dass es mir schier das Herz zerriss. Ich spürte einen kurzen Impuls zu husten, gegen die Tür zu treten, irgendetwas zu tun, um von dem traurigen Verhältnis zwischen den beiden

Frauen nichts weiter hören zu müssen. Aber ich wusste, ich würde es nicht über mich bringen. Man hatte mir eine Menge Geld gezahlt, damit ich ein paar Wahrheiten herausfand, die Alexa betrafen. Da konnte ich jetzt nicht alles auffliegen lassen, bloß weil mir nicht gefiel, was ich da hörte. Es ist nun einmal so, dass die Art, wie ich meinen Lebensunterhalt verdiene, zugleich auch bedeutet, in anderer Leute Scheiße herumzuwühlen, und Lincoln Storey hatte mich großzügig für die Schaufelei bezahlt. Also blieb ich, wo ich war, die Beine an den Hintern angezogen, und als die beiden wieder anfingen zu sprechen, hörte ich zu.

»Glaubst du, du kannst mir was vormachen? Ich weiß ja, warum du ihn nicht leiden kannst. Am liebsten würdest du ihn wohl selber ficken.«

»Wie oft hab ich dir schon gesagt, du sollst nicht solche Reden gegen mich führen.«

»Was glaubst du wohl, wo ich die gelernt hab?«

»Warum quälst du mich so, Alexa? Mein ganzes Leben lang hab ich alles nur für dich getan. Meinst du denn, das war leicht für mich – das hier und die Dummheiten, die du mit deinem Leben anstellst?«

Beide schwiegen eine Weile.

»Gleich bringt er einen Trinkspruch auf sie aus. Wir gehen lieber wieder rein«, sagte Daphne.

»Warum lässt du dir das alles gefallen, Mommy? Warum lässt du dich so von ihm demütigen?«, fragte die unsichere Kinderstimme.

»Was meinst du wohl?«

»Manchmal hasse ich dich, dass du mir das antust. Ich hasse dich!«

»Du bist das Wichtigste in meinem Leben, Alexa. Das darfst du nie vergessen. Egal, wie du mir redest, du musst wissen, dass du das Wichtigste in meinem Leben bist.«

»Wenn er mich verlässt, wäre ich lieber tot.«

»Du bist genauso ein Idiot wie dein toter Vater.«

Ich hörte die Tür zuklappen, als eine der Frauen hinausging, dann hörte ich, wie die andere in eine Kabine ging und anfing zu weinen. Und plötzlich trat sie mit aller Macht gegen die Kabinentür, wie ein trotziges Kind, das einen Wutanfall hat. Nach einer Weile hörte sie auf und verschwand.

War das Alexa oder Daphne gewesen?

Ich wartete und stand dann auf, bewegte die Beine durch und ging ebenfalls hinaus.

Es war inzwischen voller geworden, und auf dem Rückweg zu meinem Tisch konnte ich keine der beiden Frauen entdecken. Einen Augenblick suchte ich den Saal nach ihnen ab, dann gab ich auf. Aber die Worte, die zwischen den beiden gefallen waren, gingen mir nicht aus dem Sinn, und ich musste an meine eigene Mutter denken.

Jamal war jetzt etwa im gleichen Alter wie ich bei ihrem Tod, etwas jünger vielleicht, doch wenn ich ihn ansah, bekam ich einen Begriff von meiner damaligen Bedürftigkeit und Verletzlichkeit. Ich halte mir zwar vor Augen, dass die Zeit die Erinnerung an die Grausamkeit meiner Mutter verzerrt hat, dass es in Wirklichkeit gar nicht so schlimm war. Doch wenn ich die Beziehung zwischen anderen Müttern und Töchtern sehe, dann weiß ich, dass bei uns etwas ganz Wesentliches fehlte. Die meisten Frauen verehren ihre Mütter. Das konnte ich nie, und das Wissen darum war immer mit einer eigenartigen Scham verbunden. Ich habe nie verstanden, warum sie mich offenbar so hasste.

Mein Vater war der gütige Teil, bei meiner Großmutter holte ich mir Zärtlichkeit, und was sie mir angedeihen ließ, gibt mir noch heute Kraft. Die Erinnerungen an meine Mutter sind von Wut und Grausamkeit gezeichnet. Sie prägten alles, was sie tat, jedes Wort, das sie sprach.

Die schwarze Seele austreiben. So nannte sie es, wenn sie mich verprügelte, was oft und gnadenlos geschah. *Die schwarze Seele austreiben,* als sei sie entschlossen, bis ins Innerste meines Wesens vorzudringen und es auszulöschen.

Aus ihren Schlägen und den Worten, die damit einhergingen, sprach eine derartige Grausamkeit und Verbitterung, dass sie meine Schwester aus dem Haus trieben und Johnny in die Depressionen stürzten, die in seinem Innern gärten und ihn Jahre später umbrachten. Mein Vater fing in seiner Unfähigkeit, uns vor seiner Frau zu schützen, zu seinem eigenen Schutz zu trinken an.

Ein halbes Jahr nach ihrem Tod schrieb ich drei Briefe, um ihr zu sagen, dass ich sie immer noch hasste, dass ich am Leben war und sie tot und dass sie mich nicht kleingekriegt hatte. Diese Briefe, ohne Scheu in der gespreizten Handschrift der Jugend verfasst, besaß ich noch immer. Ich weiß nicht genau, was sie für mich bedeuten, warum ich sie aufbewahrt habe, denn ich habe meine Mutter trotz ihrer Grausamkeit innig geliebt. Es ist mir bis heute ein Rätsel, warum sie so sein musste, welche Niedertracht ihr eigenes Leben gebrandmarkt hat. Ich weiß nur, dass da ihretwegen ein Loch in mir war, und vielleicht konnte ich ihr das nie verzeihen.

Mommy. Alexas Stimme hatte sie wieder zum Leben erweckt, und ich war wütend und wie betäubt, wie immer, wenn ich an sie dachte.

»Mädchen, du siehst ja aus, als wär dir ein Gespenst erschienen«, sagte Annie, als ich mich wieder setzte. Ich nickte, um ihr zu bedeuten, dass alles in Ordnung wäre.

Doch in Gedanken war ich bei meiner Mutter, während ich mit allen anderen aufstand, um Lincoln Storey und Stella Pharr Beifall zu klatschen, und als ich zu seiner Frau und deren Tochter hinübersah, war ihre Maske wieder intakt.

Dann geschah alles so plötzlich, dass keine Zeit blieb, etwas zu sagen. Später konnten wir nichts anderes mehr tun, als in traurigen Grüppchen herumzustehen und leise darüber zu reden, wie heimtückisch der Tod sein kann.

Zuerst dachte ich, er hätte einen Anfall. Er stand abrupt wieder auf, so kerzengerade, als wolle er seiner Lobrede auf Stella Pharr noch ein paar geistreiche Bemerkungen hinzufügen, und es lag ein Ausdruck des Erstaunens auf seinem Gesicht, doch dann umkrallte er seine Kehle und zerrte sich am eigenen Fleisch, als wolle er etwas aus sich herausreißen. Mit der anderen Hand versuchte er nach etwas oder jemandem zu greifen, vielleicht nach Daphne, seiner Frau, doch die blieb mit schreckgeweiteten Augen wie angewurzelt auf ihrem Platz sitzen. Erst war hier und da noch ein verlegenes Kichern im Saal zu hören, als würde unser Gastgeber nur herumalbern, um den Abend zu einem lustigen Abschluss zu bringen. Doch dann begannen Lippen und Gesicht anzuschwellen, liefen purpurrot an und verzerrten sich. Innerhalb von Sekunden waren sie gleichsam auf doppelte Größe angewachsen, seine Gesichtszüge waren entstellt und hässlich wie bei den Ungeheuern auf den Halloween-Masken. Es herrschte Totenstille, während er keuchend nach Luft rang und jetzt beide Hände um die Kehle gelegt hatte, als wolle er sich selbst erdrosseln. Dann ging sein Atem kurz und schnell. Speichel schoss ihm aus dem Mund und besprühte die Umsitzenden. Ein letztes Keuchen, dann kippte er um und machte sich dabei in die Hose.

Da wussten wir, dass Lincoln Storey tot war.

»Damit wäre die Party wohl vorbei«, hörte ich jemand sagen, und das war entweder unglaublich naiv oder das taktloseste Bemühen um Galgenhumor, das ich je erlebt habe.

Aber er hatte recht.

5

Meine Großmutter pflegte zu sagen, jeder Tod ruft den ersten wieder wach. Ich wusste nicht, was das sollte, bis der Tod Menschen um mich herum heimzusuchen begann. *Jeder Tod ruft den ersten wieder wach.* Leise hatte sie das gesagt, die Worte gemurmelt wie ein Gebet und dabei Äpfel geschält oder Gemüse geputzt in dem verbeulten alten Spülbecken, wo statt Wasser Rostbrühe lief, so war das eben damals in unserer billigen alten Bude. Sie wohnte nebenan, bis wir fortzogen und sie im Jahr darauf starb. Und dann kamen all die anderen.

Lincoln Storey war mein letzter Todesfall; er starb in seinem Tausend-Dollar-Anzug mit Weste unter Zuckungen wie ein Tänzer auf Speed. Wenn ich jetzt so drüber nachdenke, wie schnell alles ging, dass am Ende nichts von ihm blieb als Scheiße auf seiner Hose und Sünden auf seiner Seele, dann ist mir da wohl meine Mutter eingefallen und wie schnell es mit ihr zu Ende ging und das Wirrwarr von Gefühlen, das sie hinterließ. Dann auch mein Vater, der zwei Jahre später starb, und der Mensch, der mich um ein Haar mit sich gerissen hätte – Johnny, der sich eines Sommermorgens eine Kugel durch den Kopf geschossen hatte. *Jeder Tod ruft den ersten wieder wach.*

Mich hatte eindeutig – wie mein Daddy das nannte –

der Katzenjammer gepackt, und das verdankte ich Lincoln Storey. Dieser Katzenjammer hielt den ganzen Samstag über bis in den Sonntagmorgen hinein an. Ich saß bloß im Haus rum und dachte an meine tote Familie und wie sich in meinem Leben überhaupt alles zum Schlechten wendete.

Am Sonntagmorgen regnete es, und das machte die Sache auch nicht besser. Zum Glück war Jamal über das Wochenende bei einem Freund am anderen Ende der Stadt, sodass er nicht mit ansehen musste, wie es mit mir bergab ging.

Doch wie ich so im Bett lag und auf den Regen lauschte, der an mein leck gewordenes Dachfenster trommelte, da verwandelte sich meine Niedergeschlagenheit bei der Erkenntnis, dass ich mit dem ersten Sonnenstrahl oben auf das Dach klettern und die verfluchten Risse abdichten müsste, allmählich in Wut. Und als ich um die Mittagszeit endlich aufstand, um mir etwas zum Frühstück zu machen, und feststellen musste, dass ich keinen Kaffee mehr hatte, da war ich nicht mehr wütend, sondern nur noch sauer. Es war eindeutig ein Morgen, der nach Kaffee verlangte. Wenn ich meine Nerven beruhigen muss oder wenn mich wegen meiner Koffeinsucht das Gewissen plagt, dann trinke ich Kräutertee. Doch in Wirklichkeit bin ich ein unverbesserlicher Kaffeefreak. Ich brauche den Kick, um in die Gänge zu kommen. Zur Not kann ich mich allerdings auch mit starkem schwarzem Tee mit haufenweise Zucker behelfen. Daher machte ich mir eine Tasse Lipton's-Tee und schüttete in der Hoffnung, ein Zuckerschub würde den Koffeinmangel wettmachen, vier gehäufte Teelöffel Zucker hinein.

Es klingelte dreimal an der Tür, bevor ich aufstand und hinging. Da stand Wyvetta Green, und sie sah so elend aus, wie ich mich fühlte.

»Mädchen, was machst du denn da draußen an so einem Tag?«, fragte ich.

Zuerst gab sie keine Antwort, sondern drängte sich einfach mit einem ganz merkwürdigen Gesicht an mir vorbei ins Zimmer, wobei ihr pastellblauer Plastikregenmantel eine Wasserspur hinter ihr herzog. In den fünf Jahren unserer Bekanntschaft, wo wir miteinander gelacht und chinesisch gegessen und uns über Leute das Maul zerrissen hatten, die uns auf den Geist gingen, war sie, wie mir plötzlich bewusst wurde, noch nicht ein Mal bei mir zu Hause gewesen.

»Komm rein«, sagte ich überflüssigerweise, während sie sich auf das Sofa fallen ließ. Ich nahm ihren Mantel, schüttelte auf der Veranda etwas Wasser davon ab und hängte ihn auf.

»Tut mir leid, dass er so nass ist.«

»Wyvetta, es regnet draußen.« Da fiel mir auf, dass ihr Haar so ulkig war – ulkig für Wyvetta jedenfalls. Ulkig, weil es so schlicht war: Glatt zurückgekämmt und mit einem lila Gummiband im Nacken zusammengebunden. Anscheinend trug sie auch noch dieselbe leicht mit Haaröl verschmierte Bluse wie am Freitag, als sie Lincoln Storey hinterherspuckte.

»Sie haben die Kleine. Sie haben die Kleine, Tamara.«

»Wer? Wyvetta, wovon redest du?«

»Sie haben die Kleine, Tamara«, sagte sie noch einmal, als hätte sie mich nicht gehört. Als sie mich ansah, hatte sie Tränen in den Augen. »Dieses Schwein. Dieses widerliche alte Schwein. Ich hab dem Mädchen gesagt, sie soll die Finger von ihm lassen. Ich habs ihr gesagt. Aber die lässt sich ja von niemand was sagen. Schon von Kindesbeinen an. Lässt sich von niemand was sagen. Mama, *bitte* verzeih mir. Bitte verzeih mir!« Ihr Bitten war so qualvoll, dass ich mich neben sie setzte und ihre Hände nahm.

»Wyvetta. Was ist passiert? *Wer* hat Tasha? Ist sie der Mafia in die Hände gefallen? Hat das Finanzamt sie erwischt? Mädchen, wovon redest du?«

Sie sah mich an und warf dann einen Blick durch den Raum, als käme ihr erst jetzt zu Bewusstsein, wo sie war.

»Tut mir leid, Tamara«, sagte sie. »Dass ich einfach am Sonntag bei dir hereinplatze, ohne vorher anzurufen oder so. Du weißt, das ist sonst nicht meine Art, aber mir ist niemand anders eingefallen, mit dem ich reden kann und der mir helfen könnte.«

»Erzähl doch mal alles von Anfang an.«

»Freitagabend haben sie Tasha festgenommen wegen tätlichem Angriff gegen Polizeibeamte und Widerstand gegen die Staatsgewalt.«

»Widerstand gegen die Staatsgewalt und tätlicher Angriff *noch dazu?«*

»Es war Freitagnacht. Sie hat mich aus dem Gefängnis angerufen – der eine Anruf, den sie ihr erlaubt haben. Sie war am Aufräumen nach dieser Veranstaltung, wo sie den Catering-Service gemacht hat. Hast du das mit Lincoln Storey gehört?«, fragte sie plötzlich.

»Yeah, ich war dabei, auf der Party. Ich hab Tasha da gesehen.«

»Du warst dabei?«

»Yeah. Aber das ist jetzt egal, erzähl mir einfach, was passiert ist.«

»Na, dann weißt du ja auch, dass der Schweinehund tot ist. Ich red nicht gern schlecht von den Toten, Tamara, aber er hat es verdient. Tasha hat mir erzählt, dass nach seinem Tod die Polizei in dem Restaurant war und überall herumgeschnüffelt hat, als alle anderen schon weg waren. Tasha hat noch aufgeräumt. Einer von denen ist ihr blöd gekommen, und du weißt ja, dass Tasha ganz schön ausfällig werden kann. Sie lässt sich nie was gefallen. Sie hat sie beschimpft und eine Schale Chips nach ihnen geworfen, und da haben sie sie festgenommen. Und Tasha meint, sie wollen ihr diesen Mord anhängen. Die Sache mit Lincoln Storey.«

»Ihr einen Mord anhängen? Wie kommt Tasha auf die Idee, die würden glauben, sie hätte irgendwas damit zu tun, dass Lincoln Storey tot umgefallen ist?«

»Tasha meint, die werden sagen, sie hätte ihn umgebracht. Ermordet.«

»Ermordet! Der Mann ist vor einem Saal voller Menschen gestorben. An einem Herzinfarkt.« Ich hielt kurz inne, da mir plötzlich bewusst wurde, dass ich eigentlich gar nicht wusste, woran Lincoln Storey gestorben war. »Oder einem Anfall. Eine natürliche Ursache. Er stand vor einem Saal voller Menschen. Wie kann Tasha, Widerstand gegen die Staatsgewalt hin oder her, irgendetwas mit dem Tod von Lincoln Storey zu tun haben?«

»Sie sagen, er hätte wohl irgendeine Allergie gehabt, Tamara. Eine Allergie gegen etwas in seinem Essen, und das hat ihn umgebracht. Tasha meint, die werden sagen, sie hätte gewusst, dass er allergisch war gegen das, was ihn da umgebracht hat, und sie hätte es ihm ins Essen getan, um ihn umzubringen.«

»Wie kommt Tasha auf so eine Idee? Was ist das für ein ausgemachter Blödsinn?«

»Sie haben sie ins Gefängnis gesteckt.«

»In welches?«

»Belvington Heights.«

»Gott im Himmel!«

»Sie hat die Polizisten reden hören, als sie sie eingebuchtet haben. Sie hat gehört, die hätten angeblich jemand, der mit angehört hat, wie sie sagte, dass sie den Kerl auf die Art umbringen will, mit irgendwas im Essen. Sie hat gehört, wie die Cops sagten, dann hätte sie es ihm wohl auch aufgetischt und ihn damit umgebracht.«

Dann legte Wyvetta die Hände über die Augen, und so saßen wir eine Weile zusammen, während ich versuchte, mir einen Reim auf all das zu machen, was sie mir da erzählt hatte.

»Hast du einen Anwalt angerufen?«

»Die haben alle zu. Sie hat so spät angerufen, da konnte ich keine Menschenseele mehr erreichen.«

»Das musst du als Erstes machen«, sagte ich. »Besorg dem Mädchen einen guten Anwalt, egal welchen, und wenn du das nächste Mal mit ihr sprichst, dann sagst du ihr, sie soll der Polizei kein Wort erzählen, ohne dass ihr Anwalt dabei ist. Noch wird ihr nichts allzu Schlimmes zur Last gelegt, also mach dich nicht verrückt.«

»Das kommt schon noch.«

»Vielleicht auch nicht.«

»Doch, weil das bei der Polizei immer so läuft. Wenn jemand was zustößt, schnappen sie sich den ersten Besten.«

»Besorg ihr schnell einen Anwalt. Und wenn es nur für den tätlichen Angriff und den Widerstand gegen die Staatsgewalt ist, besorg ihr schnell jemand.«

Damit, dass das immer so läuft, hatte Wyvetta recht, aber das behielt ich für mich. In meinen fünf Jahren bei der Polizei hatte ich genug erlebt, um zu wissen, dass die Anklagepunkte sich lawinenartig vermehren können, wenn die Polizei meint, jemand hätte ihnen nicht den gehörigen Respekt entgegengebracht, vor allem, wenn es ein Schwarzer ist. Wenn Tasha sie beschimpft und eine Schale Chips nach ihnen geworfen hatte, würden sie das Mädchen wahrscheinlich bis in alle Ewigkeit im Gefängnis schmoren lassen. Dass jemand tatsächlich etwas Schwerwiegendes getan hatte und deshalb im Gefängnis saß, war in aller Regel nur die halbe Wahrheit, wenn dieser Mensch schwarz war und kein Geld hatte, und beides traf auf Tasha zu.

»Ich kenn doch keinen Anwalt!« Zum ersten Mal, seit wir uns kannten, sah ich Angst in Wyvettas Augen.

»Ich ruf Jake an, und der kann dir bestimmt einen guten vermitteln«, sagte ich rasch.

»O Gott. Warum das alles?«, stöhnte Wyvetta auf. »Warum? Und Tasha wird doch krank! Wahrscheinlich kriegt sie wieder eine Sichelzellgeschichte, wenn sie da im Gefängnis sitzt. Das kann durchaus sein. Sie ist nicht so belastbar wie andere Leute. Sie hält nicht so viel aus. Tamara, hilfst du mir aus der Patsche?«

»Was soll ich denn machen?«

»Würdest du für mich arbeiten, Tamara? Kannst du herausfinden, wer es wirklich war?«

»Da gibt es nichts herauszufinden, Wyvetta«, sagte ich. »Bisher ist noch kein Haftbefehl erlassen worden.«

»Wenn der Mann an etwas in seinem Essen gestorben ist und sie hat ihm das Essen gebracht, dann denken die bestimmt, dass sie es war.« Wyvetta war wahrscheinlich lauter geworden als beabsichtigt und guckte mich verwundert an, als könne sie nicht verstehen, warum ich das nicht begriff.

»Hatte Tasha denn einen Grund, Lincoln Storey umzubringen, Wyvetta?« Ich dachte daran, wie Wyvetta ihm am Freitag hinterhergespuckt hatte, und überlegte, was wohl der wahre Grund für Tashas Benehmen Storey gegenüber am Freitagabend gewesen war.

Wyvetta schaute weg. »Darüber will ich nichts sagen.«

»Also hatte sie einen. Du musst mir mehr erzählen.«

»Das muss Tasha dir sagen. Ich weiß nur, was sie mir über den Mann erzählt hat, und das war mehr, als ich hören wollte. Das hat mir vollauf gereicht.«

»Jedenfalls hatte sie einen Grund.«

»Yeah, sie hatte einen Grund.«

»Wyvetta, diesen Grund wird man gegen Tasha verwenden.«

»Sie ist nicht imstande, einem Menschen so etwas anzutun. Und selbst wenn sie einen Grund hatte, sie war es bestimmt nicht, das weiß ich. Tamara, hilfst du mir?«

Ich schaute rasch weg, damit sie mein gequältes Gesicht nicht sah. Die Leute machen sich alle möglichen Illusionen über Privatdetektive; oft genug müssen wir sie dann doch enttäuschen, und das kostet sie auch noch mehr Geld, als sie dachten. Im Allgemeinen vermeide ich es lieber, für Freunde zu arbeiten; der Aufwand ist immer zu groß und rentiert sich am Ende doch nicht.

»Was nimmst du als Honorar?« Sie bemühte sich, ganz ruhig zu sprechen, wie eine Geschäftsfrau bei einer Vertragsverhandlung. »Rechnest du pro Tag ab, pro Stunde, pro Woche?«

»Das kommt darauf an.«

»Wie viel? Ich will keinen Quatsch mit Prozenten und so.

Ich will reelle Bedingungen. Ich will, dass du dich richtig darum kümmerst.«

»Fünfzig bis fünfundsiebzig Dollar pro Stunde, je nach Auftrag.« Ich redete nicht lange drum herum.

»Wie viel nimmst du, wenn du einen Mörder fassen sollst?«

»Wyvetta, wenn sie Tasha etwas Schwerwiegendes zur Last legen, was bisher noch nicht geschehen ist, dann berechne ich dir gar nichts für ein paar Fragen …«

»Tamara, du weißt, dass ich nicht gern etwas dem Zufall überlasse, und ich glaube, dass es genau so kommt, wie Tasha die Cops hat reden hören. Ich frag dich, wie viel nimmst du, wenn du einen Mörder fassen sollst?«

»Wyvetta, es gibt keinen Mörder …«

»Wenn der Mann tot ist und sie glauben, dass er ermordet wurde, dann muss es einen Mörder geben, und deshalb werden sie sagen, es war Tasha. Ich will nicht mit nacktem Arsch dastehen, wenn es soweit ist.«

»Wyvetta, du machst dich völlig verrückt mit etwas, das noch gar nicht spruchreif ist. Du ziehst voreilige …«

»Ich kann dir nur vierzig Dollar die Stunde zahlen und auch das nur für *eine* Woche«, sagte sie, noch ehe ich antworten konnte.

»Wyvetta, es weist alles darauf hin, dass ich gar nicht …«

»Ich zahle dir vierzig Dollar die Stunde für eine Woche und dazu noch das Ticket nach Kingston, Jamaika, das ich letzten Monat bei Liberty Travel gekauft habe, und du findest heraus, wer Lincoln Storey umgebracht hat, damit sie meine Kleine nicht dafür ins Gefängnis stecken.«

»Wyvetta, ich nehm dein Ticket nicht …«

»Ich kann nicht deinen vollen Satz bezahlen, Tamara.

Und ich hab noch nie im Leben Almosen angenommen. Und von dir nehm ich jetzt auch keine an. Verdammt, Tamara, hilf mir bitte.«

Sie zog die Schultern hoch und stieß dann einen langen, traurigen Seufzer aus. »Ich habe schwer gearbeitet. Mein Leben lang«, sagte sie leise. »Ich habe so schwer gearbeitet, damit ich dem Andenken an meine Mutter Ehre mache. Ich habe niemanden mehr außer Tasha. Mit ihr geht meine Familie zu Ende, darum muss ich mich um sie kümmern. Ich habs ja gewusst, dass das noch ein böses Ende nimmt. Ich habs in dem Moment gewusst, als ich Lincoln Storey zu Gesicht bekam.«

Sie warf mir einen Blick zu und sah dann weg, als schämte sie sich. »Und jetzt«, sagte sie mit rauer, merkwürdig kleinlauter Stimme, »nachdem ich gekämpft und gespart und alles darangesetzt habe, dass ich es zu etwas bringe, alles darangesetzt habe, dass Tasha es zu etwas bringt, da landet sie im Gefängnis, genau wie mein Daddy. Da sitzen wir am Ende wieder genauso in der Scheiße wie am Anfang.«

»Nein, das stimmt nicht«, sagte ich ruhig.

»Wieso nicht?«, fragte sie mit einem Lachen, das eher wie Weinen klang.

»Na, wenn die am Ende tatsächlich behaupten, Tasha hätte Lincoln Storey umgebracht, und sie war es nicht, dann muss ich wohl den wahren Täter finden«, sagte ich ruhig.

»Schaffst du das in einer Woche, Tamara?«, fragte sie. Es war eher eine Bitte als eine Frage. »In *einer* Woche?«

»Yeah«, sagte ich und hatte keine Ahnung, woher ich die Zuversicht nahm. »Vielleicht auch weniger.«

6

Am nächsten Morgen zog ich mein graues Kostüm für Begegnungen mit der Obrigkeit an, aß ein Muffin mit Butter, trank eine Tasse Lipton's mit Zucker und zog los, um von Roscoe L. DeLorca, dem Polizeichef von Belvington Heights, zu erfahren, was gegen Tasha Green vorlag. Aufgrund meiner fünf Jahre bei der Polizei und meiner vorzeitigen Kündigung wussten DeLorca und ich, was wir voneinander zu halten hatten, und ich wurde in aller Regel ohne allzu langes Warten bei ihm vorgelassen. Doch als ich jetzt sein Loch von einem Büro betrat, in dem er mit seiner massigen Gestalt wirkte, als hätte man einen alten Bären in einen Käfig im Streichelzoo gepfercht, warf er mir einen düsteren Blick zu.

»Da schick ich den Mann zu Ihnen, um Ihnen einen Gefallen zu tun, Hayle. Und als Nächstes hör ich, er ist tot. Tot. Am selben Tag, verflucht noch mal.«

»Wenn Sie von Lincoln Storey sprechen, der hat mich als Privatdetektivin engagiert, nicht als Leibwächterin.« Ich bedachte ihn meinerseits mit einem finsteren Blick und ließ mich auf dem Stuhl gegenüber nieder.

»Leibwächter, Privatdetektiv, Sie sind ein Cop, Hayle, Sie sollten so etwas im Griff haben.«

»Excop, Boss.«

»Einmal ein Cop, immer ein Cop.«

»Woran ist er denn nun gestorben?«, fragte ich.

»Allergische Reaktion auf etwas, das er gegessen hat.«

»Gilt das nicht als natürliche Todesursache?«

»In dem Fall nicht.«

»Sie glauben also, er wurde ermordet?« Ich staunte, wie exakt Wyvettas Vorahnungen sich erfüllten.

»Es sieht danach aus. Die Sache mit Lincoln Storey hat sich herumgesprochen, und jeder hier im gottverdammten Staat New Jersey ist ganz allein draufgekommen, dass er keines natürlichen Todes gestorben ist. Jedes Schwein, das seinen Namen in der Zeitung lesen will – von unserem Arschloch von Senator bis hin zu dem vermaledeiten Vorsitzenden der NAACP –, will wissen, was *ich* jetzt unternehme.«

Ich nickte mitfühlend, während er entrüstet aufseufzte und mir ein halbwegs passables Lächeln schenkte. Ich beschloss, lieber nicht zu sagen, dass ich sogar Zeugin seines Todes gewesen war. Wenn DeLorca wüsste, dass ich dabei war, würde er mich sofort vernehmen wollen, und ich wollte kein Risiko eingehen, dass ich am Ende noch als Zeugin der Anklage auftreten musste.

»Und was kann ich nun für *Sie* tun?«, fragte er.

»Ich arbeite an einem Fall.«

»Ob Sie die Sache wohl diesmal bis zum Mittagessen aus dem Leichenschauhaus heraushalten können?« Er lehnte sich mit einem Gluckser im Sessel zurück, der in ein Husten überging; seine Hängebacken nahmen dabei eine rosarote Farbe an, die sich mit seinem hellblauen Hemd biss. »Und was genau führt Sie hierher?« Er nahm sich eine Zigarette, zündete sie an, betrachtete sie liebevoll und drückte sie dann aus. Bei DeLorca blieb anscheinend immer alles gleich, von dem ewigen Kampf gegen die Nikotinsucht bis zu seinem Anzug.

»Tasha Green.«

»Tasha Green? Mein Gott! Hayle, Sie arbeiten doch nicht etwa für die? Eher steht Lincoln Storey von den Toten wieder auf, als dass sie sich da herauswindet. Geben Sies auf.«

»Glauben Sie wirklich, dass es Tasha Green war?«

»Wir wissen, dass es Tasha Green war.«

»Tja, dann bin ich wohl hier, um ein paar Fakten in die Hand zu bekommen, damit ich den wahren Mörder fassen kann.«

»Sie sind ein netter Mensch, Hayle, und trotz allem, was geschehen ist, achte ich Ihren Verstand, aber hören Sie, verschwenden Sie nicht Ihre Zeit, und machen Sie sich nicht lächerlich. Tasha Green hat Lincoln Storey umgebracht. Mord, Totschlag – das sollen die Anwälte unter sich ausmachen. Wir haben die Puppe ja auf frischer Tat ertappt. Tasha hat den Bohnendip gemacht, und der Bohnendip hat ihn umgebracht.«

»Der Bohnendip?«

»Der Bohnendip.«

»Darf ich den Bericht sehen?«

Er hielt kurz inne und überlegte. »Tun Sie, was Sie nicht lassen können«, meinte er schließlich und schob ihn mir über den Schreibtisch zu. »Sie arbeiten für sie, das will ich mal einfach so glauben. Wenn es Tasha Green und ihrem Anwalt recht ist, dann solls mir auch recht sein. Wollen Sie auch eine Kopie des gerichtsmedizinischen Berichts sehen?

Da.« Er schob sie auf dem selben Weg herüber. »Schauen Sie sichs an. Es geht alles auf.«

»Ist alles ziemlich fix gegangen, nicht wahr?« Ich wusste, wie lange es sonst dauert, bis ein amtlicher Bericht fertig ist.

»Wenn jemand wie Storey stirbt, macht das allen Feuer unterm Hintern, und meiner steht in hellen Flammen. Wie gesagt, sie wollen Antworten hören. Ich muss die Antworten liefern, und zwar schnell.«

»Und falsch.«

»Da steht ein Stuhl, wenn Sie das durchlesen wollen, aber beeilen Sie sich. In einer Viertelstunde bekomm ich Besuch. Jetzt hab ich was bei Ihnen gut, Hayle. Eigentlich hätten Sie sich die Informationen über ihren Anwalt besorgen sollen.«

Er deutete mit dem Kopf auf einen schmuddeligen Kordsessel an der Wand. »Bitte sehr.«

Ich setzte mich und überflog die Unterlagen. Wyvetta hatte recht: Es sah ziemlich übel aus für meine gute Tasha.

Der unterzeichnende Beamte, ein Mensch namens Gilroy, war um 22 Uhr 40 ins Tate's gerufen worden. Bei seiner Ankunft teilte ihm ein anwesender Arzt, Gast der Veranstaltung »Folks for Pharr«, Lincoln Storeys Tod mit. Der Arzt hatte ihn um 22 Uhr 25 amtlich für tot erklärt. Er war wohl unter der Handvoll Gästen gewesen, die noch blieben, nachdem der Galaabend ein so abruptes Ende gefunden hatte. Annie war mit mir und fast allen anderen zusammen bald gegangen, als wir wussten, dass Storey tot war. Der Tod kann einen Saal ziemlich rasch leeren.

Weiter gab der Arzt zu Protokoll, aufgrund des Aussehens der Leiche und seiner eigenen Beobachtungen von

Storeys Verhalten vor seinem Tod sei er überzeugt, dass dieser einen schweren allergischen Schock erlitten habe, der von etwas in seinem Essen ausgelöst worden war. Der Arzt hatte den Eindruck, der Tod sei durch einen anaphylaktischen Schock eingetreten, eine plötzliche schwere Reaktion auf eine allergieauslösende Substanz. Als Daphne Storey, die nach einem Vermerk des unterzeichnenden Beamten hysterisch weinte, nach möglichen Allergien ihres Mannes gefragt wurde, erklärte sie, genau wisse sie nur von einer Allergie gegen Erdnüsse, und ihrer Meinung nach habe er an dem Abend keine gegessen. Er habe alle Speisen gemieden, die auch nur so aussahen, als könnten sie Nüsse egal welcher Art enthalten. Auf die Frage, ob er eine vorbereitete Adrenalinspritze bei sich getragen habe, wie das bei Menschen mit schweren Allergien üblich ist, erklärte sie, er habe stets eine bei sich getragen, doch sie sei einige Wochen zuvor bei einem anderen allergischen Schock benutzt worden, und er habe sie nicht ersetzt. Stella Pharr hatte sich als Stellvertretende Staatsanwältin und enge Freundin des Verstorbenen vorgestellt und angeregt, die Beamten sollten Proben von dem Essen auf Storeys Teller zur Untersuchung mitnehmen. Das hatten der unterzeichnende Beamte und sein Assistent denn auch getan.

Danach wurde Tasha Green vernommen, die in der Küche aufräumte. Dem Bericht zufolge hatte sich Tasha »in höchstem Maße unkooperativ« gezeigt, sie hatte »Beleidigungen ausgesprochen, den unterzeichnenden Beamten angespuckt und mit einer Schale Tortilla-Chips beworfen«. Daraufhin war sie wegen tätlichen Angriffs und Widerstands gegen die Staatsgewalt festgenommen worden.

Wie aus einer beigefügten Aussage vom selben Abend und einer weiteren von Samstagnachmittag hervorging, hatte ein Zeuge, dessen Name geschwärzt worden war, zu Protokoll gegeben, einen Monat vor dem Vorfall habe Tasha gesagt, es wäre eine gute Idee, »dem alten Schwein ein paar Erdnüsse ins Essen zu mischen« und ihn damit umzubringen. Offenbar hatte sie diese Bemerkung gemacht, nachdem sie Storeys schwere Schockreaktion auf eine mit Erdnussöl zubereitete Soße beobachtet hatte. Eine weitere Zeugin hatte dann bestätigt, dass sie gleichfalls gehört habe, wie Tasha das sagte.

Außerdem lag eine Aktennotiz mit dem Datum des heutigen Tages bei, ein kurzer Bericht des Polizeilabors darüber, dass man tatsächlich Erdnussbutter in dem Bohnendip gefunden hatte. Der Bericht war auf besonderen Wunsch der Staatsanwaltschaft außerhalb der regulären Dienstzeit erstellt worden.

Wie Wyvetta befürchtet hatte, war heute früh Haftbefehl gegen Tasha wegen vorsätzlichen Mordes an Lincoln Storey erlassen worden.

Ich gab DeLorca das Ding zurück, der es eifrig entgegennahm, mit einem kaum merklichen Lächeln ansah und in einen Ordner schob.

»Welches Motiv hatte sie?«

»Reden Sie mit Ihrer Klientin. Mehr will ich dazu nicht sagen.«

»Es ist etwas voreilig, Tasha Green nur aufgrund der vagen Aussage namenloser Zeugen, die durchaus auch ihre eigenen Ziele verfolgen könnten, wegen vorsätzlichen Mordes zu verhaften. Warum nicht die Ehefrau, Daphne Storey, wenn wir schon einmal dabei sind? Sonst knöpft ihr euch doch immer zuerst den Ehepartner vor, wenn jemand eines unnatürlichen Todes stirbt.«

Jetzt wurde DeLorcas Miene ärgerlich. »Nur zu Ihrer Information, wir sind dieser Möglichkeit nachgegangen und haben festgestellt, dass das höchst unwahrscheinlich ist. Sie hatte keine Gelegenheit. Und keine Mittel. Wie sollte sie es denn anstellen, den Dip im Abendtäschchen mitbringen und auf seine Chips schmieren, wenn er nicht hinguckt?«

»Warum nicht?«

»Staatsanwältin Stella Pharr hat, aus persönlichen Gründen, die ihr persönliches Geheimnis bleiben sollen, die Frau an dem Abend mit Adleraugen beobachtet und will bezeugen, dass Mrs. Storey weder Gelegenheit noch Mittel hatte.«

»Und die anderen? Die Tochter. Brandon Pike. In welcher Beziehung stand diese Stella Pharr genau zu Storey?«

»Was mich angeht, so haben wir die Täterin überführt. Motiv. Methode. Gelegenheit. Mehr brauchen wir nicht. Sprechen Sie mit der Gilroy. Sie hat das Mädchen eingeliefert. Vielleicht kann sie Ihnen mehr sagen. Ich würd mich allerdings nicht darauf verlassen«, murmelte DeLorca, wobei er meine Fragen mit einer Handbewegung überging.

»Der Gilroy?«

»Matilda Gilroy. Hat erst vor ein paar Wochen hier angefangen. Eine Polizeianwärterin reiferen Jahrgangs.« Er deutete mit dem Kopf zu meinem alten Schreibtisch hinter der Glasscheibe hin, und ich erblickte eine ältere Blondine, die aus einem Pappbecher von Dunkin' Donut Kaffee trank und sich auf einem Block Notizen machte. »Ihr habt eine Menge gemeinsam. Vielleicht können Sie ihr ein paar Tipps geben. Sie erinnert mich an Sie.« Das fügte er so freundlich hinzu, wie es sonst gar nicht seine Art war, und ich guckte ihn erstaunt an. Doch er wich meinem Blick angelegentlich aus, räusperte sich und machte sich wieder an die Arbeit.

Ich ging rüber, um mit Matilda Gilroy zu sprechen. Als ich mich vorstellte, fiel mir die grüne Schachtel mit Sleepytime-Teebeuteln neben dem Becher mit Stiften auf ihrem Schreibtisch auf.

Matilda Gilroy war schlank und hochgewachsen, hatte große, schwielige Hände, einen schlechten Teint und trug zu viel Make-up für diesen Job. In den Ohrläppchen waren je zwei Löcher, und Blond war ganz eindeutig nicht ihre natürliche Haarfarbe; angesichts der am Ansatz hervorguckenden dunklen Haarwurzeln überlegte ich, ob Wyvetta wohl auch weiße Frauen behandelte. Sie hatte ein offenes, rasches Lächeln und leicht vorstehende Zähne. Ich fand sie auf Anhieb sympathisch.

»Tamara Hayle, ich hab schon so viel von Ihnen gehört.«

Sie legte den Stift hin und stand auf, um mir die Hand zu geben.

»Nur Gutes, hoffentlich«, sagte ich, und wir mussten beide schmunzeln. Als ich mich in ihrem Verschlag umsah, fiel mein Blick auf ein Foto von einem Kind mit Ringellöckchen und Engelsgesicht.

»Mein Sohn Jeremy«, sagte sie, meinem Blick folgend. »Es ist schon ein paar Jahre alt. Er ist jetzt bald sechs.« Das hatte DeLorca wohl außer der Tatsache, dass wir beide weiblich waren, im Sinn; der Junge war im gleichen Alter wie Jamal, als ich bei der Polizei anfing.

»Wie gehts Ihnen hier?«

»So schlecht wie erwartet. Aber ich war ja gewarnt. Ich hab gehört, wie man Sie und Ihr Kind durch die Scheiße gezogen hat. Es hat mir den Magen umgedreht.«

»So hat es bei mir auch gewirkt. Ich hab seitdem kein Chili mehr gegessen.«

»Auf der Polizeischule haben wir gelernt, der beste Weg zur Humanisierung einer Mannschaft sei die Einbeziehung von Frauen und, ähm, Minderheiten.«

»Und das geschieht offenbar schrittweise – alle fünf Jahre ein halber Schritt.«

Wieder lachten wir einverständlich, und ich überlegte kurz, ob unsere Gemeinsamkeiten – der Status einer alleinerziehenden Mutter, Söhne, Kräutertee, DeLorca – die Kluft und Unbehaglichkeit überwinden könnten, die wohl immer zwischen Menschen unterschiedlicher Hautfarbe entsteht, auch wenn sie ansonsten leicht Freunde geworden wären. Die Polizistenrolle war uns allerdings beiden vertraut, und in die schlüpften wir rasch wieder hinein.

»Ich habe gerade den Bericht über Storey und Tasha Green gelesen«, sagte ich und kam damit gleich zur Sache. »Es war ein guter, gründlicher Bericht. Sie waren die ermittelnde Beamtin, stimmts?«

Matilda Gilroy zog fragend die Augenbrauen hoch, daher fügte ich ein paar erläuternde Worte an, ohne allzu sehr ins Detail zu gehen. »Ich arbeite für ihre Schwester. Gibt es noch irgendetwas, das nicht in dem Bericht steht, irgendetwas, das Sie mir anvertrauen würden?«

Matilda Gilroy dachte einen Moment lang nach, was gegebenenfalls für eine vertrauliche Mitteilung in Frage käme, genau wie ich das an ihrer Stelle auch getan hätte.

»Können Sie mir ein bisschen was über Lebensmittelallergien erzählen? Es kommt mir irgendwie merkwürdig vor, jemanden auf die Art umzubringen.«

Sie musterte mich ein Weilchen und überlegte wahrscheinlich, ob sie offen zu mir sein sollte. Nach einem raschen Blick über die Schulter zu DeLorca hin bedeutete sie mir, ich solle an ihrem Schreibtisch Platz nehmen.

»Wissen Sie, als die Zeugin sagte, er hätte schon mal einen allergischen Schock gehabt, da wusste ich schon vor dem Abschluss der Untersuchungen, wie sie es gemacht hat«, sagte sie mit gedämpfter Stimme. »Solche tödlichen Lebensmittelallergien kommen bei Kindern häufiger vor als bei Erwachsenen, aber sie nehmen zu. Mein Sohn Jeremy ist allergisch gegen Sojabohnen, nicht so schlimm, wie Lincoln Storey gegen Erdnüsse allergisch war, aber er bekommt einen Nesselausschlag. Ich muss furchtbar aufpassen. Irgendwo hab ich gelesen, dass nur ein relativ kleiner Teil der Bevölkerung unter potenziell lebensgefährlichen Lebensmittelallergien leidet, bei Erwachsenen etwa zwei Prozent. Lincoln Storey gehörte offenbar dazu.«

»Ist Ihnen persönlich etwas an den dort Versammelten aufgefallen? Ich versuche herauszufinden, ob sich der Fall für mich überhaupt lohnt. Wie hat sich die Ehefrau verhalten? Das Mädchen, der Freund des Mädchens?«

»Etwa so, wie man erwarten würde. Die Frau war hysterisch, wie ich schon in dem Bericht geschrieben habe. Die Arme. Sie hat mir wirklich leidgetan, dass sie zusehen musste, wie ihre bessere Hälfte direkt vor ihren Augen gestorben ist.« Etwas Sanftes trat in ihren Blick. »Immer wieder hat sie seinen Namen gerufen. Die Tochter hat ihn nur angestarrt; wahrscheinlich stand sie unter Schock, und der Freund, Brandon Soundso ...«

»Brandon Pike.«

»Der hat nur geguckt, als wär er am liebsten gar nicht da. Mir ist an niemandem etwas Besonderes aufgefallen. Einfach drei Menschen, die in einen Albtraum geraten sind.«

»Und Tasha Green?«

Matilda Gilroy versteifte sich etwas. »Tasha Green? Ein ausgekochtes kleines Luder, wenn Sie mich fragen. So, wie die sich aufführt, ist sie bald tot oder im Gefängnis.« Sie zuckte die Achseln. »Na ja, eigentlich ist das ja schon passiert.«

»Wie soll sie es denn getan haben?«

»Also, es wurde ja gerade erst Haftbefehl gegen sie erlassen«, sagte sie vorsichtig als gute Polizistin, die nicht vorzeitig mit einer amtlichen Stellungnahme herausrückt.

»Was glauben *Sie* denn, wie sie es getan hat?« Ich hab noch nie einen Polizisten erlebt, der nicht wie ein Stammtischstratege alle Zusammenhänge zu durchschauen meint, daher legte ich den Ton auf das »Sie«.

»Nun ja«, meinte sie nachdenklich, »eigentlich ist es ganz leicht. Wahrscheinlich hat sie es bei der Zubereitung einfach mit untergemischt und dann dafür gesorgt, dass er etwas davon auf den Teller bekam. Für eine Köchin ist das ja nicht schwer. Es gibt durchaus Fälle, wo Erdnüsse oder Erdnussbutter in einem Essen waren, auch wenn man es eigentlich nicht vermuten würde – in Chili zum Beispiel oder Spaghettisoße. Ich kann mich da an einen Fall vor ein paar Jahren erinnern, wo eine hoch allergische College-Studentin ein ausgezeichnetes Chili gegessen hat, dem als

Dickungsmittel Erdnussbutter beigegeben war, und sie ist daran gestorben. Erdnüsse sind ein recht verbreitetes Allergen. Tasha Green kann von Glück sagen, dass nicht noch andere dran glauben mussten. Sonst hätten wir sie wegen mehrfachen Mordes belangt.«

»Ist das nicht etwas weit hergeholt? Wollen Sie mir erzählen, weder Storey noch sonst jemand hätte die Nüsse herausgeschmeckt?« Allerdings musste ich zugeben, dass ich selbst es auch nicht gemerkt hatte.

»Ich weiß nicht, ob Sie schon mal Bohnendip gemacht haben, aber ich hab früher immer welchen in der Bar gemacht, in der ich gearbeitet hab.«

»Sie haben in einer Bar gearbeitet?«

»Mein Exmann hatte eine in Harrison. Er hat angefangen, mich zu schlagen, da hab ich das Kind genommen und bin abgehauen. Na jedenfalls, an den Abenden, wo es alles zum halben Preis gab, hab ich immer Bohnendip gemacht. Er ist fast genauso dickflüssig wie Erdnussbutter und hat sogar dieselbe Farbe. Wenn man den Nussgeschmack mit viel gehackter Zwiebel, Koriander und Chilipulver überdeckt, wer merkt das schon? Im Allgemeinen sind die Leute sowieso schon betrunken, wenn sie das essen, und außerdem erwarten sie es nicht, darum reden sie sich ein, es wär etwas anderes, selbst wenn sie meinen, dass es nach Erdnussbutter schmeckt.«

In dem Punkt hatte sie recht. Ich hatte an dem Abend mehr als genug Wein, Dip und anderes gekostet und nirgends einen merkwürdigen Geschmack wahrgenommen. Wenn ich gegen Erdnüsse allergisch wäre, dann läge ich jetzt neben Storey im Leichenschauhaus.

»Haben Sie mit Tasha Green gesprochen?«, fragte Matilda Gilroy.

»Ist sie schon überstellt?«

»Nein, sie sitzt noch immer hier bei uns in U-Haft. Heute Nachmittag wird sie ins Kreisgefängnis überstellt, wenn sie keine Kaution aufbringt, und meines Wissens hat sie das bisher nicht getan.«

»Dürfte ich sie wohl sehen?«

Matilda Gilroy zuckte die Achseln. »Ich seh da kein Problem. Ich ruf unten an und sag Bescheid, dass Sie runterkommen. Sie kennen den Weg?«

»Manche Dinge vergisst man nie.«

Sie wandte sich wieder ihrer Arbeit zu, und als ich schon am Gehen war, schaute sie auf, als sei ihr noch etwas eingefallen.

»Für Sie spielt das wahrscheinlich überhaupt keine Rolle, und wenn ich Ihren Job machen würde, ginge mir das wohl auch nicht anders, aber in zehn Jahren Schufterei in dieser versifften Bar von meinem Ex, da lernt man die Menschen verdammt gut kennen. Was die für Geschichten erzählen. Was die einem für Lügenmärchen auftischen.« Sie verdrehte in Erinnerung daran die Augen und bedachte mich mit einem wissenden Lächeln. »Unter uns Kolleginnen: Ihre Tasha Green, die hat was zu verbergen. Ich würd mich für die nächste Monatsmiete nicht auf sie verlassen.«

7

Ich bin froh, dass das schmierige Schwein tot ist«, sagte Tasha Green, womit sie beinahe die Worte ihrer Schwester von Sonntagmorgen wiederholte. »Die haben keinerlei Beweise, dass ich es war, also können sie mich alle mal an meinem süßen braunen Popo lecken.«

Der kleine, fensterlose Raum, in dem unsere Unterhaltung stattfand, war heiß und stickig. Belvington Heights, knauserig wie immer, wenn es um seine hart arbeitenden Beamten geht, hatte die Klimaanlage in dem Gebäude noch nicht angestellt, und auf Tashas glatter brauner Stirn und der Oberlippe traten Schweißperlen hervor. Sie trug noch immer die weiße Catering-Uniform mit Schürze vom Freitag, die aber jetzt verknittert war und vorne Flecken hatte. Mit der verwischten schwarzen Wimperntusche und dem Eyeliner um die großen Augen sah sie aus wie ein Waschbärbaby, und sie verbreitete einen leicht säuerlichen Geruch, als ob sie ein Bad gebrauchen könnte.

»Das *schmierige* Schwein?« Die Frage konnte ich mir nicht verkneifen. »Schmierig« war das letzte Wort, das mir für Lincoln Storey eingefallen wäre.

»Er war ein alter Schleimscheißer.«

»Du bist froh, dass er tot ist? Tasha, du sitzt im Gefängnis, weil du ihn ermordet haben sollst, dafür riskierst du eine ziemlich kesse Lippe«, schimpfte ich leise mit einem verstohlenen Blick auf den Polizisten mit dem grauen Bürstenschnitt und Charlie-Chaplin-Bärtchen, der in der Ecke saß und eine zerfledderte Ausgabe von *Muscles* las.

Tasha funkelte den Wärter an. »Mir doch egal, ob er mich hört«, sagte sie trotzig. Der Polizist gab einen finsteren Blick zurück.

»Hast du schon mit deinem Anwalt gesprochen?«

»Ich will mit keinem Anwalt reden. Ich will bloß hier raus.«

»Wenn du mit deinem Anwalt sprichst, kann er dich möglicherweise gegen Kaution freibekommen, vorausgesetzt, Wyvetta kann etwas Geld auftreiben«, erläuterte ich sanft.

»Möglicherweise?«, winselte Tasha wie ein kleines Kind. »Möglicherweise? Tamara, ich halt das hier nicht aus. Sag meiner Schwester, sie soll mich in Gottes Namen hier rausholen. Es geht mir beschissen. Ich hab Angst, ich krieg so eine Sichelzellgeschichte hier drin. Leute wie ich gehören nicht ins Gefängnis!«

»Deine Schwester tut, was sie kann. Aber das hättest du dir vielleicht vorher überlegen sollen, bevor du mit den Chips nach den Polizisten geworfen hast.« Ich ärgerte mich über ihren Ton und musste wieder an Wyvettas Gesicht am Sonntag denken und an das Gerede mancher Leute, dass sie ihre kleine Schwester verwöhnte.

Aber auch ich machte mir Sorgen, dass Tasha krank werden könnte. Ich wusste, dass Sichelzellanämie ohne angemessene ärztliche Betreuung sehr gefährlich sein kann. Auch wenn sie heute Morgen große Reden führte, konnte ich mit bloßem Auge nicht erkennen, wie widerstandsfähig sie wirklich war. Ich nahm mir vor, Jake anzurufen und ihn zu fragen, ob man irgendwie erreichen könnte, dass sie aufgrund ihrer chronischen Krankheit mit besonderer Rücksicht behandelt wurde.

Tasha schickte einen langen, gepressten Seufzer zur Decke. »Und überhaupt hab ich die verdammten Chips gar nicht nach den dämlichen Bullen geworfen. Ich hab sie auf den Boden geschmissen.«

Der Polizist in der Ecke legte die Zeitschrift hin und warf mir und dann Tasha einen Blick zu, der besagte, dass das mit den »dämlichen Bullen« bei ihm nicht gut ankam. Ich schenkte ihm mein süßestes Lächeln, und er zog die linke Augenbraue hoch, sah auf die Uhr und widmete sich dann wieder seiner Illustrierten.

»Erzähl doch mal von Anfang an.«

»Welchem Anfang?«

»Von da an, warum du froh bist, dass das ›schmierige Schwein‹ tot ist.«

»Ich und ein halbes Dutzend andere Leute.«

»Fangen wir mit derjenigen an, die im Gefängnis sitzt.«

Tasha seufzte hörbar, verdrehte die Augen, schlug die Arme unter und starrte die Wand an. Mir fiel wieder ein, was Matilda Gilroy gesagt hatte, und ich überlegte, ob ich nicht ihrem Rat folgen sollte. Dann musste ich an Wyvetta denken.

»Wo liegt denn dein Problem, Mädchen?«

Eine Weile sagte Tasha gar nichts, dann seufzte sie auf.

»Meinst du, ich war hinter dem Geld her?« Sie sah mich an und fragte wie ein kleines Kind. »Yeah, ich muss wohl hinter dem Geld her gewesen sein«, gab sie sich selbst mit einem Kopfnicken zur Antwort. »Nett war er nicht. Richtig gut sah er auch nicht aus. Er konnte noch nicht mal gut ficken. Also war es wohl das Geld.«

»Geld führt einen zweifellos auf Wege, die man normalerweise nicht geht«, meinte ich. »Dann hast du also *wirklich* mit ihm geschlafen?«, fragte ich rasch, da ich das klarstellen wollte.

»Damit ist es ja nun vorbei.« Sie bedachte mich mit einem Lächeln, das in ein Kichern überging.

»Wie lange?«

»Insgesamt? Etwa drei Jahre.«

»Drei Jahre?« Ich kreischte so laut auf, dass der Polizist sich räusperte und uns über den Rand seiner Zeitschrift hinweg ansah. »Tasha, vor drei Jahren warst du fast noch ein Teenager! Der Mann war bestimmt über fünfzig! Du bist mit einem über fünfzigjährigen Mann gegangen?«

»Ich bin nicht die erste junge Dame, die sich zu älteren Herren hingezogen fühlt«, verteidigte sich Tasha in spöttischem Ton.

Oder zu ihrem Geld, dachte ich, sprach es jedoch nicht aus. »Aber über dreißig Jahre!«

»Ich hatte außerdem, na ja, nebenher eine kleine Geschichte laufen, die mir wirklich etwas bedeutete. Aber er schließlich auch, mit seiner Frau und so«, fügte sie mit einem Anflug von Selbstgerechtigkeit hinzu. »Man könnte wohl sagen, wir hatten *alle* noch eine kleine Geschichte nebenher laufen.«

Ich schüttelte verwirrt den Kopf und fragte mich, ob Wyvetta wirklich so viel von ihrer kleinen Schwester wusste, wie sie dachte, und wer in dem Verhältnis zwischen Tasha und Storey nun tatsächlich wen verführt hatte. Aber ich hatte hier nicht zu urteilen, befand ich gleich darauf. Meiner eigenen Jugendzeit hatte es weiß Gott nicht an dem gefehlt, was manche Leute »Lebenslust« nennen.

»Ich verstehe dich so, dass das zwischen dir und Storey nicht eigentlich Liebe war, wo du doch nebenher noch diese kleine Geschichte laufen hattest und so.«

»Zuerst ja, nicht richtig Liebe, aber doch so in der Art, und dann war es nur noch Sex, jedenfalls für ihn.«

»Und für dich?«

»Was glaubst du wohl?«, gab sie mit einer Unverblümtheit zurück, die mich bestürzte.

»Was hast du denn von der Sache gehabt? Ich meine, *wirklich* gehabt. Geld? Kleider? Schmuck?« Ich musste an den Stein denken, der Freitagabend an Daphne Storeys Finger gefunkelt hatte, und mein Blick wanderte zu Tashas Händen hinunter, die, abgesehen vom knallroten Nagellack an den kurzen, gepflegten Nägeln, nackt und bloß waren.

»Hat Wyvetta dir das nicht erzählt?«

»Sonst würde ich ja nicht fragen.«

»Er hat die andere Hälfte von dem Startkapital für mein Geschäft hingelegt, und er hat mir die Wohnung in University Haven bezahlt.«

»University Haven?«

»Yep«, sagte sie strahlend.

University Haven war eine Anlage funkelnagelneuer Reihenhäuser mit jeweils drei oder vier Zimmern mitten in Newark, nur einen Katzensprung von drei großen Universitäten entfernt: der University of Medicine and Dentistry of New Jersey, dem New Jersey Institute of Technology und dem Ableger der Rutgers University in Newark. Die Edel-Kaninchenställe, bei der Wiederbelebung und Erneuerung der Stadt als Renommierprojekt groß herausgestellt, waren teuer und elegant genug, um eine aufstrebende junge Klientel anzulocken, die ihre Kinder in der Stadt großziehen wollte.

»Ich hatte ein Reihenhaus mit *drei* Zimmern«, sagte Tasha wehmütig. »Mit Geschirrspülmaschine, Terrasse, Mikrowelle, Garage und allem. Aber letzten Donnerstag hat man mich rausgeschmissen. Er hat mich von der Polizei vor die Tür setzen lassen. Und das vor allen Nachbarn, verfluchter Mist! Kannst du dir das vorstellen? Verdammt noch mal! Diese Schande! Das lässt sich Tasha Green nicht gefallen, dass man sie so erniedrigt!« Sie erschauerte pathetisch und schüttelte den Kopf, als wolle sie die Erinnerung vertreiben.

»Weißt du, warum er die Zahlungen dafür eingestellt hat?«

»Yeah, weiß ich. Er hat mir den Laufpass gegeben. Er sagt, er hätte die große Liebe seines Lebens wiederentdeckt. Kannst du dir so einen Quatsch vorstellen? Die ›große Liebe seines Lebens *wieder*entdeckt‹, verdammter Mist. Als hätte er sie verloren und dann wiedergefunden und so 'n Scheiß. Diese abgehalfterte alte Sau! Mein Gott, ich weiß nicht, warum ich mit diesem Schnarchkasper je ins Bett gestiegen bin!«

»Hat er dir gesagt, wer es ist?«

»Lincoln Storey hat mir nie etwas erzählt, das ihm wirklich wichtig war. Nein, er hat es mir nicht gesagt.«

»Und du hast auch keine Vermutung?«

»Meinetwegen kann es auch seine Frau gewesen sein. Sie ist ja Freitagabend da am Tisch ständig um ihn herumscharwenzelt.«

»Und was ist mit deinem Geschäft?«

»Davon hat ihm auch ein Teil gehört. Er war so eine Art stiller Teilhaber, weil er ja Geld reingesteckt hat. Das wollte er auch gerade aufkündigen, genau wie mein Haus. Aber jetzt, wo er tot ist« –, auf ihren Lippen erschien ein verschmitztes kleines Lächeln – »tja, wo er jetzt tot ist …«

»Wo er jetzt tot ist, kannst du, mein Schatz, womöglich die nächsten fünfundzwanzig Jahre bis lebenslänglich Gefängniswärtern freche Antworten geben und im Knast Pullover stricken, wenn wir nicht rausfinden, wer es wirklich war«, sagte ich, um ihr die wahre Lage vor Augen zu führen. Das Lächeln schwand rasch aus ihrem Gesicht.

»Also, ich bin ja nun nicht die Einzige, die es gewesen sein könnte.«

»Du bist die Einzige, die wirklich und wahrhaftig beschrieben hat, wie man es machen müsste. Es kommt nicht jeden Tag jemand auf die Idee, Erdnussbutter als Mordwaffe zu benutzen.«

»Also, auf die Idee wär jeder gekommen, der ihn da an dem Abend auf dem Tisch liegen sah, als er das Erdnussöl im Essen hatte.«

»Die Polizei behauptet, sie hätte einen Zeugen, der aussagt, du hättest an dem Abend Morddrohungen gegen ihn ausgestoßen.«

»Morddrohungen!« Sie verdrehte die Augen gen Himmel und gestikulierte wild mit den Händen. »Was soll denn das nun wieder heißen?«

»Genau genommen behaupten sie, sie hätten zwei Personen, die angeblich deine Schilderung gehört haben, wie du Storey umbringen willst.«

»Zwei! Ich möcht wetten, eine davon ist Minnie, dieses billige Flittchen mit der künstlich verlängerten Mähne, das Lincoln als Oberkellnerin angestellt hat. Ich möcht wetten, mit dem kleinen Hexenbesen hatte er auch noch was nebenher. Meine Güte, heutzutage kann man aber auch niemandem mehr trauen. Und die sagt jetzt, ich hätte ihn umgebracht! Ich möcht wetten …«

»Moment mal, Schätzchen.« Ich hob die Hand wie ein Verkehrspolizist. »Beruhige dich, Tasha. Denk mal nach. Erzähl mir, wer alles dabei war und was du gesagt hast.«

»Okay«, seufzte sie und holte tief Luft, als würde sie in der Schule etwas aufsagen. »Das ist jetzt etwa einen Monat her. Wir waren im Tate's, in der Küche. Ich. Mr. Tate. Minnie der Hexenbesen, Alexa …«

»Alexa Storey?«, fragte ich verblüfft. »Storeys Tochter?«

»Seine *Stief*tochter«, rief sie mir rasch in Erinnerung. »So hab ich Lincoln ja überhaupt erst kennengelernt, über Alexa.«

Ich wich überrascht zurück, beschloss aber, dem im Moment nicht weiter nachzugehen. Sie schienen mir aber doch ein recht seltsames Gespann, Tasha Green und Alexa Storey, auch wenn sie wohl gleichaltrig waren. *Hatte Storey wirklich und wahrhaftig eine Freundin seiner jungen Stieftochter verführt?*

»Woher kanntest du Alexa Storey?«

»Ich kannte sie halt so«, erklärte Tasha ausweichend.

»Wie geht es ihr denn? Bei der ganzen Scheiße, die da abläuft, geht es ihr gut?«, fügte sie unruhig und anscheinend besorgt hinzu.

»Da kann ich dir überhaupt nichts sagen«, antwortete ich wahrheitsgemäß. »Dann kennst du wohl auch Brandon Pike?«

»Yeah, den kenne ich.« Tasha wich meinem Blick aus.

»Erzähl weiter«, sagte ich und wusste nicht recht, was ich von dem Blick halten sollte. »Na jedenfalls, wir standen da alle so in der Küche rum.

Mr. Tate war aus irgendeinem Grund total bedrückt. Richtig deprimiert. Ich glaub, er war irgendwie stinksauer auf Lincoln. So wütend hab ich ihn noch nie gesehen. Er wollte aber nicht sagen, warum.« Sie schaute mich an, und plötzlich spielte ein geheimnisvolles Lächeln um ihre Lippen. »Frag doch mal Mr. Tate, warum Lincoln auf die Art und Weise gestorben ist.«

»Keine Angst, mit dem red ich auch noch. Was war dann?«

»Sie waren alle zum Essen da. Lincoln, Mrs. Storey, Brandon, Alexa. Es war so ein großes Festessen für irgendwelche reichen weißen Pinkel und Stella Soundso, diese blöde alte Hacke, die am Freitag mit ihm zusammen war.

Na jedenfalls, Alexa kommt in die Küche, um mir etwas wiederzugeben, das mir gehört, aber weil die ganzen anderen da rumstehen – Mr. Tate und Minnie der Hexenbesen –, können wir nicht richtig reden, und gerade als sie gehen will, kommt Mrs. Storey in die Küche gerannt und schreit, Lincoln wär umgekippt oder irgend so einen Quatsch.

Mein Gott, es war, als ob das verdammte Lokal da in Flammen steht, so sind plötzlich alle rumgerannt. Ich hab rausgeguckt, und da liegt Lincoln auf dem Tisch und zittert wie ein Junkie. Ein befreundeter Arzt hat eine Spritze aus dem dämlichen Kästchen geholt, das Lincoln immer dabei hat, und ihm irgendwas gespritzt. Und Mrs. Storey hat rumgekreischt, wir sollten einen Krankenwagen holen, was der Hexenbesen am Ende auch gemacht hat, und dann hat Mrs. S. Tate angeschrien, was er da ins Essen getan hätte und ob er ihren Mann vergiften wollte und solchen Mist, und schließlich hat Mr. Tate gesagt, er hätte halt die Soße gemacht, die auf dem Hühnchen war, und sie hat gefragt, was da drin war, und er hat gesagt, Erdnussöl, und da ist sie total ausgerastet und hat gesagt, Lincoln hätte eine Allergie gegen Erdnüsse, eine schwere Allergie.«

Von ihrer Erzählung beflügelt, schenkte Tasha mir ein merkwürdiges kleines Lächeln. Ich drehte mich um und sah, dass der Polizist in der Ecke genauso gespannt auf den Ausgang der Geschichte wartete wie ich. Er glotzte mit Stielaugen über den Rand seiner Zeitschrift.

»Und dann hab ich es halt gesagt. Als Mrs. Storey weg war. Ich habs extra nicht vor ihr gesagt, ich wusste ja nicht, ob sie das mit mir und Lincoln weiß, und ich wollte es ihr nicht auf die Nase binden.«

»Was hast du genau gesagt?«

Tasha zuckte die Achseln. »Ich war sowieso schon wütend auf Lincoln, wegen etwas, das er vorher zu mir gesagt hatte.« Wieder wich sie meinem Blick aus. Ich hatte den Verdacht, dass ich noch nicht die ganze Wahrheit erfuhr, aber ich ließ das auf sich beruhen. »Da wusste ich inzwischen schon, dass er außer Gefahr ist, der Arzt hatte ihm ja die Spritze gegeben. Ich hab *Quatsch* gemacht, verdammt noch mal, ich hab gedacht, das ist allen klar. Ich hab nur gesagt, wenn jemand das alte Schwein umbringen will, dann braucht er ihm bloß ein paar Erdnüsse ins Essen zu tun. Ich hab mir überhaupt nichts dabei gedacht.« Sie sah mich an, und ihr war ganz offenbar daran gelegen, dass ich ihr glaubte. Ich ließ mir nichts anmerken.

»Tja, jetzt glauben sie, du hättest dir doch etwas dabei gedacht.«

Tasha seufzte wieder und zuckte die Achseln. »Dämliche Bullen«, murmelte sie. Doch dann zeigte sich nackte Panik auf ihrem Gesicht.

»Tamara, meinst du wirklich, die können mich wegen dem Mord an Lincoln Storey ins Gefängnis stecken?« Zum ersten Mal an dem Nachmittag erkannte ich hinter ihren wortgewaltigen frechen Reden die schiere Angst.

»Schätzchen, du sitzt ja schon im Gefängnis wegen dem Mord an Lincoln Storey«, sagte ich ruhig.

Tasha schlug die Hände vors Gesicht und fing an zu heulen, und sie tat mir entsetzlich leid. Ich fasste sie sacht an der Schulter. Als sie zu zittern begann, ging ich um den Tisch herum, setzte mich neben sie und nahm sie in die Arme wie früher Jamal, wenn seine Welt ein für alle Mal kaputt zu sein schien.

»Es tut mir leid. Es tut mir leid«, sagte sie zu mir oder dem Polizisten oder wer es sonst hören wollte. »Mein Gott, warum mach ich nur so viel Mist? Immer muss ich Wyvetta enttäuschen. Sie hat gesagt, ich soll die Finger von dem Mann lassen. Warum mach ich nur so viel Mist?«

Ich gab ihr keine Antwort. Ich ließ sie einfach eine Weile dasitzen, weinen und sich für die Sünden der Vergangenheit und um ihrer Schwester willen geißeln. Schließlich räusperte ich mich und bot ihr ein verkrumpeltes Papiertaschentuch von ganz unten aus meiner Handtasche an, mit dem sie sich die Nase putzte.

»Ich wollte einfach nur wer sein«, wimmerte sie. »Ich wollte, dass Wyvetta stolz auf mich ist. Sie hat so viel für mich getan. Da kam Lincoln mir gerade recht. Er war reich und berühmt, und er wollte alles für mich tun, zuerst jedenfalls. Es war wirklich toll, ihn auf meiner Seite zu haben. Er hat dafür gesorgt, dass ich mich auf eigene Beine stellen konnte – eigene Wohnung, eigenes Geschäft –, und sie brauchte sich nicht mehr um mich zu sorgen. Sie konnte endlich einmal an sich selbst denken.«

»Und dann hat er dich verlassen?« Das war eher eine Feststellung als eine Frage.

Sie hielt inne und spielte mit dem Taschentuch herum. »Na ja, so einfach ist das nun auch wieder nicht.«

»Wie meinst du das?«

Sie warf einen Blick durch den Raum, beugte sich dann vor und flüsterte mir ins Ohr, als sei sie sich plötzlich des Polizisten bewusst geworden, der inzwischen die Zeitschrift weggelegt hatte und seine Neugier unverhohlen zeigte.

»Ich bin schwanger«, sagte sie mit albernem Grinsen. »Etwa im zweiten Monat.«

»Und Lincoln Storey ist der Vater?«, fragte ich, obwohl ich die Antwort schon kannte und irgendwie nicht überrascht war.

»Er streitet es ab, aber er ist es doch, und das hätte ich notfalls mit einem Vaterschaftstest beweisen können. Alexa wusste, dass ich die Wahrheit sage, und sie hätte ihn auch darauf festgenagelt.«

»Bei bestimmten Blutgruppen und wenn man wirklich dagegen angehen will, ist eine Blutuntersuchung nicht unbedingt ein eindeutiger Beweis«, sagte ich. »Aber jetzt ist Lincoln Storey ja nicht mehr da und kann es abstreiten, nicht wahr?«

»Sieht ganz so aus«, gab Tasha schnippischer zurück, als mir angebracht schien.

»Und wer war dann die kleine Geschichte nebenher?«

Sie schaute auf, die Tränen waren verschwunden, und ihre Miene verriet Verblüffung.

»Die kleine Geschichte nebenher, von der du vorhin gesprochen hast.«

»Ich bin noch nicht so weit, dass ich dir das erzähle«, sagte sie erstaunlich abweisend.

»Wusste die kleine Geschichte nebenher von dir und Lincoln?«, fragte ich, ohne sie aus den Augen zu lassen.

Sie schaute starr zurück.

»Vielleicht war die kleine Geschichte nebenher eifersüchtig?« Ich beschloss, nicht lockerzulassen. »Vielleicht ist die kleine Geschichte nebenher der Grund dafür, dass du hier im Gefängnis sitzt?«

Tasha trommelte einen seltsamen kleinen Rhythmus auf ihrem Bauch, als wollte sie dem werdenden Kind in ihrem Leib Signale geben.

»Könnte diese kleine Geschichte nebenher der Vater deines Kindes sein?«, fragte ich in schärferem Ton.

»Weißt du, wem das Kind gehört, wo der Vater jetzt tot ist?«, fragte sie und sah mir dabei direkt und herausfordernd in die Augen. »Mir und niemand sonst. Aber es ist Lincoln Storeys Kind, und egal, wie es dazu gekommen ist, jetzt steht mir etwas von Lincoln zu, wie allen anderen auch.«

Damit stand sie auf und ging, mit einem Blick auf den Polizisten, ohne ein weiteres Wort hinaus.

8

Es wäre gelogen, wenn ich behaupten würde, bei Tasha Greens bissiger Abschiedsbemerkung wäre es mir nicht kalt über den Rücken gelaufen, und ihre ausweichenden Blicke und das Geseufze und Gestöhne sagten mir, dass das Gerede der Leute wahrscheinlich stimmte: Wyvetta hatte das Mädchen nach Strich und Faden verwöhnt. Aber ich fragte mich, ob sie wirklich einen Mord begangen hatte oder ob sie einfach nur hinter den Männern her war und ein loses Mundwerk hatte.

Es kam mir wie mutwillige Kinderei vor, jemandem Erdnussbutter in den Bohnendip zu rühren, um damit einen anaphylaktischen Schock auszulösen. Ich konnte mir gut vorstellen, wie ein schmollendes Kind bei dem Gedanken in sich hineinkichert, was für ein wahnsinnig komischer Streich das wäre, Storey vor einem Saal voller ähnlich aufgeblasener Pinsel zum Narren zu machen. Vielleicht hatte »das Kind« noch im Sinn, wie Storey da auf dem Tisch herumgezappelt hatte, als er das erste Mal Erdnussöl im Essen hatte. Vielleicht hatte »das Kind« sich gedacht, wenn alles vorbei wäre, wenn der große, böse, eingebildete Fatzke umgekippt wäre wie ein besoffener Idiot, dann würde er gedemütigt, aber doch ernüchtert aufstehen und nach Hause gehen – wie ein Schauspieler im Fernsehen, nachdem unechtes Blut vergossen wurde und unechte Kugeln verschossen worden waren. Vielleicht hatte »das Kind« den Tod gar nicht einkalkuliert, schließlich war Storey beim ersten Mal ja auch nicht gestorben. Konnte das ein übler Streich gewesen sein, der als Mord endete?

... und egal, wie es dazu gekommen ist, jetzt steht mir etwas von Lincoln zu ...

Die Worte eines verwöhnten Balgs. Ein neckisches Spiel mit dem Tod und dem Leid, das er mit sich bringt. Im Grunde war Tasha eindeutig noch ein Kind. Ich überlegte, wie Wyvetta es wohl aufnehmen würde, wenn Tasha wirklich die Täterin war.

Da sitzen wir am Ende wieder genauso in der Scheiße wie am Anfang.

Wyvetta liebte ihre Schwester, aber sie hatte ein Anrecht auf die Wahrheit – egal, wie die aussah. Und wenn es eine bittere Wahrheit war, sollte ich es ihr lieber gleich erzählen, als dass sie es von der Polizei erfuhr. Vielleicht käme Tasha mit einer leichten Strafe davon, wenn sie die Täterin war. Geschworene sahen es nicht so gern, wenn fünfzigjährige verheiratete Männer es mit Mädchen trieben, die gerade erst mit der Schule fertig waren, selbst wenn sie ihre Sünden mit dem Leben bezahlten. Doch man müsste Tasha aus dem Zeugenstand heraushalten. Das Mädchen würde sich bestimmt um Kopf und Kragen reden.

Als ich, vom Polizeirevier kommend, in die Hauptstraße einbog, schlug ich die Richtung zu Jackson Tates Lokal ein. Wer immer Lincoln Storey umgebracht hatte, war an dem Abend in Tates Restaurant gewesen, als Lincoln Storeys Allergie gegen Erdnüsse offenkundig wurde. Tate könnte mir

Tashas Angaben darüber bestätigen, wer an dem Abend dabei gewesen war, und mich darüber aufklären, was da zwischen Tasha und Storey abgelaufen war. Vielleicht wusste er noch ein bisschen Tratsch über den Rest der Mannschaft, womöglich gar etwas über die »kleine Geschichte«, die Tasha nebenher laufen hatte. Wenn er reden wollte.

Die Sache ist die, dass niemand einem Privatdetektiv irgendwas erzählen muss. Wenn er es doch tut, dann weil man ihn mit List und Tücke dazu gebracht hat oder weil es ihm selbst zupasskommt oder weil ihm sowieso alles egal ist. Am Ende spielt jeder sein eigenes Spiel, und ich wusste nicht recht, ob Jackson mich an seinem teilhaben lassen wollte – auch wenn wir uralte Freunde waren.

Es war viel zu warm für einen Frühlingstag, und das bedeutete, dass der Sommer verdammt heiß werden würde. Ich kurbelte das Fenster herunter, warf einen Blick auf das Armaturenbrett mit der kaputten Klimaanlage, die im letzten August mit einem kleinen Knall den Geist aufgegeben hatte, und fragte mich, ob ich wohl das Geld auftreiben könnte, das Ding reparieren zu lassen, bevor die sommerliche Affenhitze einsetzte. Ich hatte Wyvetta zwar erzählt, dass ich ihr Geld nicht wollte, doch ich war heilfroh, dass sie es angeboten hatte. In den Ferien wollte ich Jamal zu einem Computerkurs im Staate New York schicken, damit er nicht auf der Straße herumlungerte, und das würde ein paar Dollars kosten. Seine supercoolen Timberland-Stiefel würde er sicher noch bis in den Januar hinein tragen, doch aus den meisten Sommersachen war er seit dem Vorjahr herausgewachsen – und ich aus meinen eigentlich auch, dachte ich wütend.

»Verflucht!«, murmelte ich ärgerlich bei dem Gedanken an ärmellose Kleider, Badeanzüge und sexy Shorts und überlegte, ob ich das Geld für den Beitritt zu den Weight Watchers und die Verlängerung meines abgelaufenen Mitgliedsausweises bei der YWCA zusammenkratzen könnte. Vielleicht sollte ich einfach zum Sportamt gehen und mir kostenlos Hanteln geben lassen. Ich hatte in *Essence* einen Artikel darüber gesehen, wie man mit Hanteln trainieren kann. Vielleicht sollte ich abends immer nur Suppe essen und mir den Artikel an die Wand hängen und jeden Morgen vor der Arbeit mein Training machen. Ich hatte ja keine Stechuhr im Büro.

So war ich also mit meinen Gedanken bei Knete und dem dornigen Weg zur perfekten Figur, als ich in Tates fast verlassene Einfahrt einbog. Ich nahm ihn gar nicht wahr, den bronzefarbenen BMW, blitzblank wie ein nagelneuer Penny, der da herausgeschossen kam und mir frontal in meinen Blauen Dämon krachte.

»Herrgott noch mal!«, fluchte ich laut vor mich hin, während ich in meinen Sitz zurückgeschleudert wurde. Ich hatte schon den Türgriff in der Hand, mein Blutdruck war in schwindelnde Höhen gestiegen, und ich war wild entschlossen, dem Fahrer sämtliche Schimpfwörter an den Kopf zu knallen, die mir zur Verfügung standen. Doch ehe ich noch den Mund aufmachen konnte, war er ausgestiegen.

Es war Brandon Pike. Er wirkte jedoch bedrückt, fast schon verstört, als liege ihm eine schwere Last auf der Seele. Wir waren beide gleichermaßen überrascht, uns hier zu begegnen.

»Tamara Hayle?«, fragte er, als er mir die Tür aufmachte

wie ein Portier, und einen Moment lang sah es aus, als warte er auf ein Trinkgeld. »Tamara? Ist dir was passiert?« Ich stieg aus, ohne ihm zu antworten, strich mein jung-dynamisches graues Kostüm glatt und ging um das Auto herum, um mir die Vorderseite anzuschauen. »Sieht okay aus, keine Beule«, sagte er, als wolle er mich ermuntern, zu demselben Schluss zu kommen.

Ich musterte ihn eine Weile, den Kopf auf die Seite gelegt, und funkelte ihn drohend an.

»Sag doch was!«, bat er plötzlich. Die Besorgnis schwand aus seinem Gesicht, und er lächelte mich charmant an. »Im Ernst, ist dir was passiert? Es tut mir wirklich leid. Ich war eindeutig nicht bei der Sache. ›Erde an Tamara‹ … Baby!«, neckte er und fasste mich mit der Spitze seiner manikürten Finger am Kinn.

»Alles in Ordnung«, sagte ich, wobei ich ihm den Kopf mit einem entschlossenen Ruck entzog.

Er trug Jeans, die an den Knien abgeschabt waren und insgesamt locker, an den entscheidenden Stellen jedoch eng saßen. Der teure Lambswoolpullover mit Zopfmuster verlieh ihm ein Flair von kunstvoll-lässiger Eleganz. Johnny hatte mir einmal eingeschärft, mich ja nicht mit Männern einzulassen, die mehr für ihre Garderobe ausgeben als ich, und die Weisheit dieser Mahnung traf mich jetzt wie ein rascher Tritt gegen die Kniescheibe. Als mir ein Hauch von Chanel for Men in die Nase stieg, seiner persönlichen Duftnote, rief das keine frohen Erinnerungen in mir wach.

»Dacht ichs mir doch, dass ich deinen Wagen erkannt hab. Lange nicht gesehen, nicht wahr?«

Und doch nicht lange genug.

»Was machst du denn hier? Hast du gewusst, dass er diese Woche, auf jeden Fall bis nächsten Freitag, aus Anlass des Todes von Lincoln Storey geschlossen hat?«

Durchaus verständlich, wenn jemand mitten in deinem Restaurant tot umfällt, weil ihm das Essen nicht bekommt, dachte ich sarkastisch.

»Wolltest du auch zu Jackson Tate?«, fragte ich liebenswürdig.

»Wir hatten was Geschäftliches zu besprechen«, murmelte er ausweichend und ein bisschen zu schnell. »Warum bist du neulich nicht rübergekommen und hast Guten Tag gesagt. Ich hatte gehofft, wir könnten mal wieder miteinander plaudern.«

Der Stiefpapa seiner Freundin war in einem Raum voller Leute verreckt wie ein Hund, und dem Brother fiel nichts anderes ein, als mich zu fragen, warum ich ihm nicht Guten Tag gesagt hatte. Was sollte *das* nun wieder?

»Tja, Brandon, du hast ja selber Beine. Warum bist du nicht rübergekommen, um mit mir zu reden?«, fragte ich, ängstlich darauf bedacht, Storeys Tod und das Nächstliegende nicht zu erwähnen. Er lachte sein sonores, verführerisches Lachen. Ich lächelte zurück.

»Verrückte Geschichte Freitagabend, was?« Das Lachen lag ihm noch auf den Lippen, doch als ich sein Gesicht betrachtete, fiel ein Schatten darüber, den ich nicht interpretieren konnte. Er holte eine Sonnenbrille hervor, putzte sie mit einem Pulloverzipfel und setzte sie rasch auf.

»Allerdings«, erwiderte ich in neutralem Ton, ließ das eine Weile nachklingen und versuchte dabei, hinter den dunklen Gläsern seine Augen zu erkennen. »Weißt du schon, dass es heißt, er wäre ermordet worden? Eine junge Frau ist deshalb verhaftet worden.«

»Das hab ich auch gehört.«

»Hat sich ja schnell rumgesprochen.« Ich hielt mich genauso bedeckt wie er, nur ohne Brille. »Dokumentarfilme bringen anscheinend eine Menge Geld ein«, setzte ich mit einem bewundernden Blick auf seinen Wagen hinzu.

»Der gehört mir nicht. Hat mir jemand geliehen.«

»Alexa Storey?«

»Hat mir jemand geliehen«, wiederholte er, als habe er mich nicht gehört, und seine Miene wurde verschlossen, was hieß, mehr würde ich nicht erfahren.

»Ich hab den Film gesehen, für den du den Preis bekommen hast – *Slangin' Rock*? Über die Kinder, die mit Kokain dealen.« Ich dachte, ich sollte eine heitere Note in das Gespräch bringen. »Ein guter Film. Herzlichen Glückwunsch.«

Er schlug die Augen nieder. Aus Bescheidenheit oder aus einem anderen Grund? »Danke«, sagte er, und es klang ehrlich. »Mir war ganz neu, dass du dich für Politik interessierst. Ich meine, dass du Freitag auf der Veranstaltung warst. Ich war überrascht, dich da zu sehen.« Er führte ganz offenbar etwas im Schilde. Ich fragte mich, worauf er hinauswollte.

»Ich wusste auch nicht, dass du da hinkommst.«

»Sagen wir mal, ich habe Interesse entwickelt.«

Mir fiel die goldene Uhr auf, die unter dem Ärmel seines schwarzen Pullovers hervorguckte und funkelte wie neu. Er folgte meinem Blick zu der Uhr und schaute mir dann herausfordernd ins Gesicht, als sollte ich es nur wagen, eine Bemerkung darüber zu machen.

»Das kann man wohl sagen«, ging ich bereitwillig auf ihn ein, »dass du Interesse an Politik entwickelt hast.« Er lächelte mir verschwörerisch zu, als wisse er meinen Humor zu schätzen – und erinnerte sich dabei ganz gewiss an all die Gelegenheiten, wo ich ihn mit seinem »schamlosen« Ehrgeiz aufgezogen hatte.

»Du wohnst immer noch in der alten Wohnung, dieselbe Telefonnummer und alles?« Das klang, als wolle er mich gleich um ein Rendezvous bitten.

Damit hatte ich nun nicht gerechnet.

»Yeah«, sagte ich verwirrt und außerstande, mein Erstaunen zu verbergen. »Und du?« Sonst fiel mir nichts ein.

»Yeah, ich hab immer noch die Wohnung in der James Street«, sagte er zerstreut, doch es klang, als glaube er, ich wolle es wirklich wissen.

Aber ich war plötzlich wütend auf ihn, ich hatte genug von ihm und dem Spielchen, das er da spielte, und das ließ ich mir auch anmerken. »Brandon, was zum Teufel soll diese Frage nach drei Jahren – in denen du meine Anrufe nicht beantwortet und getan hast, als würdest du mich nicht kennen? Es interessiert mich überhaupt nicht, wo du jetzt wohnst. Wieso interessiert es dich, wo ich wohne?«, fragte ich mit erhobener und vor Feindseligkeit und Gekränktheit heiserer Stimme – meine Gefühle ließen sich, wie ich feststellen musste, nicht verbergen.

Verdammt! Ich fluchte lautlos vor mich hin, dass ich immer so verletzlich sein musste, immer so blödsinnig ehrlich zu Männern, mit denen ich mal geschlafen habe.

»Hey-hey.« Er hob in einer spielerischen Boxerpose die Hände, als wolle er sich verteidigen. »Ich wollte einfach nur was Nettes sagen und so. Konversation machen. Mir ist das auch unangenehm, Tamara. Glaub mir. Es ist mir peinlich. Ich muss an uns denken, was da zwischen uns war, was nicht zwischen uns war ... Was ich nicht getan hab ... Aber hätte tun sollen ... So ist das eben manchmal, Baby. So ist das manchmal, dass es einfach dumm läuft.«

Ich musterte eine Weile sein Gesicht. Versuchte zu ergründen, was ich von ihm halten sollte, was er im Schilde führte, warum er hier war und so schnell wegfahren wollte, dass er mir ins Auto krachte, als wäre der Teufel hinter ihm her. Dann griff ich auf meine inneren Reserven zurück, gewann die Beherrschung wieder und lächelte.

»Brandon, ich bin dir nicht böse, Baby, glaub mir«, sagte ich mit einem ungezwungenen Lachen, das schwach und verhuscht herauskam.

»Freundschaft.« Er streckte mir die Hand entgegen. »Freundschaft«, sagte ich mit meinem strahlendsten Lächeln, und er beugte sich vor und gab mir einen Kuss auf die Wange. Sein Parfüm stach mir in die Nase.

»Wenn es irgendwie Probleme gibt mit dem Wagen, dann ruf mich an, du weißt, wo du mich erreichen kannst. Bei so einem alten Modell dauert es ja manchmal, bis sich etwas bemerkbar macht.«

»Klar, Brandon. Du hörst noch von mir.« Die Bemerkung konnte ich mir nicht verkneifen – ich wusste sehr wohl, dass ich mir nicht in die Karten gucken lassen sollte, aber ich tat es trotzdem.

»Darauf freue ich mich ehrlich, Tamara«, sagte er mit verlogenem Politikerlächeln, während er behände in seinen BMW stieg und in einer Staubwolke davonfuhr.

Du Schwein, dachte ich bei mir. *Aber was hatte er im Tate's zu suchen gehabt?*

In Gedanken noch mit unserem Zusammentreffen beschäftigt, klopfte ich laut an Jackson Tates Tür. Dann klopfte ich noch einmal. Vielleicht war Jackson gar nicht da; Brandon hatte nicht mit Bestimmtheit gesagt, ob er mit ihm gesprochen hatte. Brandon konnte ja auch genau wie ich auf gut Glück vorbeigekommen sein; dann war er weggerast, weil er sauer war, dass er ihn nicht angetroffen hatte.

Verdammt. Ich klopfte noch einmal, noch lauter. »Puddin', was ballerst du denn so an meine Tür?«

Jackson Tate machte auf, begrüßte mich wie erwartet mit einem Zwinkern und wischte sich gleichzeitig die Hände an einem Geschirrtuch ab. Er trug saloppe Hosen und eine rote Strickweste, obwohl er allem Anschein nach am Kochen gewesen war. »Du hast Glück, dass du mich antriffst. Ich hab seit letzten Freitag geschlossen. Was für eine Tragödie«, sagte er kopfschüttelnd, alles in einem Atemzug. Er trat einen Schritt zur Seite, und ich ging voraus ins Restaurant. Bei Tag war es noch schöner als am Abend. Die Spätnachmittagssonne zeichnete ein hübsches Muster auf die ocker- und cremefarbenen Sitze. Das Eichenparkett auf dem Fußboden war blitzblank gebohnert. Unwillkürlich wanderte mein Blick zu der Stelle, wo Lincoln Storey gestorben war. Jackson fasste mich an der Hand.

»Denk nicht mehr dran«, sagte er sanft. »Denk einfach nicht mehr dran, Puddin'. Ich kann mich nicht erinnern, dass ich jemals so etwas Schlimmes erlebt hab. Mir ist fast danach, endgültig zuzumachen. Komm mit in die Küche, weg von hier, und trink einen Wein oder so.«

»Das ›oder so‹ wär mir lieber. Hast du Tee da? Kräutertee?«

Ich brauchte etwas, um meine Nerven zu beruhigen.

»Du trinkst dieses Kräuterzeug?« Er lachte. »So was hab ich hier womöglich auch irgendwo rumliegen.«

Ich folgte ihm in die hell erleuchtete Küche, und wir setzten uns auf die zierlichen schwarzen Eisenstühlchen an dem kleinen Glastisch, wo Stella Pharr an jenem Abend mit Lincoln Storey gesessen hatte. Ich überlegte, wer wohl damals auf meinem Platz saß – Stella oder Storey –, und musste wieder an diesen Mann und sein schnelles Ende denken. Während Tate sich ein Glas Merlot einschenkte und das Gas unter dem glänzenden Kupferkessel anzündete, versuchte ich mich zu erinnern, wie die Küche an jenem Abend ausgesehen hatte.

Die Anrichte war jetzt aufgeräumt und blitzsauber, doch an dem Abend war sie mit Essen vollgestellt gewesen – Schalen voll Bohnendip, Gläser mit Hellmann's-Mayonnaise, Brot, Butter, Mixed Pickles, Erdnussbutter – warum Erdnussbutter neben den selbstverständlichen Dingen?

»Ich bin draußen mit Brandon Pike zusammengestoßen. Vielmehr er mit mir. Er ist so schnell gefahren, dass er mir fast die vordere Stoßstange abgerissen hätte.«

»Ist dir was passiert?«, fragte er mit aufrichtiger Besorgnis. Ich versicherte ihm, es sei alles in Ordnung.

»Er hat hier vorbeigeschaut. Geschäftlich.«

»Hatte das was mit Alexa Storey zu tun?«

Jackson sah mich merkwürdig an.

»Nein«, sagte er, ohne mir zu verraten, was ich wissen wollte. »Mit Alexa Storey hatte es nichts zu tun.«

Einen Moment lang saßen wir schweigend da, während er seinen Wein trank.

»Ich glaube, du solltest wissen, warum ich Freitagabend wirklich hier war.« Plötzlich meinte ich, ich müsste diesem Mann, den ich von klein auf kannte, alles gestehen, statt ihn zu belügen. »Ich habe für Lincoln Storey gearbeitet.«

»So etwas hab ich mir schon gedacht. Du solltest Brandon beschatten, ja? Na, der Job war wohl nicht von langer Dauer.« Da mussten wir beide lachen: Galgenhumor, der die Spannung überwand. Jackson gab das tiefe, kehlige Glucksen von sich, das ich früher nachts in meinem Zimmer am Ende des Flurs gehört hatte, das immer ertönte, wenn er mit meinem Daddy Karten spielte und Bourbon trank.

»Kannst du dich noch an Lincoln Storey erinnern, wie er früher war?«, fragte ich, weil mir die Worte meines Vaters von vor langer Zeit wieder einfielen.

»Nein. Ich versuche, mich nicht allzu viel an früher zu erinnern.«

»Er ist im selben Viertel wie du und Daddy aufgewachsen. Daddy hat mir mal erzählt, dass Storeys Vater ihn als Kind immer verprügelt hat. Komisch, an was man sich so erinnert. Ich weiß noch, wie Daddy mir das erzählt hat, als wärs gestern gewesen.«

»Dein Daddy war ein Prachtkerl, Puddin'. Ich hab ihn geliebt wie einen Bruder.« Jackson holte eine Zigarette heraus und zog genießerisch daran. Als der Kessel pfiff, stand er auf und goss kochendes Wasser in eine Porzellantasse, tat einen Lemon-Mist-Teebeutel hinein und brachte die Tasse zum Tisch zurück.

»Und was führt dich heute hierher zu mir altem Mann?«

»Weißt du schon, dass Tasha Green wegen Mordes an Storey verhaftet wurde?«, fragte ich und nippte am Tee.

»So heißt es, ja«, sagte er, und plötzlich verfinsterte sich sein Blick, vermutlich vor Kummer. Ich musste an DeLorca denken. Er hatte recht gehabt mit seiner Bemerkung, dass sich diese Geschichte in Windeseile herumsprechen würde. Außerdem fiel mir auf, dass die Flasche Merlot, die Jackson mit an den Tisch gebracht hatte, schon halb leer war. Hatte er mit Brandon Pike Wein getrunken?

»Ich arbeite jetzt für Tasha Greens Schwester«, sagte ich. »Sie will, dass ich Storeys wahren Mörder finde.«

»Du glaubst, sie war es nicht?«, fragte er gleichmütig und schaute mich an.

Ich seufzte. »Ich weiß es nicht, Jackson. Vielleicht war es ein Unfall. Ich glaube nicht, dass sie es vorsätzlich getan hat, wenn sie es war, aber ein Motiv hatte sie, so viel steht fest. Er ist ziemlich fies mit ihr umgesprungen, und sie war noch ganz jung, als er angefangen hat, mit ihr zu schlafen. Du weißt, dass sie miteinander geschlafen haben?«

»Das war eins von Storeys vielen Problemen. Er konnte die Finger nicht vom Personal lassen.«

»Angeblich gibt es zwei Zeugen, die gehört haben, wie sie davon sprach, dass man ihn mit Erdnüssen umbringen könnte – das muss an dem Abend gewesen sein, als er seinen ersten allergischen Schock hatte. Kannst du dich daran erinnern?«

Er nickte, als sei er müde. »Tasha meint, ein Zeuge wäre ein Mädchen namens Minnie. Hat er mit der auch geschlafen?« Minnie der Hexenbesen. Tashas Beschreibung des Mädchens ging mir durch den Kopf.

»Minnie? Mein Gott, nein, mit Minnie hat er nicht geschlafen. Ich hab Minnie eingestellt. Sie ist mit mir verwandt. So gut wie verwandt jedenfalls.« Bei dieser Mitteilung kam er ins Stottern, aber etwas an der Art, wie er sie herausbrachte, sagte mir, dass es sich um eine vertrauliche Angelegenheit handelte. »Minnie ist inzwischen mit einem anständigen Burschen verheiratet. Hat einen kleinen Jungen, fast drei Jahre alt. So dumm war Storey nicht, dass er Minnie auch nur schräg angeguckt hätte. Tasha sagt, er wäre mit Minnie gegangen? Den Blödsinn hat Tasha sich ausgedacht!«

»Weißt du denn, wer gesagt hat, Tasha hätte Morddrohungen gegen Storey von sich gegeben?«, fragte ich noch einmal.

»Ich glaub, das war Minnie. Ich hab ihr gesagt, sie soll den Mund halten, aber das Mädchen ist ehrlich wie eine Nonne. Wenn sie die Wahrheit kennt, dann sagt sie sie auch. Ich wollte jedenfalls den Mund halten.«

Log da jemand über Minnie und ihre Beziehung zu Storey?

»Tasha sagt, du warst deprimiert an dem Abend? An dem Abend, wo ihr alle hier wart und er den ersten allergischen Schock hatte?«

Er trank einen Schluck Wein und musterte eingehend mein Gesicht. »Das hat Tasha gesagt?« Seine Stimme klang gereizt, abweisend mit einem wütenden Unterton. »Miss Tasha redet ganz schön was zusammen, nicht wahr?« Er stieß ein verächtlich schnaubendes Lachen aus. »Nein, mich hat an dem Abend nichts bedrückt. Ich war wütend auf Lincoln. Fast immer, wenn ich mit ihm zu tun hatte, war ich wütend auf ihn, aber an dem Abend lag nichts Besonderes vor.«

»Wem gehört dein Lokal jetzt?«, fragte ich, um dem Gespräch eine andere Wendung zu geben.

»Mrs. Storey wahrscheinlich. Magst du noch Tee?« In dem Büro auf der anderen Seite des Flurs klingelte das Telefon.

»Entschuldige mich, Puddin'«, sagte Tate und ging in das Büro, wobei er die Tür hinter sich zumachte. Als er zurückkam, nahm er meine Tasse, tat einen frischen Teebeutel und noch mal heißes Wasser hinein, dann setzte er sich wieder zu mir. »Das war Minnie gerade eben«, sagte er als Antwort auf eine Frage, die ich von mir aus nicht gestellt hätte. »Miss Tasha hatte an dem Abend auch einen Riesenkrach mit ihm, an dem Abend, als er die Soße gegessen hat. Hat sie dir davon erzählt? Hat sie dir erzählt, dass sie von Storey schwanger ist?« Das kam rasch hervorgesprudelt, wie bei einem garstigen Kind, das jemandem eins auswischen will.

»Woher weißt du das denn?«, fragte ich schnell.

»Ich hab sie in der Küche streiten hören.«

»Damals vor einem Monat, als er den allergischen Schock hatte?«

»Yeah. Sie war hergekommen, um es ihm zu sagen. Ich glaub, er wollte sie damals schon loswerden. Tasha hat ihn in die Küche gezogen, als er von der Toilette zurückkam. Wollte wissen, warum er sie nicht mehr anruft. Sie ist richtig ausfällig geworden, und er hat es ihr mit gleicher Münze heimgezahlt.

»Und wer war dabei, als sie den Streit in der Küche hatten?«

»Also, da war niemand in der Küche außer mir, als sie sich gestritten haben. Aber später, als er die Erdnusssoße gegessen hat, da war ich da, Tasha, Minnie, die Storeys, Brandon, Stella Pharr – viele Leute vom Freitagabend waren im Restaurant und haben immer mal wieder in die Küche geschaut.«

»Was ist eigentlich am Freitag hier in der Küche passiert? Du bist doch den ganzen Abend ziemlich oft hier reingekommen. Kannst du mir einen Eindruck geben, wer sonst noch ein und aus gegangen ist? Den genauen Hergang.« Ich holte mein schwarzweißes Notizbuch heraus, das ich immer bei mir habe. Jackson betrachtete es argwöhnisch.

»Den genauen Hergang? Ich weiß von keinem Hergang. Was hast du damit vor?« Er deutete mit dem Kopf auf das Notizbuch.

»Nichts, Jackson. Ich möchte nur die zeitliche Abfolge verstehen, das ist alles.«

»Ich will nicht, dass irgendwas von dem, was ich dir erzähle, der Polizei zu Ohren kommt. Hast du mich verstanden?« Das hörte sich an, als wäre ich sechs Jahre alt und er würde mich ermahnen, nicht über die Straße zu rennen.

»Ich versprechs dir, Jackson. Ich möchte nur einen Eindruck davon bekommen, was wann passiert ist.«

»Na schön. Deinem Daddy zuliebe will ich es dir erzählen.« Er zwinkerte mir zu, als wolle er mir zu verstehen geben, dass er nicht richtig wütend war. »Ich war am Abend zuvor hier gewesen, Donnerstagabend, und hatte das neue Rezept für einen Erdnusstopf ausprobiert, und deshalb stand auch die ganze Erdnussbutter da auf der Anrichte rum. Die Vorratskammer war voll mit Sachen für die

Party, darum war da kein Platz dafür, und ich sollte für eine Party bei den Deltas in ungefähr einem Monat etwas Westafrikanisches kochen. Darauf wollte ich mich vorbereiten. Wenn ich geahnt hätte, dass jemand mit dieser Erdnussbutter einen Menschen umbringt, dann …« Der Satz blieb unvollendet, Jackson sah mich an und schüttelte den Kopf, dann begann er noch einmal. »Ich war Donnerstag bis spätabends hier, darum bin ich am Freitag erst gegen vier gekommen. Tasha war etwa um sechs da, um alles vorzubereiten.«

»Sie hat den Bohnendip mitgebracht?«

»Yeah. Sie hat alles mitgebracht. Mr. Storey ist gegen sieben gekommen. Wir haben ein paar Worte miteinander gewechselt, ich und Mr. Storey, und dann hat er einen Streit mit mir angefangen, weil ich Tasha das Catering für die Party übertragen hab. Ich wusste ja nicht, dass es so schlimm war mit den beiden. Dann sind er und Tasha übereinander hergefallen. Offenbar war sie aus ihrem Haus rausgeschmissen worden, und dann fingen sie an, über das Baby zu streiten, und er hat sie eine Hure genannt, und sie hat ihn geohrfeigt, und er hat mit voller Wucht zurückgeschlagen, als hätte er den Arsch offen, entschuldige meine Ausdrucksweise, Puddin'. Und ich konnte überhaupt nichts machen, ich musste da rumstehen wie ein Idiot und zugucken, aber eins war mir klar, das Mädchen hatte eine Mordswut im Bauch. Trotzdem, sie hat mir leid getan. Wirklich und wahrhaftig.«

»Die Party fing offiziell um acht an?«, fragte ich. »Gegen halb neun ging es richtig los. Stella Pharr ist etwa um acht gekommen. Du hast sie ja hier in der Küche miteinander reden sehen, wie spät war es da ungefähr? Zehn vor neun oder so? Bevor Tasha mit ihren unflätigen Reden ankam. Danach hab ich weiter bedient und bin Tasha hier drinnen ein bisschen zur Hand gegangen, ich hab ja gemerkt, dass sie ganz durcheinander war. Und das wars dann auch schon.«

Er zündete sich eine neue Zigarette an und trank sein Glas Wein in einem langen Zug aus.

»Hilft dir das weiter?«

»Danke, Jackson.« Mehr würde ich offenbar nicht erfahren.

»Weißt du, ob Tasha noch mit jemand anders ging?«

»Ich hab hier nie jemand anders gesehn.«

»Und die übrige Familie? Ist dir an denen irgendetwas aufgefallen – an Alexa? Mrs. Storey? Brandon?«

Tate zuckte erkennbar zusammen, dann schüttelte er den Kopf.

»Nein.«

»Jackson, wie kommt es, dass ihm ein Teil von deinem Restaurant gehört?«, fragte ich, während ich mein Notizbuch wieder in die Tasche steckte, eine beiläufig hingeworfene Frage, die mich aber nicht mehr losgelassen hatte seit dem Tag, als Storey zu mir ins Büro kam und es mir erzählte.

Tate nahm sein Glas und meine Tasse, stand auf, spülte sie im Ausguss ab und stellte sie auf das Abtropfbrett.

»Dein Daddy hat immer gesagt, ich bin ein gieriger Hund. So hat dein Daddy mich immer genannt. Das war aber lustig gemeint und nicht, um mich irgendwie fertigzumachen, er wollte das bloß klarstellen. Und das hat Lincoln Storey bei mir erkannt, als hätt ichs ihm ins Gesicht gesagt. Habgier, Puddin'. Jeder Betrüger weiß, wie er den Richtigen findet, der auf seine Tricks reinfällt, und so hat Lincoln eben auch meine Habgier erkannt, das war alles.«

»Und mehr war da nicht? Bloß deine Habgier?«

»Yeah«, sagte er schlicht. Für ein paar Sekunden wandte er den Blick ab und schaute mich dann sofort wieder an. Da musste noch mehr dahinterstecken, doch Tates störrischer Blick und der energische Zug um seinen Mund bedeuteten mir, dass ich das heute Abend nicht mehr erfahren würde, daher ließ ich es auf sich beruhen.

»Wann bringst du denn mal deinen Jungen mit, um mich zu besuchen?«, fuhr er rasch und nunmehr lächelnd fort.

»Ich hab gedacht, an seinem Geburtstag. Sobald ich das …« Ich hielt inne, da mir einfiel, dass Tate wahrscheinlich ebenso wenig Lust hatte, sich meine Geldsorgen anzuhören, wie ich, davon zu erzählen. »Sobald ich die Zeit dazu finde«, beendete ich den Satz nicht sehr überzeugend.

»Wenn es dir mal passt, dann bring den Jungen mit, ihr kommt einfach, und ich lade euch ein. So schlecht wirds mir nie gehen, dass ich dem Enkelkind meines besten Freundes nichts mehr zu essen geben kann.« Er drückte meine Hand.

Wir standen auf, und dann nahm ich ihn in die Arme, ich spürte seinen rauen Pullover an meiner Wange, und der säuerliche Geruch von Tabak und Alkohol erinnerte mich so an meinen Vater, dass mir die Tränen kamen.

»War gut, dass wir miteinander geredet haben, Jackson«, sagte ich aus tiefstem Herzen.

»Yeah, war gut«, antwortete er, aber bedrückt, als ob ihm etwas schwer auf der Seele läge. »Puddin', dein Daddy wär stolz auf dich. Er wäre stolz auf dich, genau wie du stolz sein kannst auf ihn.«

Ich verließ Tates Lokal in froher Laune, sein Segen hatte mir das Herz erwärmt. Ich hatte einiges bestätigt gefunden, was Tasha mir über die Leute berichtet hatte, die bei dem ersten allergischen Schock dabei gewesen waren – dieselben Leute, die auch bei seinem letzten zugegen waren.

Als ich aus Belvington Heights herauskam, war es schon dunkel. Ich fuhr Richtung Parkway und beschloss dann, den anderen Weg zu nehmen, der tagsüber reizvoll ist, aber abends länger dauert. Doch so käme ich in der Nähe des Pathmark-Supermarkts bei mir um die Ecke raus, und mir war eingefallen, dass ich da kurz vorbeischauen und Kaffee holen musste. Der Tee hing mir allmählich zum Hals heraus.

Morgen. Morgen mache ich mir über die ganze Geschichte Gedanken, dachte ich bei mir, und als mein Magen zu knurren anfing, merkte ich, dass ich seit dem Frühstück nichts gegessen hatte.

Jamal und ich haben eine ständige Vereinbarung, dass er schon mal anfängt, etwas zum Abendessen zu kochen, wenn ich spät nach Hause komme, aber bei ihm besteht das Menü meist aus gebackenen Hähnchenflügeln und Keulen mit Barbecuesoße darüber und Dosenmais von Green Giant als Gemüsebeilage. Ich hoffte, dass ich irgendwo noch eine Dose Thunfisch oder Schwarze Bohnensuppe von Goya in der Speisekammer stehen hatte.

Ich durchstöberte die Kassetten im Handschuhfach, um etwas von Cassandra Wilson zu finden, stattdessen fand ich Toni Braxton, schob die Kassette in den Rekorder und sang laut mit, während ich den Blauen Dämon in den vierten Gang hochjagte und mich zu erinnern versuchte, ob ich noch genügend Schaumbad mit Moschusduft für ein heißes Bad zu Hause hätte.

Die Straße war kurvenreicher und dunkler, als ich sie in Erinnerung hatte. Ich schaltete das Fernlicht ein, um die Lage besser überblicken zu können. Der Scheinwerferstrahl hüpfte und flackerte auf dem Laub der Bäume am Straßenrand. Eigentlich mehr aus Gewohnheit warf ich einen Blick in den Rückspiegel. Nichts als Finsternis lag vor und hinter mir. Die Häuser – jedes von einer halben Million an aufwärts – waren alle etwas von der Straße zurückversetzt, durch dichtes Gebüsch vor fremden Blicken geschützt.

Obwohl es noch früh war, stellte ich fest, dass ich kein anderes Auto mehr gesehen hatte, seit ich vom Tate's aus in die Straße eingebogen war. Die riesigen Eichen und Kiefernbäume, die die Straße überschatteten, ließen den Weg noch dunkler und einsamer erscheinen. Ich trat aufs Gaspedal, um möglichst schnell vorwärtszukommen.

Und da bemerkte ich das Auto, das hinter mir an einem Hügel auftauchte: Zwei schleichende Lichtbündel kamen hinter mir her. Ich atmete erleichtert auf. Es war gut, Gesellschaft zu haben. Wenigstens war ich nicht ganz allein hier draußen. Bis auf das Dröhnen und gelegentliche Husten meines Wagens war es so still, als hätte ich die Erde hinter mir gelassen. Ich drehte Toni auf, bis das ganze Auto im Rhythmus bebte.

Wenn Jamal mich jetzt sähe, könnte ich ihn nie wieder dazu bringen, seine Anlage leiser zu stellen.

Ich warf einen Blick zu den Scheinwerfern zurück. Sie

waren immer noch da, näher als zuvor. Jetzt konnte ich das Auto deutlich erkennen, trotz der Dunkelheit.

Es war ein schwarzer Honda Accord mit goldenen Zierleisten und getönten Scheiben, der vorne kein Nummernschild hatte. Wer am Steuer saß, konnte ich nicht ausmachen; die Scheinwerfer waren zu hell.

Es begann mit einem Stupser, der mein Auto leicht von hinten traf. Vor Schreck gab ich noch mehr Gas und überlegte, ob ich rechts heranfahren sollte. Der andere kannte diese kurvenreiche Strecke bestimmt besser als ich; ich sollte ihn vorfahren lassen. Noch dachte ich an nichts Böses.

Aber dann passierte es wieder. Stärker diesmal, und mein Auto wurde mit solcher Wucht gerammt, dass es mir den Atem verschlug und die Hände vom Steuer riss, während ich mit dem Brustkorb auf das Lenkrad prallte.

»Scheiße!«, schrie ich laut. »Verdammter Mist!«

Das Auto rammte mich noch einmal, und in meiner Panik fuhr ich noch schneller. Ich fing unter den Armen und zwischen den Schenkeln zu schwitzen an; meine Bauchmuskeln zuckten.

Da wollte mir jemand etwas tun.

Waren das vielleicht Jugendliche, die es auf mein Auto abgesehen hatten? Ich hatte schon gehört, dass junge Autodiebe manchmal so vorgehen – sie fahren jemanden an, so wie mich eben, drängen ihn von der Straße ab und ziehen dann eine Knarre. Aber kaum war mir der Gedanke gekommen, da merkte ich auch schon, wie absurd er war. Wer würde den Blauen Dämon haben wollen?

Die waren hinter mir her.

Und irgendwie wusste ich, dass es sich bei »die« um mehrere handelte.

Einer passt auf. Einer verfolgt. Einer fährt. Einer schießt?

Jetzt trat ich das Gaspedal voll durch. Das Auto zitterte, und der Motor heulte, aber ich drückte weiter drauf, bis zum Anschlag, nahm Kurven mit fünfzig, sechzig Meilen die Stunde und betete darum, hinter mir eine Polizeisirene zu hören. Doch da war nichts, nur Stille und Finsternis und das andere Auto, das ebenso schnell fuhr wie ich.

Ich legte den fünften Gang ein, den ich so lange nicht gebraucht hatte, dass ich ihn schon völlig vergessen hatte. Ein Hügel nach dem anderen, doch der Honda blieb hinter mir und schnappte nach mir wie ein Höllenhund.

Ich machte eine schnelle, scharfe Rechtskehre, fuhr über die Straßenbiegung hinaus und zwischen Buschwerk hindurch in eine fremde Einfahrt, konnte gerade noch bremsen, ehe ich gegen eine weiße Steinmauer krachte, und knipste sofort die Scheinwerfer aus. Mein Herz klopfte so stark, dass ich es bis in die Kehle spürte.

Was wollten sie von mir?

Ich verriegelte alle Türen, dann ließ ich mich in den Sitz zurückfallen, guckte in den Rückspiegel und wartete schreckensstarr ab. Katzenaugenhelle Scheinwerfer kamen hinter mir her, wurden langsamer und zogen dann weiter. Ich holte tief Luft und zitterte wie ein Kind. Jetzt schaute ich mich um, damit ich endlich herausfand, wo ich war.

Ich konnte eine Villa erkennen, stattlich und groß, die direkt vor mir aufragte. Wahrscheinlich war ich am Rand von Belvington Heights. Es kamen mehrere Autos vorbei: Da waren Leute auf dem Rückweg von der Arbeit, unterwegs zum Einkaufen. Normale Straßengeräusche – eine ferne Hupe, Hundegebell, kreischende Reifen – umgaben mich wieder. Ich sprach ein Gebet und blieb dann noch ein Weilchen sitzen, um Atem zu schöpfen. Dann legte ich den ersten Gang ein und machte mich auf den Heimweg.

Aber der Gedanke, bei dem mir die Haare zu Berge standen, ließ mich nicht los: Wer immer mein Auto angefahren hatte, wusste, wo ich herkam. Und wahrscheinlich auch, wo ich hinwollte.

9

Was ist denn das für ein Tee?«, fragte Jamal. Ich hatte gerade einen Schuss Courvoisier in eine Teetasse gegossen und kippte ihn hinunter, als er in die Küche kam.

»Das ist kein Tee.«

»Wieso trinkst du mitten am Tag?«

»Es ist nicht mitten am Tag.«

»Mitten in der Woche.«

»Ich bin schon erwachsen«, sagte ich, dabei hörte ich mich an wie ein kleines Kind. »Und ich bin alt genug, um mir nach Feierabend ab und zu mal ein Glas Wein zu gönnen, wenn mir danach ist.«

»Ein Glas *Wein*, Ma?« Er machte den Backofen auf, holte einen Bräter mit glasierten, leicht angebrannten Hähnchenteilen heraus und warf mir einen Blick über die Schulter zu. »Ist alles in Ordnung?«

»Ja.« Ich spülte die Tasse aus, schraubte die Cognacflasche wieder zu und stellte sie auf ihren Platz im Regal zurück, damit meine Hände etwas zu tun hatten und er nicht sah, wie sie zitterten.

»Ganz bestimmt?«

»Hab ich dich je angelogen?«

Er verdrehte die Augen, und wir mussten beide lachen. Erst da wurde mir plötzlich bewusst, wie stark mein Bedürfnis zu lachen war. Jamal wunderte sich sicher, warum ich so furchtbar über etwas lachen musste, das so lustig nun auch wieder nicht war.

»Aber wenn es etwas Wichtiges ist, sagst du mir immer die Wahrheit, ja?«, fragte er, als wir aufhörten zu lachen, und seine Besorgnis war noch nicht verschwunden.

»Yeah. Ich sag dir immer die Wahrheit, mein Sohn« – hier machte ich eine Pause –, »früher oder später jedenfalls.«

Er verdrehte die Augen, häufte in Barbecuesoße schwimmende Hähnchenflügel und Sahnemais mit Butter auf einen Teller, reichte ihn mir und holte sich selbst auch einen. Ich schlang das Essen hinunter wie ein cholesterinsüchtiges kleines Kind und war so in Gedanken, dass ich ganz vergaß, mich dafür zu bedanken, dass er mir aufgetan hatte.

»Tja, wie ich sehe, weißt du meine Kochkünste jetzt endlich zu schätzen«, sagte er grinsend. Ich schaute zerstreut auf und nickte.

Wir aßen schweigend. Ich blätterte in *The Star-Ledger*, ohne wirklich zu lesen, während Jamal in sein Geschichtsbuch guckte. Als wir aufgegessen hatten, nahm er das Buch, ein Heft und ein paar Haferkekse mit Rosinen aus einer Archway-Tüte und verzog sich wieder in sein Zimmer. Ich kratzte die Reste vom Geschirr und summte dabei »I Apologize« von einer CD mit Anita Baker vor mich hin, als hätte ich keinerlei Sorgen. Dabei kam ich fast um vor Angst.

Das Auto war scheinbar aus dem Nichts aufgetaucht, aber es musste von Anfang an hinter mir hergefahren sein, gerade eben außer Sichtweite. Soweit ich wusste, war nur zwei Menschen bekannt, dass ich im Tate's gewesen war:

Jackson Tate, den ich von klein auf kannte und der bei der Beerdigung meines Vaters den Sarg getragen hatte, und Brandon Pike, dessen schönen, schlanken Körper ich einmal so gut gekannt hatte wie meinen eigenen.

Als ich mit dem Abwasch fertig war, sagte ich Jamal Gute Nacht, kramte das Schaumbad mit dem Moschusduft hervor und nahm ein wohliges warmes Bad. Vor dem Zubettgehen schloss ich Türen und Fenster zweimal ab, dann stand ich noch mal auf und vergewisserte mich, dass sie auch fest zu waren, bevor ich endgültig einschlief.

Am nächsten Morgen wachte ich um Viertel vor elf auf und ärgerte mich, dass ich so lange geschlafen hatte. Jamal hatte mir einen Zettel an die Kühlschranktür geklebt, dass er Basketballtraining hätte und erst spät nach Hause käme. Ich suchte in der Küche nach Kaffee, ärgerte mich wieder, als mir einfiel, dass ich nicht dazu gekommen war, welchen zu kaufen, und bedachte den Kessel mit einem milden Fluch, während ich ihn mit Wasser füllte, auf den Herd knallte und zwei Lipton's-Teebeutel in eine Tasse tat.

Ich hatte von meiner Mutter geträumt, konnte mich aber nur schemenhaft an den Traum und ihre laute, zornige Stimme erinnern, die mir irgendwelche Anweisungen gab. Ich hatte nicht weinen können, als sie starb. Vielleicht werde ich nie um sie weinen können, und das macht mir mehr Angst als sonst etwas in meinem Leben. Eine Zeit lang hatte ich auf alle eine Wut: auf meinen Vater, weil er so viel trank, auf meine Tante, weil sie mich großziehen wollte und es dann aufgab, sodass ich mir selbst überlassen blieb.

Die Zeit zwischen zwanzig und dreißig – samt meiner

ersten Ehe und Jamals Kinderjahren – habe ich schnell und wie in Trance durchlebt, ganz benommen vor lauter Schmerz. Wann ich mich – wenn überhaupt – davon erholt habe, weiß ich nicht genau, doch irgendwann wurde mir klar, dass mir von allen Menschen nur Jamal geblieben war und dass es keinen Sinn hatte, weiter in der Vergangenheit zu leben. Ich musste mein Schicksal selbst in die Hand nehmen.

Ich trank meinen Tee aus und aß einen Teller Cheerios, zog Rock, Bluse, hochhackige Schuhe und Strümpfe an – manchmal reicht es schon, sich wie eine berufstätige Frau zu kleiden, wenn man in Arbeitsstimmung kommen will – und machte mich auf den Weg.

Die Sonne schien, und die Tulpen, die mein Nachbar nebenan gepflanzt hatte, ließen meinen Garten schäbig aussehen. Die Eichhörnchen halten meinen Garten für ihren ureigensten Vergnügungspark; alles, was ich anpflanze, reißen sie wieder heraus. Außerdem vergesse ich ständig, meinem kleinen Flecken Land Wasser zu geben, sodass ich verständlicherweise nicht viele Blumen habe außer dem Löwenzahn, meinem zuverlässigsten Gewächs.

Jetzt, im hellen Sonnenschein, kamen mir meine Ängste der vergangenen Nacht fast schon komisch vor. Ich schaute die Straße rauf und runter, ob ich etwas entdeckte, was da nicht hingehörte, aber es war alles, wie es sein sollte: Einfamilienhäuser mit Rasenflächen, die bald mal wieder gemäht werden mussten, hier und da ein Fahrrad, das ein nachlässiges Kind in der Einfahrt hatte stehen lassen.

Ich warf einen prüfenden Blick auf den Rücksitz meines Autos, dann machte ich den Kofferraum auf und schaute mir an, was darin war. Da lagen das übliche Gerümpel sowie mein Handwerkszeug, das ich nicht zu Hause oder im Büro aufbewahrte: eine zusätzliche Taschenlampe mit ein paar Packungen Batterien, zwei, drei Schraubenzieher unterschiedlicher Größe, ein Taschenmesser, zwei Ersatzfilme für meine Polaroidkamera, zwei von Wyvetta gestiftete Perücken – eine langhaarige mit Ponyfrisur und eine kurze im Afro-Look –, drei billige Sonnenbrillen, die ich mal an der Penn Station gekauft hatte, ein Strohhut, mit dem ich aussah, als käme ich eben vom Baumwollpflücken, und eine Zigarrenkiste, ein Geschenk von Randy, dem niedlichen kleinen Ganoven, mit dem ich auf der Highschool gegangen war. Darin waren die Einbruchswerkzeuge, die er von seinem Onkel geerbt hatte: eine »Schlossnuss« zum Abdrehen von Sicherheitsschlössern, ein Satz Schlüsselrohlinge in verschiedenen Größen, ein Brecheisen, ein Stahlhaken und eine schnurlose Bohrmaschine mit 4-mm-Spiralbohrer.

Auf dem Weg ins Büro behielt ich den Rückspiegel ständig im Auge, obwohl es heller Mittag war, und als ich an meinem Haus angekommen war, schaute ich vor dem Aussteigen die Straße rauf und runter. Nichts.

Als ich das Gebäude betrat, das ich mit Wyvetta teile, warf ich einen raschen Blick in das Biscuit. Die beiden Frauen, die bei Wyvetta arbeiten – die eine für die Haarverlängerungen und die andere für Maniküre und Modellagen –, waren aufgeregt miteinander am Plaudern. Von Wyvetta selbst noch keine Spur; sie hatte vermutlich alle Termine abgesagt. Ich machte am Briefkasten halt, holte meine Post heraus und winkte den beiden Frauen zu, ohne stehen zu bleiben. Ich hätte wetten können, dass sie über Tasha und

Storey redeten. An guten Tagen kann man im Biscuit über jeden hier in Essex County in Erfahrung bringen, was man nur will, noch ehe Entkrausung und Nagelmodellage fertig sind. Die beiden Sisters waren unverbesserliche Klatschbasen – und Lincoln Storey und Tasha Green wären ein gefundenes Fressen für sie.

Die herrenlose Aloe, die vor rund einem Jahr jemand, der sich nie zu erkennen gab, vor meiner Tür ausgesetzt hat, sah vor den geschlossenen Jalousien meines Büros gespenstisch aus. Ich knipste das Licht an und zog die Jalousien hoch; staubiger Sonnenschein drang herein und beleuchtete den gebraucht gekauften Computer, die zwei zueinander passenden Stühle und das Tischchen in der Ecke mit dem elektrischen Wasserkessel, die drei angebrochenen Schachteln Celestial-Seasonings-Tee und den kleinen Schwarzweißfernseher, auf dem ich mir Seifenopern anschaue, wenn das Geschäft flau ist, also meistens.

»Na, wie gehts? Brauchst du Wasser?«, fragte ich die herrenlose Aloe, während ich die Tür hinter mir zuzog. Manchmal rede ich mit meiner Pflanze, und meistens erwarte ich so halb, dass sie mir anwortet. Ich hängte meinen Mantel auf, legte die ungeöffnete Post auf einer Schreibtischecke ab und stellte den Computer an. Während ich wartete, bis der Computer betriebsbereit war, füllte ich den Elektrokessel mit Wasser aus der Toilette unten am Flur. Ich gab der herrenlosen Aloe Wasser, stöpselte den Kessel ein und ließ mich dann vor meinem Computer nieder. Dabei überlegte ich, wann ich wohl so viel Geld übrig hätte, um mir einen Kessel zu kaufen, bei dem es nicht eine Viertelstunde dauert, bis das Wasser kocht.

Beim Hinsetzen musste ich wieder daran denken, wie ich das letzte Mal hier saß und grinsend wie ein Honigkuchenpferd Lincoln Storey anguckte, der in einem der leeren Stühle mir gegenüber Platz genommen hatte, und mir lief ein kalter Schauder über den Rücken.

Ich war ihm etwas schuldig.

Der Gedanke tauchte mit der Klarheit einer uralten Weisheit, die sich nicht abschütteln ließ, aus dem Nichts auf.

Ich war ihm etwas schuldig.

Für die tausend Dollar, die er mir in gutem Glauben gezahlt hatte. Und aus Prinzip. DeLorca hatte recht. Einmal ein Cop, immer ein Cop – der Mann war vor meinen Augen umgebracht worden, und ich hatte keinen Schimmer, wer es getan hatte und warum, und das machte mich total fertig.

Als der Kessel endlich pfiff, tat ich einen Red-Zinger-Teebeutel in meine Reklametasse und goss kochendes Wasser darauf. Dann ließ ich mich wieder auf meinen Stuhl fallen, tippte TDBD – Tod Durch Bohnen-Dip – ein zur Benennung der Datei und wartete auf Inspiration.

Als sie ausblieb, ging ich zum Fenster und tupfte mit einem Papiertaschentuch das überschüssige Wasser ab, das unter der herrenlosen Aloe auf das Fensterbrett rausgelaufen war, setzte mich wieder hin und starrte den Computer an.

Ich tippte in alphabetischer Reihenfolge die Namen aller Leute ein, die Tasha und Jackson zufolge Storeys ersten allergischen Schock beobachtet hatten: Alexa Storey, Brandon Pike, Daphne Storey, Minnie der Hexenbesen (auch wenn Tate das Mädchen in Schutz genommen hatte, blieb sie für mich »der Hexenbesen«), Jackson Tate, Stella Pharr, Tasha Green.

Sieben Namen. Sieben Verdächtige? Sechs, wenn ich meiner guten Tasha gnädig war und ihren Namen löschte, was ich spaßeshalber auch tat und ihn dann am Ende der Liste wieder einfügte. Es gab mir einen Stich, Jacksons Namen mit dazuzusetzen, aber er musste fairerweise da stehen, auch wenn wir alte Freunde waren.

Wer von ihnen konnte sich Storeys Tod gewünscht haben? Mit Ausnahme von Stella Pharr hatte fast jeder auf der Liste was davon, wenn Storey tot war.

Alexa Storey. Sie hätte genau wie ihre Mutter von Storeys Tod profitiert. Und ihr wäre dann auch Brandon sicher, ohne jede Einschränkung. Das waren zwei schwerwiegende Motive.

Brandon Pike. Wenn Storey aus dem Weg war, konnte er weiter mit Alexa gehen und käme so an Storeys Geld heran, das sie erben würde. Geldscheffeln war Brandons oberstes Ziel. Zusammen mit seiner Freundin stand er ganz oben auf meiner Liste.

Und dann war da *Daphne* mit dem Riesenklunker und der makellosen Haut. Sie hatte eindeutig ein Motiv, ein altbekanntes. Man muss nur der Spur des Geldes folgen, dann findet man den, der einen Mord dafür begehen würde. *Es sei denn, es gibt mehr als einen, der dafür einen Mord begehen würde.* Aber Tasha hatte gesagt, er hätte »die große Liebe seines Lebens wiederentdeckt«.

Minnie. »So gut wie verwandt« mit Tate. Hier stand Jacksons Wort gegen Tashas, und nur meine Voreingenommenheit ließ mich davon ausgehen, dass es Tate war, der die Wahrheit sagte. Und was war von Minnie mit ihren unechten Augen und dem unechten Haar zu halten? Die hätte doch auch Storeys Typ sein können.

Jackson Tate. Wenn Storey tot war, bekam er vielleicht sein Restaurant zurück; und falls er etwas gegen Jackson in der Hand hatte, dann würde das mit ihm dahingehen. Jackson hatte mir nicht alles erzählt. *Was verschwieg er mir?* Und wenn nun Minnie etwas mit Storey gehabt hatte? Wenn Tate das nicht passte, weil er wusste, was Lincoln für ein Schweinehund war? Tate war Lincoln vollkommen ausgeliefert, und er hatte miterlebt, wie er Tasha behandelte, »mit voller Wucht zurückschlug«, obwohl er wusste, dass sie schwanger war. Könnte es ein Mordmotiv sein, dass er Minnie beschützen wollte? Minnie beschützen wollte und Storey aus tiefster Seele hasste? Ehre. Ich hatte Männer schon aus geringeren Gründen morden sehen. Und was würde aus Tates Lokal werden, jetzt, wo Storey tot war?

Stella Pharr? Über sie wusste ich nur, dass sie einen ziemlich zickigen und verstopften Eindruck machte. Ich setzte ein Fragezeichen hinter ihren Namen und schrieb in Großbuchstaben Jakes Namen dazu. Wie sah ihre Beziehung zu Lincoln wirklich aus? Meinem Eindruck nach hatten die beiden richtig vertraulich gewirkt, als ich sie da in der Küche ertappte, doch welche Rolle könnte sie bei Storeys Tod gespielt haben?

Und damit war ich am Ende der Liste angelangt und wieder bei Miss Tasha mit ihrem coolen Gerede.

Als ich einmal zusammenstellte, was alles gegen Tasha sprach, kam ich wahrscheinlich ungefähr zu dem gleichen Ergebnis wie die Staatsanwaltschaft. *Motiv:* Geld und noch dazu Rachsucht. Das war nicht zu übertreffen. Storey hatte sie behandelt wie den letzten Dreck, er hatte sie vor Jacksons Augen geschlagen und dafür gesorgt, dass sie vor ihren Nachbarn gedemütigt wurde. Und wenn er der Vater ihres werdenden Kindes war und sie das beweisen konnte, dann stünde ihr wohl eine großzügige Summe aus dem Nachlass zu, besonders wenn seine Stieftochter willens war, das Verhältnis zu bezeugen. Daphne Storey mochte sich durchaus bereit finden, einen größeren Betrag springen zu lassen, nur um den guten Ruf ihres verstorbenen Gatten zu wahren. Doch an erster Stelle stand Rachgier. *Gelegenheit:* Die hatte die gute Tasha zur Genüge. *Methode:* Tasha hatte, wie DeLorca sich ausdrückte, den Bohnendip gemacht, und der hatte ihn umgebracht. Storey hatte mir erzählt, dass er »feurige Frauen« mochte, und Feuer hatte das Mädchen sicher zur Genüge.

Aber hatte sie so viel Feuer, um ihn zu töten? Und dann war da noch diese »kleine Geschichte« nebenher. Ich hatte schon so manche »kleine Geschichte« erlebt, die sämtliche Spielregeln über den Haufen warf, ehe man auch nur ahnte, dass da noch jemand mit von der Partie war. Ich speicherte ab und goss noch etwas heißes Wasser auf meinen Teebeutel, ohne dass mir eine weitere Erleuchtung kam.

Ich schaute auf die Uhr; es war kurz vor halb drei. Zu früh, um nach Hause zu gehen und Feierabend zu machen, zu spät zum Mittagessen. Ich holte die Post, die ich vorhin auf den Schreibtisch geworfen hatte, und sah sie durch. Die Reklame warf ich gleich weg, die Rechnungen riss ich auf, warf einen Blick darauf, schüttelte angewidert den Kopf und legte sie auf einen Extrastapel.

Dann machte ich den Brief von meiner Lebensversicherung auf und stellte mit Befriedigung fest, dass ich den nächsten Beitrag erst in zwei Wochen zahlen musste. Das ließe sich machen. Doch dabei fiel mir ein, dass ich eine andere Rechnung noch nicht bezahlt hatte – die Krankenversicherung, die in zwei Tagen fällig war. Ich hatte das Datum rot markiert und das Schreiben zu Hause auf die Kommode gestellt, um es nicht zu vergessen, was ich natürlich prompt getan hatte.

Ich fluchte leise vor mich hin und überlegte, ob Storeys Scheck wohl schon gutgeschrieben war. Vielleicht hatte ich ja Glück, dann könnte ich auf dem Heimweg die Überweisung einwerfen. Ich schaute auf der Rückseite meiner Bankkarte die Servicenummer nach und wählte rasch. Der jämmerlich niedrige Kontostand sagte mir, dass das Geld von Storey noch nicht da war. Die Computerstimme forderte mich höflich auf, die Null zu drücken, dann hätte ich rund um die Uhr einen leibhaftigen Angestellten am Apparat. Das tat ich dann auch, da ich wissen wollte, wie lange es mit dem Scheck wohl noch dauern würde.

Es meldete sich schließlich eine hohe, näselnde Stimme, zu der ich mir eine dünne, verbiesterte, langnasige Frau vorstellte. Als ich mich nach Storeys Scheck erkundigte, versuchte ich, mir meine Nervosität nicht anmerken zu lassen.

»Der Scheck wurde heute früh gesperrt«, erklärte sie trocken.

»Gesperrt!«, kreischte ich in den Hörer und warf dabei die Tasse mit Red-Zinger-Tee um, den ich dann schnell mit dem Ärmel aufwischte, bevor er in den Computer lief. »Was soll das heißen?«

Schweigen am anderen Ende.

»Gesperrt!«, schrie ich noch einmal.

»Bitte …«, fing sie an. »Ich kann nur …«

»Was soll das heißen, er wurde gesperrt?« Ich wusste, dass ich mich wie ein Idiot aufführte, aber es war stärker als ich. »Wieso?«, schrie ich, als ob sie das wüsste.

»Bitte, fragen Sie doch morgen bei Ihrer Bank nach«, sagte sie, als spräche sie mit einem bockigen Kind. Dann war die Verbindung unterbrochen, und ich saß da und glotzte den anderen Stuhl an, als würde er noch von Storeys Hinterteil gewärmt.

Was macht man, wenn einem ein reicher Mann, mit dem nicht gut Kirschen essen ist, einen Vorschuss von tausend Dollar gibt und danach tot umfällt? Wenn man so pleite ist wie ich und einen sportbegeisterten Sohn hat und die Krankenversicherung in zwei Tagen fällig ist, dann hält man das für ein Geschenk des Himmels.

Und was macht man, wenn der Scheck gesperrt wird? Man dreht erst mal durch, und genau das tat ich auch, während ich da auf meinem Stuhl saß und mir die Tränen über das Gesicht liefen wie bei einem kleinen Kind.

Vielleicht hatte ich ja nicht die ganzen tausend Dollar verdient, aber ein gewisser Teil stand mir doch zu. Selbst fünfzig Dollar hätten mich der Möglichkeit näher gebracht, meine monatlichen Rechnungen zu zahlen. Ich war im Tate's gewesen, wie von Storey gewünscht. Hatte mir einen Überblick verschafft, wie gewünscht. Hatte sozusagen angefangen, Brandon Pike zu beschatten. Und was waren schon fünfzig Dollar für den Nachlass von Lincoln Storey? Für Daphne Storey? Und überhaupt, hatte die trauernde

Witwe keine anderen Sorgen, als meinen Scheck sperren zu lassen?

Dann packte mich die Wut – die Wut auf Lincoln Storey, auf Daphne Storey und schließlich auf mich selbst, dass ich mich dann doch so auf dieses Geld verlassen hatte und dass mich anscheinend jede offene Rechnung wieder kalt erwischte.

Da klingelte das Telefon. Ich ließ es zweimal läuten und nahm dann rasch ab, bevor Karen, die beim Auftragsdienst meine Anrufe entgegennimmt, sich meldete – wenn überhaupt; die Rechnung hatte ich auch noch nicht bezahlt.

»Hallo«, sagte ich matt, und mein Tonfall drückte aus, wie mir zumute war.

»Tamara?«, fragte die Stimme am anderen Ende. »Ist alles in Ordnung? Du klingst so bedrückt.«

Das war wahrscheinlich der einzige Mensch auf der Welt, der mich aus meiner Stimmung herausholen konnte.

Jake kenne ich von Kindesbeinen an; als ich ihn zum ersten Mal sah, spielte er hinter unserem Haus mit Johnny Basketball. Er war jünger als Johnny und gehörte zu den Jungen in unserer Straße, die meinen Bruder verehrten und liebten, als sei er einer von ihnen. Er sieht immer noch so gut aus wie damals, doch jetzt ist sein schönes dunkles Haar mit Grau durchsetzt, und aus seinen Augen spricht eine melancholische, schwer errungene Weisheit. Außerdem ist er, rundheraus gesagt, wahnsinnig gut gebaut, und es gehört zu den schönsten Erinnerungen meiner Jugendzeit, wie ich ihn an heißen Sommertagen, wenn Schweißperlen auf seinen muskulösen Armen und Beinen glitzerten, mit nacktem Oberkörper und engen roten Sporthosen zum

Basketballwerfen antreten sah. In meinen frühen sexuellen Fantasien spielte er eine ausgesprochen aktive Rolle.

Wenn ihn jemand in der Nachbarschaft braucht, ist er immer für ihn da: Er spielt den Pfadfinderführer, obwohl er gar keinen Sohn hat, und den Botenjungen für die alte Dame, die unten an der Ecke wohnt. Mein Vater hätte ihn wohl den »geborenen Anführer« genannt: einer von den Brothers, die stets für das Gute eintreten, ein lebender Beweis gegen alle Lügen, die man über uns Schwarze je erzählt hat – ein Mann in der Nachfolge von Malcolm X, Frederick Douglass, Nelson Mandela; nur sieht er obendrein aus wie der Stoff, aus dem die heißen Träume sind.

Die letzten zehn Jahre meines Lebens war ich damit beschäftigt, mich immer wieder neu in diesen Mann zu verlieben, ohne das irgendjemandem einzugestehen, meistens nicht einmal mir selbst. Er war die letzten zehn Jahre seines Lebens damit beschäftigt, mir zu Hilfe zu kommen – halb als Freund, halb als großer Bruder –, wann immer ich ihn brauchte.

Seine Frau Phyllis, seine erste große Liebe, ist jetzt der schmerzlichste Teil seines Lebens. Alte Leute würden sie als verrückt bezeichnen, aber es gibt bestimmt eine nüchterne medizinische Bezeichnung für ihren Zustand. Sie wird in regelmäßigen Abständen in ein Heim eingeliefert. Jake ist zu anständig, um sie zu verlassen.

Jake hat einen sechsten Sinn, der ihn zu einem der besten Strafverteidiger auf seinem Gebiet macht. Und irgendwie sorgt dieser sechste Sinn stets dafür, dass er mich anruft, wenn er der einzige Mensch ist, mit dem ich reden möchte. So wie heute.

»Es ist also alles in Ordnung?«

»Das Übliche«, sagte ich düster.

»Geld?«

»Der verfluchte Krankenversicherungsbeitrag ist fällig.«

»Hör mal, Tam, ich schulde dir noch das Geld dafür, dass du mit Denise letzten Monat das Ballettzeug gekauft hast, als Phyllis ...«

»Kommt gar nicht in Frage, Jake. Das bisschen, was ich da ausgegeben hab ...«

»Ich zahl es dir jetzt zurück, wo ich grad was hab.«

»Jake, ich bin es allmählich leid, mir Geld zu borgen ...«

»Du weißt, was du und Jamal mir bedeuten. Was Johnny mir bedeutet hat.«

Dann schwiegen wir beide. Die Gefühle, die uns verbinden, lassen sich nicht so leicht definieren oder erklären – das war schon immer so –, aber es hat auf jeden Fall auch mit Johnny zu tun, und mit Phyllis auch. Das kann ich nicht leugnen.

»Hör mal, ich wollte eigentlich fragen, ob du und Jamal Austern mögt?«

»Austern? Na klar. Austern mag ich unheimlich gern.«

»Bei Pathmark gab es ein großes Sonderangebot. Ich hab eine Riesenmenge geholt. Zu Hause hab ich sie mir dann genau angeschaut, und da seh ich, dass sie sich nur bis übermorgen halten. Ich kann in zwei Tagen unmöglich so viel Austern vertilgen. Phyllis isst keine, angeblich kriegt sie Blähungen davon, und Denise macht eine Diät, irgendeine Obstkur.«

Wir mussten beide lachen. Seine Tochter, die ein paar Jahre jünger ist als Jamal und eben erst in die Pubertät kam, war plötzlich voll auf Klamotten, Make-up und die perfekte Figur abgefahren.

»Klar, bring sie vorbei, Jake. Ich wollte sowieso noch etwas mit dir bereden«, sagte ich.

»Jetzt gleich?«

»Nein«, sagte ich. »Später, wenn du vorbeikommst.«

Ich wollte ihn fragen, ob er Hintergrundinformationen über Lincoln Storey hatte. Und ob er mir Näheres über Stella Pharr erzählen konnte. Jake ist der Einzige, mit dem ich je über meine Fälle rede. Ich vertraue seinem Instinkt, seiner Menschenkenntnis und seinem Wissen, wozu ein Mensch fähig sein kann. Und dabei fiel mir diese Geschichte mit dem Auto wieder ein. Die Angst war wieder da, aber ich schüttelte sie ab.

»Heute Abend?«, fragte ich. Meine Stimme klang lauter als beabsichtigt.

»Yeah, bis dann.« Falls Jake meine Angst gespürt hatte, ließ er sich nichts anmerken.

Als er aufgelegt hatte, ging ich ans Fenster zurück, klaubte ein Blatt von der Aloe ab, sah zu, wie der Saft heraussickerte, und ließ die unten vorbeifahrenden Autos nicht aus den Augen. Dabei redete ich mir ein, ich würde nicht mehr an den Honda denken, der mich so in Angst und Schrecken versetzt hatte. Das Auto war nicht da, nur ganz gewöhnliche Menschen, die die Main Street entlangspazierten.

Ich setzte mich wieder hin und dachte erneut an das Geld und was ich mit den tausend Dollar hätte anfangen können, die jetzt gesperrt waren.

Sollte ich die Frau anrufen? Ich zog Storeys Visitenkarte

aus der Brieftasche, wo ich sie am Freitag hingestopft hatte, und guckte mir die Adresse an: Hillside Drive 9, Belvington Heights. Keine Telefonnummer außer der, die er mir selbst aufgeschrieben hatte. Ich setzte mich wieder hin und sah noch einmal zu meinem Computer hinüber, und der erste Name auf der Liste stach mir ins Auge, als wolle er auf sich aufmerksam machen. *Alexa Storey.*

Alexa Storey. Daphne Storey.

Die Tochter und die Mutter, die mich so stark an meine Mutter erinnerte, dass ich letzte Nacht von ihr geträumt hatte.

Alexa Storey. Was hatten diese verschreckten, unruhigen Augen am Freitagabend verbergen wollen?

Vielleicht war es an der Zeit, das herauszufinden.

10

Manche Leute mochten einfach nicht glauben, dass ein Schwarzer so herrschaftlich wohnen konnte wie Lincoln Storey, und als er das alte Mincer Place kaufte, eine Jahrhundertwende-Villa oben auf dem höchsten Hügel von Belvington Heights, da fand manch einer das ungehörig.

Es steht einem Nigger nicht an, so schön zu wohnen.

Solche Reden hatte ich gehört, als ich noch bei der Polizei war, meistens von Leuten, die in den Heights arbeiteten, sich aber nicht leisten konnten, dort auch zu wohnen.

Andere wiederum weideten sich an Lincoln Storeys Erfolg, freuten sich darüber, prahlten vor ihren Kindern damit.

Sei fleißig und sparsam, dann kannst du auch auf so großem Fuß leben wie Lincoln Storey.

Die genaue Schuhgröße von Lincoln Storey kannte ich zwar nicht, aber er war reich genug, dass er sich keine Sorgen machen musste, wenn sein Auto ein neues Getriebe brauchte oder die Krankenversicherung fällig war.

Die sichtgeschützten Einfahrten am Hillside Drive hatten keine Hausnummern – wer nicht wusste, wo er hinwollte, hatte hier nichts zu suchen. Als ich auf der Suche nach Storeys Haus die Straße entlangfuhr, bog ich auf gut Glück in die fünfte von Bäumen überschattete Einfahrt ein.

Das alte Mincer Place, das jetzt Storey gehörte (und das ich erkannte, weil es vor rund einem Jahr in *Ebony* abgebildet war), ragte zu meiner Rechten auf, sobald ich um die erste Biegung fuhr.

Die Villa Storey hatte vier Stockwerke aus grauem und braunem Backstein mit einem schrägen Schieferdach darüber und war mit gruppenweise angeordneten hohen Bogenfenstern geschmückt, die im Sonnenschein blitzten. An den wohlgepflegten und gestutzten Grünpflanzen und den Blumen, die im Vorgarten blühten, zeigte sich die liebevolle und kundige Hand eines Gärtners; die Eichhörnchen, die meinen Garten verwüsteten, würden ihr kleines pelziges Hinterteil hier nicht blicken lassen. Der Rasen, der sich zu beiden Seiten und auf die fernen Hügel zu erstreckte, wirkte schon fast unnatürlich grün und ebenmäßig, und die mächtigen Schattenbäume, die sich in der sanften Brise wiegten, stammten wohl noch aus der Zeit der Sklaverei.

Ich blieb einen Moment im Wagen sitzen und bestaunte ehrfürchtig die heitere Schönheit der Anlage. Trotz allem, was ich über Lincoln Storey wusste, war ich plötzlich stolz auf diesen Mann, den der alte Seafus Storey als Kind die ganze Belmont Avenue rauf und runter geprügelt hatte. Egal, was Storey sonst noch angerichtet haben mochte – und das war nicht wenig –, er hatte es zu etwas gebracht, wie Wyvetta sagen würde. Er hatte einen steilen und raschen Aufstieg hinter sich. Das musste ich dem Brother lassen.

Ich ging auf das Haus zu. Lautes Vogelgezwitscher war zu hören, und irgendwo in der Ferne klingelte ein Windspiel. Ich läutete an der Tür und erwartete so halb, dass mir ein hochnäsiger Diener im Frack aufmachen würde. Als ich Alexa Storey in Jeans und langärmeligem Strickhemd vor mir sah, war ich fast ebenso überrascht wie sie. Offensichtlich hatte sie jemand anderen erwartet, und das Lächeln schwand rasch aus ihrem Gesicht. Ich fragte mich, warum sie nicht erst durch den Spion geguckt hatte.

Sie machte jetzt einen kräftigeren, hübscheren, selbstbewussteren Eindruck als Freitagabend. Ihr ungeschminkter Teint glühte in kindlicher Frische, und die Aknenarben fielen gar nicht mehr so auf. Das langärmelige, rot-blau gestreifte Hemd mit Poloabzeichen am Hals schmeichelte ihr, und das dunkelbraune Haar fiel locker auf den Rücken herunter.

»Guten Tag, ich bin Tamara Hayle, Privatdetektivin. Ich arbeite für Wyvetta Green, Tasha Greens Schwester.« Ich sprach in meinem kecken, berufsmäßigen Ton und kam so schnell wie möglich zur Sache. »Wenn Sie vielleicht einen Moment Zeit haben und mir ein paar Fragen beantworten könnten? Falls ich ungelegen komme …«

»Tasha?«, unterbrach sie mich, als sei dies das Einzige, was sie von meinem ganzen Wortschwall gehört hatte.

»Tasha Green«, wiederholte ich, da ich spürte, dass das meine Chance war. »Sie hat davon gesprochen, dass Sie beide eng befreundet sind.« So genau hatte Tasha das nicht gesagt, aber ich fand, ich könnte es mal einfach so behaupten.

»Wie geht es ihr? Ist alles in Ordnung?«, fragte Alexa begierig, alles in einem Atemzug.

»Dann haben Sie also schon gehört, dass sie Montagvormittag wegen Mordes an Ihrem Stiefvater verhaftet wurde.«

»Ja.« Alexa schlug die Augen nieder, als erinnere sie sich

eben erst an Storeys Ableben. Ihr Kummer hielt sich offenbar in Grenzen. »Sie war es aber nicht«, setzte sie rasch hinzu, womit sie weit größeres Vertrauen in Tashas Unschuld bewies als ich.

»Ich bin ganz Ihrer Meinung«, sagte ich, was hoffentlich überzeugend klang. »Dann haben Sie wohl nichts dagegen, wenn ich Ihnen und Ihrer Mutter ein paar Fragen stelle. Wir, Ms. Green und ich, glauben auch nicht, dass es Tasha war, und wir wollen der Sache auf den Grund gehen, bevor sie weitere Kreise zieht.« Ich hoffte, das »wir« würde meiner Bitte einen gewissen Nachdruck verleihen.

»Auf den Grund gehen?«

»Was da wirklich passiert ist. Falls ich ungelegen komme …?«, setzte ich noch einmal an. Alexa wirkte einen Moment lang verwirrt, als verstünde sie nicht ganz.

»Ist es Ihnen recht, wenn ich hereinkomme?«

Sie trat wortlos zur Seite und gab mir damit stillschweigend die Erlaubnis zum Eintreten. Ich ging in die Eingangshalle, ehe sie sich anders besinnen konnte.

Eine anmutig geschwungene Treppe teilte das Haus in zwei Hälften, und ich stellte mir vor, dass sich hinter den zweiflügeligen Glastüren zu beiden Seiten die unterschiedlichsten Räume verbargen: Bibliothek, Speisezimmer, Salon, Arbeitszimmer.

»Meine Mutter ist im Wohnzimmer«, sagte Alexa und ging über den Parkettboden voraus, der glatt und glänzend war wie Marmor.

»Wie viele Schlafzimmer haben Sie hier?« Ich glotzte herum wie eine Touristin und bereute meine Frage, kaum dass ich sie gestellt hatte.

»Acht oder neun, wenn man das Arbeitszimmer oben mitrechnet, was wir nicht tun«, antwortete sie lässig im Weitergehen. »Wir suchen noch eine zusätzliche Haushälterin, falls Sie jemanden kennen. Wir haben eine Teilzeitkraft, aber wir brauchen jemand, der jeden Tag kommt. Kennen Sie eine Putzfrau?«

»Putzfrau? Ich? Nein«, gab ich zu rasch und aufgebracht zurück. *Ich kannte mal eine, aber die ist tot.* »Gutes Personal ist schwer zu finden, was?«, sagte ich mit einem zickigen Unterton, der mir umgehend leidtat. Alexa guckte erstaunt und zuckte dann die Achseln, als hätte sie solche Töne ihr ganzes Leben lang zu hören bekommen.

»Mir ist das sowieso einerlei«, verteidigte sie sich. »Ich würde auch in einer Einzimmerwohnung wohnen und mein Geschirr selbst abwaschen, wenn ich könnte. Es ist meine Mutter. Sie gehört zu den Frauen, die sich immer von anderen bedienen ließen, die sich nie mit unangenehmen Dingen die Hände schmutzig machen mussten. Manchmal denk ich, ihr einziger Daseinszweck ist der, die Wunschvorstellungen anderer Leute zu erfüllen, und das ist ja dann auch aus ihr geworden – die Summe aus ihren schlechten Eigenschaften und den Träumen anderer Leute.« Sie sagte das mit einem kleinen Lachen, das wohl die Bitterkeit mildern sollte, an mich aber verschwendet war.

»Sie urteilen ganz schön hart über Mütter, meine Liebe.« Ihre Ehrlichkeit verblüffte mich.

»Sagen wir mal so«, meinte Alexa ruhig. »Unsere Mutter-Tochter-Kiste läuft nur an hohen Feiertagen gut.« Ihre Worte sowie ihr Ton trafen direkt meine wunde Stelle.

»Darf ich Sie etwas fragen, Alexa?« Ich ging etwas langsamer, da ich ein paar Fragen loswerden wollte, bevor wir bei ihrer Mutter waren. Ihre Freundschaft zu Tasha war mir von Anfang an ein Rätsel gewesen, und ich hätte zu gern gewusst, wie sie sich kennengelernt hatten. So, wie Alexa und Daphne am Freitag auf der Toilette übereinander hergefallen waren, und nach dem, was sie eben gesagt hatte, bestand zwischen ihnen bestimmt kein Vertrauensverhältnis, und ich hätte wetten mögen, dass Tasha – mit ihrer großen Klappe und ihren noch größeren Mucken – nicht zu den Freunden gehörte, die Alexa mit zu Mommy nach Hause brachte, zumal Tasha es nebenher noch mit Daddy trieb. Wenn ich mich nach Tasha erkundigen wollte, dann musste ich es jetzt tun.

»Kommt auf Ihre Frage an«, gab Alexa misstrauisch zurück.

»Wie haben Sie und Tasha sich angefreundet – wenn ich das fragen darf?«

»Wir haben uns in den gleichen Clubs herumgetrieben. In New York, als wir noch jünger waren.«

»Ihr Vater – Ihr Stiefvater – hat sie durch Sie kennengelernt?«

»Yeah. Ich weiß gar nicht, wie ich das wiedergutmachen soll.«

»Und Sie wissen von dem Baby.«

Alexa blieb abrupt stehen. »Also erzählt sie es jetzt überall herum? Na ja, das ist wohl ihr gutes Recht. Yeah. Ich weiß von dem Baby. Der musste ja immer seinen Schwanz dahin stecken, wo er nicht hingehört.«

Ich hielt erschrocken inne. »Hat sich Ihr Stiefvater Ihnen gegenüber etwa ungebührlich verhalten?« *Wenn er seinen Schwanz immer dahin stecken musste, wo er nicht hingehört, dann ist er vielleicht auch Ihnen, seiner jungen Stieftochter, zu nahe getreten.* Ich wusste nicht recht, worauf das hinauslaufen würde, aber in Alexas Gesicht flackerte etwas auf, das ich mir nicht erklären konnte.

»Ungebührlich?«

»Auf eine Art, die Ihnen unangenehm war.« Ich hörte mich an wie eine Sozialarbeiterin.

Sie wandte sich ab und ging weiter.

»Alles an dem Mann war mir unangenehm.«

»Wie lange war er mit Ihrer Mutter verheiratet?«

»Seit dem Tode meines Vaters«, sagte sie mit einem Anflug von Bitterkeit.

»An dem Abend, als Ihr Stiefvater den ersten Allergieschock erlitten hat, waren Sie zu einer Feier im Tate's, die etwas mit Ms. Pharrs Bewerbung um einen Parlamentssitz zu tun hatte?«

»Yeah?« Sie drehte sich um und sah mich an, und auf ihren ruhelosen Augen lag ein Schatten.

»Sie gehören zu den Zeugen, die der Polizei berichtet haben, was Tasha an dem Abend über Ihren Stiefvater gesagt hat, dass man ihn mit so einem allergischen Schock gut um die Ecke bringen könnte. Das waren Sie doch, nicht wahr?« Ich fischte im Trüben, setzte sie fast schon unter Druck. Alexa blieb unvermittelt stehen und packte mich so heftig am Arm, dass es schmerzte. Entsetzt und überrascht von der Kraft dieser Hände und von der Angst in ihren Augen wich ich zurück.

»Das hat denen jemand erzählt? Ich war es nicht, das schwöre ich. Bitte, erzählen Sie Tasha nicht, ich hätte ihr das angetan. Sie würde es mir nie verzeihen, und das könnte ich nicht ertragen.«

»Wer war es dann?«

»Das würde ich Tasha nie antun.«

»Wer dann?«

Einen Moment lang sah es so aus, als wollte sie nichts sagen, doch dann verzog sie die Lippen zu einem spöttischen Lächeln, das einer höhnischen Grimasse glich. »Vielleicht sollten Sie das Mrs. Lincoln Storey fragen«, sagte sie mit einer verächtlichen Kopfbewegung zum Wohnzimmer hin. »Fragen Sie sie doch mal.«

Der Raum, in den wir eintraten, wirkte mit seinem offenen Gebälk an der Decke und den vor den Fenstern hängenden Farnen und Blattpflanzen wie geschaffen für Daphne Storey. Sie lag auf einer Ledercouch und aß Eiskrem. Auf einem Großbildfernseher in der Ecke lief *Oprah*. Als wir hereinkamen, setzte sie sich auf, stellte ihr Eis auf dem Tisch ab und schaltete mit der Fernbedienung *Oprah* aus, als riefe sie sich zur Ordnung. Sie schaute mit fragendem Blick von Alexa zu mir und dann wieder zu ihrer Tochter zurück.

»Das ist Tamara Hayle«, beantwortete Alexa ihre unausgesprochene Frage mit einer Handbewegung in meine Richtung, wobei sie sich ihrer Mutter gegenüber in einen Sessel an dem Couchtisch fallen ließ. »Sie ist Privatdetektivin. Sie will herausfinden, was mit deinem Mann passiert ist.« Die Worte »deinem Mann« kamen geradezu fauchend heraus, und ich fragte mich, wie sie so lange eine derartige Bitterkeit mit sich herumtragen konnte. Die Kaltschnäuzigkeit in ihrem Ton erinnerte mich an meine Lauschaktion auf der Toilette, doch nun war sie die Kaltschnäuzige, die alles im Griff hatte.

Daphnes Blick verweilte kurz bei ihrer Tochter, wandte sich dann dem eben abgeschalteten Fernseher zu und blieb schließlich an mir hängen. Sie wirkte älter als am Freitag, aber die Schönheit war noch da, auch wenn unter ihrer eleganten Frisur die dunklen Haarwurzeln hervorguckten. Ihre Hände verrieten sie jedoch. Sie waren um die blassen Fingerknöchel herum so rau, dass selbst das Funkeln ihres Riesenklunkers das nicht verbergen konnte.

Dunkle Mädchen taugen nur dazu, den Weg zu hellen frei zu machen.

Diese Worte, eine Hänselei in dem eintönigen Singsang von Kindern, schossen mir plötzlich wie eine hässliche Zwangsvorstellung durch den Kopf.

Wer so dunkel ist wie du, der kann nicht schön sein, der muss klug sein.

Ich war in den Sechzigerjahren aufgewachsen, der Zeit des »Black is beautiful«, doch diese Stimme klang Kindern wie mir noch immer so laut in den Ohren, dass zehn Jahre nicht reichten, um sie zum Schweigen zu bringen.

Als Daphne Storey zur Begrüßung aufstand und mir die Hand entgegenstreckte, schämte ich mich auf einmal bei der Erkenntnis, dass ich sie vom ersten Moment an aufgrund ihrer Hautfarbe und der Vorteile, die sie ihr vermutlich seit jeher einbrachte, beurteilt und verurteilt hatte.

Schöne Mädchen sahen nicht so aus wie ich. Sie sahen aus wie Daphne Storey, mit cremefarbener Haut und füllig auf den Rücken herabfallendem Haar; und nur solche schwarzen Frauen durfte ein »erfolgreicher« schwarzer Mann wie Lincoln Storey begehren, das Nächstbeste nach einer weißen Frau, denn er hatte gelernt und glaubte daran, dass Frauen, die wie seine Mutter aussahen, keinen Wert hatten.

Helle Haut – aber gern. Braune Haut – kann noch werden. Schwarze Haut – nur von fern.

Die Sache mit der Hautfarbe. Ich schlug die Augen nieder und schämte mich, es mir einzugestehen, aber es war nicht zu leugnen. Da machte eine schwarze Frau der anderen wegen etwas das Leben schwer, für das sie beide nichts konnten. Wie ich da stand und Daphnes Hand hielt, musste ich an Tante Winnie denken. Winnie, die Lieblingsschwester meines Vaters und dann meine Lieblingstante, die so hell war, dass man sie meist für eine Weiße hielt, und dabei war sie die stärkste, zäheste, *schwärzeste* Frau, die mir je begegnet war. Immer die Erste, wenn es galt, eine Demonstration oder Protestaktion zu organisieren, weil mal wieder jemand eine Schweinerei angerichtet hatte, und die Dinge in die Hand zu nehmen, wann immer es nötig war.

Das Problem der Hautfarbe war ein zweischneidiges Schwert. Ich erinnerte mich noch an Winnies Verbitterung darüber, dass man ihr wegen ihrer hellen Hautfarbe alles Mögliche unterstellte, und ich schämte mich für mich selbst, dass ich Daphne nach so einem blödsinnigen Kriterium beurteilte, genau wie es die Leute früher bei meiner Tante getan hatten.

Was wusste ich schon von dem Kummer dieser Frau?

»Was kann ich für Sie tun?« Daphne Storeys Stimme holte mich mit ihrem weichen, mädchenhaft-südlichen Klang aus meinen Tagträumen. Das war nicht die Stimme, die ich mit der Tochter hatte streiten hören.

Hatte ich nur gehört, was ich hören wollte?

»Ich weiß, dass Sie einen furchtbaren Verlust erlitten haben, Mrs. Storey, und es tut mir leid, dass ich …«

Sie brachte mich mit einer Handbewegung zum Schweigen und bedeutete mir dann, ich solle neben ihr auf der Couch Platz nehmen. Als ich mich zu ihr setzte, stach mir der Duft von Chanel in die Nase.

Das war das Lieblingsparfüm meiner Mutter gewesen, das letzte extravagante Geschenk von meinem Vater. Soweit ich mich erinnern konnte, hatte sie es nur zweimal getragen. Ihr besonderer Duft für besondere Gelegenheiten. Das Parfüm der Frauen, für die sie arbeitete, hatte sie mir eines Tages erzählt und mich im gleichen Atemzug ermahnt, ich solle es ja nie anrühren, was ich natürlich doch tat, gleich bei der ersten Gelegenheit; ich kippte drei gehörige Portionen heraus und füllte es aus reiner Bosheit bis obenhin mit Wasser auf, und dann schämte ich mich so, dass ich die ganze Nacht nicht schlafen konnte. Jetzt, wo ich neben Daphne saß, musste ich wieder an meine Mutter denken, und der Duft ihres Parfüms vernebelte mir die Sinne und ließ meine Vergangenheit und diese Scham wieder in mir wach werden.

»Es tut mir leid, dass ich während Ihrer Trauerzeit so bei Ihnen hereinplatze.« Plötzlich wurde mir bewusst, wie wenig ich auf die Begegnung mit ihr vorbereitet war. Lincoln Storey war mir inzwischen nur noch ein leerer Begriff, und dass Alexa sein Schicksal so auf die leichte Schulter nahm, hatte diese Vorstellung noch gefördert. Doch ich erinnerte mich auch an Matilda Gilroys Bemerkung über Daphnes Schmerzensschreie, ihre Tränen.

»Es geht mir gut«, sagte sie beruhigend, fast als könne sie meine Gedanken lesen. »Ich freue mich, wenn ich irgendetwas sagen oder tun kann, das Ihnen weiterhilft.«

Ich sah, wie Alexa in ihrem Sessel herumrutschte und die Arme unterschlug, wobei sie ihre Mutter genau beobachtete.

»Ich möchte Ihnen und Ihrer Familie mein herzliches Beileid aussprechen.« Mir war eingefallen, dass ich nicht einmal das zu Alexa gesagt hatte, als wir draußen am Eingang standen.

»Es war ein Schock. Ich habe es wohl noch immer nicht so recht begriffen.« Sie hielt einen Moment inne und sprach dann weiter, als ziehe sie mich ins Vertrauen, wie man das manchmal mit Leuten tut, die man kaum kennt.

»Es gab vieles bei meinem Mann, das ich nicht verstehe und das nach seinem Tod ans Tageslicht gekommen ist.« Nun schaute sie mich mit einem leichten, schwachen Lächeln an.

»Tasha Green?«, fragte ich leise. Ich wusste nicht recht, ob ich das Thema anschneiden sollte, bis mir klar wurde, dass sie wohl sowieso darüber Bescheid wusste.

»Es gab viele Tasha Greens.«

»Dann wissen Sie wohl auch, dass sie ihn umgebracht haben soll.«

»Ich habe seit seinem Tod mindestens dreimal mit der Polizei gesprochen. Ich weiß nicht, ob Tasha Green schuldig ist. Und irgendwie ist es mir auch egal.« Sie seufzte und hielt den Blick starr auf die andere Zimmerseite gerichtet.

»Er ist jetzt tot. Mir bleiben meine Erinnerungen. Einige davon sind schön. Andere sind so schlimm, dass ich gar nicht daran denken mag. Aber ich weiß nicht, was Ihnen das nützen soll. Ich meine, Tasha Green und was sie getan hat.«

»Dann halten Sie sie für schuldig?«

»Sie war wütend auf meinen Mann und verbreitete Lügen über ihn. Sie hat ihn gehasst. Ja, ich glaube, sie hat es getan. Ich glaube es wirklich.«

»Haben Sie deshalb der Polizei erzählt, was Sie mit angehört haben?«

»Ich selbst habe es nicht gehört, aber als Jackson Tate, der Besitzer des Restaurants, mir anvertraute, was er gehört hatte, hielt ich es für meine Pflicht, es der Polizei mitzuteilen, denn Jackson selbst wollte es nicht tun.«

»Deshalb und weil Sie wütend waren, dass sie mit Ihrem Mann geschlafen hat.«

Sie schwieg, und plötzlich waren ihre Augen voller Kummer. Ich fragte mich, ob ich das hätte sagen sollen, ob ich nicht zu weit gegangen war. Aber sie lächelte und antwortete dann, als sei es ihr gleichgültig.

»Yeah, darum auch. Und ich hoffe nur, dass dieses billige, ordinäre kleine Flittchen für das, was sie Lincoln angetan hat, zur Hölle fährt.« Der großmütige Tonfall von eben war verschwunden. Daphne griff zu ihrer Schale mit Eis und rührte heftig die inzwischen geschmolzenen Reste um.

»Du bist doch wirklich ein verlogenes Weib, was?«, sagte Alexa gleichmütig aus der anderen Zimmerecke zu ihrer Mutter. Wir sahen zu ihr hinüber, da wir sie beide ganz vergessen hatten. »Du sollst selbst zur Hölle fahren für das, was du Tasha da antun willst.«

»Sei du still! Halt bloß die Klappe!« Daphnes Stimme war leise und doch brutal.

Mehr brauchte es nicht, dass Alexa klein beigab. Mit gesenktem Kopf verließ sie das Zimmer ohne einen einzigen Blick zu mir oder ihrer Mutter.

»Haben Sie Kinder, Tamara?«, fragte Daphne mit jäher Vertraulichkeit.

»Ja, ich habe einen Sohn.«

»Dann wissen Sie auch, wie Kinder sein können. Meine Tochter ist über vieles erzürnt. Man weiß nie, wen ihr Zorn als Nächstes trifft. Egal, wie alt die Kinder sind. Egal, wie sehr man sich bemüht, sie in die Schranken zu weisen. Ich schäme mich für meine Tochter.«

In ihren Worten schwang Verachtung mit, und die ließ ihre Stimme harsch klingen; so hatte sich die Stimme angehört, die ich damals belauscht hatte, und auch die ihrer Tochter, als sie das Wort »Weib« hervorstieß.

»Ich glaube, ich sollte Ihnen etwas erzählen, Mrs. Storey. Ich habe für Ihren Gatten gearbeitet, bevor er starb. Er hatte mich engagiert, um den Freund Ihrer Tochter zu beschatten.« Manchmal hilft nichts als die Wahrheit, daher sagte ich sie ihr offen ins Gesicht. Es erschien mir unfair und nicht mit meinem Berufsethos vereinbar, ihr keinen reinen Wein einzuschenken. Zunächst zeigte sie keinerlei Reaktion.

»Ach, jetzt verstehe ich«, sagte sie leise. »Ich dachte mir doch, dass mir Ihr Name bekannt vorkam, als Alexa Sie vorstellte. Lincoln hat einen Scheck für Sie ausgeschrieben. Über tausend Dollar und am Tag seines Todes?«

»Ja, Ihr Gatte hat mir einen Scheck über tausend Dollar ausgestellt.« Ich fragte mich, warum sie keinerlei Überraschung oder Empörung erkennen ließ, warum sie nicht fragte, wieso er Brandon beschatten ließ und wann das angefangen oder wie lange ich es betrieben hatte. Storey hatte Brandon gehasst, das wusste ich. Wie stand Daphne zu ihm?

»Dann wissen Sie auch, dass ich den Scheck habe sperren lassen.«

»So sagte man mir, ja.«

»Das tut mir leid. Ich hatte keine Ahnung, wofür das Geld war. Unsere Anwälte haben alle Verfügungen über größere Summen sperren lassen, bis wir die Konten überprüfen können. Ihr Scheck war besonders hoch, daher haben sie bei mir nachgefragt. Sie können den Betrag gern neu in Rechnung stellen; ich kümmere mich darum, dass das erledigt wird. Es wird jetzt kein Problem mehr sein; ich weiß ja, wofür das Geld ist.«

»Danke«, sagte ich aus tiefstem Herzen. Das war jedenfalls geklärt.

»Ich dachte, Sie wären vielleicht eine von seinen Frauen«, murmelte sie fast wie eine nachgeschobene Erklärung.

»Eine von seinen Frauen?«

»Wissen Sie, das ist komisch mit Lincoln und mir«, sagte sie geradezu schelmisch. »Die meisten Leute haben sich gewundert, wie ich mit ihm zusammenbleiben konnte, wo da doch all diese Tasha Greens waren – nein, es macht mir nichts aus, darüber zu reden. Jetzt ist es ja vorbei.

Die Wahrheit ist die, dass Lincoln und ich uns geliebt haben. Man könnte wohl sagen, wir haben uns in den letzten Monaten wiedergefunden. Ich weiß nicht genau, woran das lag, wie es dazu gekommen ist, aber unsere Liebe – und ich weiß, dass das vielleicht albern klingt, wahrscheinlich würde es vielen albern vorkommen –, unsere Liebe war wie neugeboren. Er hatte mir meine Verbitterung verziehen, und ich hatte ihm seine Untreue verziehen. Wir haben sogar davon gesprochen, unser Ehegelübde zu erneuern.«

Sie seufzte, und ein sanfter Ausdruck trat in ihren Blick. »Das ist ja die Ironie an der Geschichte. Zum ersten Mal seit Jahren waren Lincoln und ich wieder verliebt ineinander.« In ihren Augen standen Tränen, und die Stimme zitterte, während sie den riesigen Ring am Finger hin und her drehte. »Es war, als hätten wir einander wiederentdeckt. Ich will nicht behaupten, dass es einfach war, aber es wurde immer einfacher, und jetzt wird es wieder schwierig. Aber er ist tot, und ich weiß, für mich muss es weitergehen.«

Es ist leicht zu erkennen, ob jemand lügt, wenn man weiß, worauf man achten muss. Da wird der Blick unstet, oder jemand kann einem nicht direkt in die Augen sehen. Einmal habe ich eine Frau befragt, die sich ständig die Finger auf die Lippen legte, als wolle sie verhindern, dass ihr ein Wort herausrutscht. Als später die Wahrheit ans Licht kam, wunderte es mich gar nicht, dass sie das Blaue vom Himmel herunter gelogen hatte. Doch Daphnes tränenfeuchte, aber ruhige Augen hielten meinem Blick stand, und ich hatte nicht den Eindruck, dass sie mir etwas vormachte.

»Wie stehen Sie zu Brandon Pike?«, fragte ich sie.

»Ich stehe weder gut noch schlecht zu Brandon Pike. Er war das Problem meines Mannes«, sagte sie, ohne meinem Blick auszuweichen. »Jedenfalls war er seit jenen Ereignissen für unsere Familie eine große Hilfe. Er war für mich und meine Tochter da wie kein Zweiter.«

Es klingelte an der Tür. »Das ist er wahrscheinlich«, fügte sie hinzu. Wir lauschten beide Alexas freudigem Aufschrei und einer tiefen männlichen Stimme, die ihre Fragen beantwortete und sie gutmütig neckte, während sich ihre Schritte auf dem marmorglatten Fußboden dem Raum näherten, in dem wir saßen.

Ich wusste, dass ich der allerletzte Mensch war, den Brandon Pike hier im Wohnzimmer erwartete, doch seine Miene blieb unbewegt bis auf ein leichtes Zucken über dem rechten Auge, eine kontrollierte Geste des Erstaunens, die wohl auch mir entgangen wäre, wenn ich ihn nicht so gut gekannt hätte.

»Wie geht es Ihnen, Mrs. Storey?«, fragte er förmlich und beflissen.

»Mir gehts gut, Brandon, danke.« Sie hielt ihm die Wange entgegen, damit er sie küssen konnte, was er auch tat.

»Kann ich irgendetwas für Sie tun? Irgendwelche Besorgungen erledigen?«

Sie schüttelte verneinend den Kopf. »Kennst du Ms. Tamara Hayle?«

»Wir sind uns bereits begegnet«, sagte er.

»Nicht nur einmal«, fügte ich hinzu und beobachtete, wie Brandons Schultern sich strafften, während er an die Hausbar ging und sich einen Drink einschenkte.

»Kann ich sonst noch jemandem etwas geben?«

»Ich hab mein Eis hier. Alexa?«

Alexa antwortete nicht, sondern sah starr geradeaus durch die Glastür zum Swimmingpool hin.

»Können wir Ihnen sonst noch irgendwie behilflich

sein?«, wollte Daphne mit plötzlicher Ungeduld von mir wissen.

»Nein. Ich denke, das wars wohl.«

»Darf ich Sie dann zum Auto begleiten?«, fragte Brandon Pike unvermittelt, was alle erstaunte, mich eingeschlossen. Aus der Schnelligkeit, mit der er die Frage stellte, schloss ich, dass es ihm nicht nur darum ging, mich sicher zu meinem Auto zu bringen.

Nun standen wir beide auf, und Brandon tätschelte Alexa den Kopf, wie man es bei kleinen Kindern tut; ich gab beiden Frauen zum Abschied die Hand.

»Wenn Sie wegen dieser anderen Angelegenheit meinen Anwalt anrufen wollen, dann sollten Sie es bald tun«, sagte Daphne Storey. »Es wird keinerlei Probleme geben.«

»Danke«, sagte ich.

Sie griff nach der Fernbedienung und widmete sich wieder dem Fernseher, wobei sie die Lautstärke höher stellte als eigentlich notwendig. Brandon machte die Tür hinter sich zu. Wir sagten nichts, bis wir weit weg vom Haus und bei meinem Auto waren.

»Das hat doch nichts mit mir zu tun, oder?«, fragte er. Ich sah ihn erstaunt an.

»Wie meinst du das, nichts mit dir zu tun?«

»Damit, dass du sauer bist, was zwischen uns gelaufen ist. Dass du zu Tate gehst und dann hierher. Hat es irgendetwas damit zu tun, was zwischen uns war?«

»Sei nicht so von dir eingenommen.«

»Was geht dann hier vor?«

»Ich will herausfinden, wer Lincoln Storey umgebracht hat. Ich arbeite für Tasha Green«, sagte ich schlicht.

»Dann musst du doch wissen, dass sie es war.«

»Ich bin mir da nicht mehr so sicher.«

»Ich warne dich, Tamara, lass Alexa und Mrs. Storey in Ruhe«, sagte er, als wollte er mir drohen. »Sie haben damit nichts zu tun. Mrs. Storey trauert. Alexa ist noch ein Kind. Sie verkraftet das nicht. Sie ist sehr labil. Lass lieber die Finger von der Sache, Tamara, bevor es zu spät ist.«

Die Wut stieg so schnell in mir hoch, dass ich selbst überrascht war. »Du willst mir drohen, Brandon? Du willst mir sagen, ich soll mich da heraushalten? Du, der große Mister Pike, der für ein paar Dollars jedem in den Hintern kriecht? Hast du vergessen, dass ich dich schließlich *kenne*?«

Er zuckte sichtbar zusammen, als hätte ich ihn geohrfeigt, fing sich aber rasch wieder. »Ihr Vater hat sich erschossen«, sagte er ohne Umschweife. Er nahm mir den Schlüssel aus der Hand und öffnete wie ein Gentleman die Tür für mich. »Er hat sich eine Kugel in den Kopf geschossen, als sie noch ein Kind war. Vor ein paar Monaten hat Alexa einen Selbstmordversuch unternommen. Als Kind hat sie es auch schon einmal versucht. Die langen Ärmel, die sie immer trägt. Das Kleid da am Freitag und das Hemd, das sie heute anhat, sollen die Narben verdecken. Das Mädchen ist selbstmordgefährdet, Tamara. Du weißt ja, was das bedeutet. Du weißt, was das heißt. Um Himmels willen, bleib ihr vom Leibe.«

Ich sah ihm ins Gesicht, betrachtete seine Augen und seine Mundpartie, dann setzte ich mich an das Steuer meines Wagens und knallte die Tür so rasch und heftig hinter mir zu, dass ich ihm fast die Hand eingeklemmt hätte.

Das war ein Schlag unter die Gürtellinie gewesen, denn

er wusste ja Bescheid über Johnny und die Art seines Todes und auch über die sehnsüchtige Liebe, die mich nie verlassen würde, und das – dieses schmerzliche Geheimnis, das ich ihm anvertraut hatte, als wir uns noch etwas bedeuteten – benutzte er jetzt, um einen anderen zu schützen. Mir war nur nicht recht klar, wen.

»Komm mir nicht so, Brandon«, sagte ich, während ich den Rückwärtsgang einlegte und aus der Einfahrt fuhr. »Bleib du *mir* gefälligst vom Leibe.«

11

Ich will dir mal was sagen«, erklärte Jake. »Wahrscheinlich wusste Storey schon über dich und Pike Bescheid, bevor er einen Fuß in dein Büro gesetzt hat. Darum hat er dich auch engagiert. Er war nicht der Typ, der Leute anheuert und ihnen einen Riesen hinblättert, ohne bis ins kleinste Detail über sie Bescheid zu wissen.«

Jake stand bei mir in der Küche und traf Vorbereitungen, um die Austern zu braten, von denen er am Telefon gesprochen hatte. Er hatte sein anthrazitfarbenes Jackett abgelegt, es fein säuberlich über einen Küchenstuhl gehängt und sich dann ein Geschirrtuch um den Bauch gebunden, das weder sein Hemd noch die rot-blau gestreiften Hosenträger schützen würde, die an den maßgeschneiderten Hosen befestigt waren. Wir hatten beide nichts weiter vor und noch nicht gegessen, daher hatte er angeboten zu kochen. Mir gelingen Austern nie so recht; sie werden bei mir immer zu zäh oder versalzen oder beides zugleich, deshalb war ich froh über sein Angebot.

»Und dann will ich dir noch was sagen«, sprach er weiter und beugte sich vor, um die Flamme zu kontrollieren, die unter der alten gusseisernen Pfanne mit heißem Öl flackerte. »Egal, welche Begründung er dir gegeben hat, warum er deine Dienste in Anspruch nehmen will, du kannst Gift darauf nehmen, dass das nicht der eigentliche Grund war.«

»Woher willst du das wissen?«

»Denk mal nach, Tam.« Er bestäubte die Austern vor dem Braten einzeln mit einer Mischung aus Semmelbröseln und Mehl. Dann wischte er sich die Hände an dem Geschirrtuch ab und trat einen Schritt zurück, um zu warten, bis das Öl heiß war.

»Was kümmert es einen Mann wie Lincoln Storey, mit wem seine Stieftochter schläft? Er war vollauf mit ihrer Freundin beschäftigt und sowieso ein Typ, den andere nicht die Bohne interessieren.«

»Und sein Geld?«

»Das könnte eine Rolle gespielt haben und anderes auch, wahrscheinlich etwas, das mit Brandon Pike zu tun hatte … Vielleicht wollte er aus einem anderen Grund, dass du Pike beschattest … oder er wollte in Wirklichkeit Alexa beschatten lassen, mochte dir das aber aus irgendeinem Grund nicht sagen.«

Ich nickte zustimmend. Da war was dran. Ich trank einen Schluck Wein und dachte noch einmal an Hillside Drive. Den ganzen Rückweg über hatte ich eine Stinkwut gehabt wegen Brandons Abschiedsbemerkung, die mich im Innersten getroffen hatte, genau wie beabsichtigt. Alexa hatte eine derart merkwürdige Mischung von Verzweiflung und Großspurigkeit an sich, dass mir sein Gedankengang einleuchtete.

Insgesamt wusste ich nicht recht, was ich von dem Nachmittag halten sollte. Als ich hinfuhr, hatte ich keine genaue Vorstellung davon, was ich dort eigentlich suchte, und jetzt war ich mir nicht ganz sicher, was ich gefunden hatte. Was allzu leicht dahergesagt wird, ist im Allgemeinen nicht viel wert, und die Antworten, die ich von Mutter, Tochter und selbst Brandon Pike bekommen hatte, waren alle so aalglatt gewesen wie das Geschwätz eines alten Zuhälters.

Ich hatte nur erfahren, was sie mich ruhig wissen lassen konnten: dass Daphne und Storey wieder eine Liebesbeziehung miteinander hatten, und zwar trotz der anderen Tashas in seinem Leben, und dass ihr seine Finanzangelegenheiten mühelos in den zierlichen Schoß gefallen waren. Außerdem wusste ich jetzt, dass sie die zweite »Zeugin« war, die ich gesucht hatte, allerdings hatte sie lediglich »bezeugt«, was Jackson Tate ihr erzählt hatte. Dann hatte Alexa noch bestätigt, dass sie mit Tasha befreundet war, wie Tasha es behauptet hatte. Und schließlich hatte Brandon Pike mich netterweise wissen lassen, dass Alexas Daddy sich auf die gleiche Art umgebracht hatte wie mein Bruder.

Doch die Wahrheit liegt gewöhnlich in dem verborgen, was unausgesprochen bleibt, in den leicht ausweichenden Blicken, der Wut, die eben unter der Oberfläche brodelt, und so hatte Alexa mir mit ihrem unverhohlenen Hass auf Storey und der Stimme, die weder aus der Verachtung für ihre Mutter noch aus ihrer sklavischen Hingabe an Brandon Pike ein Geheimnis machte, von allen dreien am meisten verraten.

Und dann waren da noch die Lektionen, die ich über mich selbst gelernt hatte – dass mich das Vermächtnis der Sklaverei stärker gezeichnet hatte, als ich zugeben mochte, und dass die zwiespältigen Gefühle meiner Mutter gegenüber noch immer so heftig waren, dass der Hauch eines Parfüms sie wieder aufleben lassen konnte.

»Das Geheimnis beim Austernbraten ist, dass das Öl immer schön heiß bleiben muss«, unterbrach Jake meine Gedanken. »Außerdem muss man schnell machen, weil Austern sehr zart sind. Das ist ja was anderes, als wenn man Meerbrassen brät oder Dorsch; sie sind äußerst sensibel.«

»Da muss ein sensibler Brother ran, um so sensible Austern zu braten, ja?«, frotzelte ich.

»Könnte man so sagen«, antwortete er mit einem verlegenen Lächeln. »Jetzt pass mal auf.« Er ließ vorsichtig drei Austern in das heiße Öl gleiten. »Man darf sie nicht zu eng zusammenpferchen, sonst verklumpen sie. Man muss ihnen Freiräume lassen. Ihre Integrität achten. Ihnen Entfaltungsmöglichkeiten geben. Dabei fällt mir ein – wo ist eigentlich der Junge?«

»Er hat mir einen Zettel hingelegt, dass er heute zum Training geht. Wo ist denn Denise?« Nach Phyllis erkundigte ich mich nicht; vielleicht war es das schlechte Gewissen, das mich davon abhielt, oder etwas, das dem sehr nahe kam. Ich wollte jetzt nicht an diesen Teil seines Lebens denken und hatte deshalb Schuldgefühle.

Aber Jake hatte daran gedacht, und ich konnte seine Gedanken an der Traurigkeit ablesen, die seine Augen überschattete.

»Denise ist heute Abend bei Phyllis' Schwester. Phyllis hatte ein paar, ähm, Probleme, da hab ich sie vorhin ins Krankenhaus gebracht«, erklärte er ruhig, ohne mich anzuschauen.

Wir beließen es dabei, wie immer. Es ist ein Freundschaftsdienst, dass man den anderen nicht bedrängt, wenn er nicht will, dass man das Schweigen ebenso hinnimmt wie das Geplauder. Jake und ich waren von Anfang an Freunde gewesen, und deshalb haben wir uns nie zu etwas gezwungen, das wir nicht verkraften konnten.

»Wo hast du denn gelernt, wie man Austern brät?«, fragte ich nach einer Weile.

»Bei Jackson Tate.«

»Jackson Tate?«

»Als ich während des Studiums bei ihm gearbeitet habe.«

»Ich hab gar nicht gewusst, dass du ihm auch beim Ko chen geholfen hast.«

»Er wusste, dass ich gern koche, deshalb hat er mich ab und zu in seine Berufsgeheimnisse eingeweiht, wie er das nannte. Jackson und ich haben uns mit der Zeit ziemlich angefreundet. Wir haben viel geredet – über die Vergangenheit, über diese Stadt und wie es mit ihr weitergehen soll, und deshalb war ich auch so wütend, als er von hier fortgezogen ist. Für mich sah es so aus, als würde er alle seine Überzeugungen verraten.«

»Er war auch ein guter Freund meines Vaters. Früher, in alten Zeiten. Ich frag mich, ob Jackson damals schon Lincoln Storey gekannt hat. Sie sind alle ungefähr in der gleichen Gegend aufgewachsen. Daddy hat mir erzählt, Storey wäre als Kind immer geschlagen worden.«

»Lincoln Storey? Von dem hat Jackson nie gesprochen. Aber das muss ja nichts heißen. Storey ist also als Kind misshandelt worden?«

»Komisch, dass mir das jetzt wieder einfällt«, sagte ich, während ich ihm einen Teller holte, damit er die Austern abtropfen lassen konnte. »Das mit Lincoln Storey. Aber es hat mich sehr beeindruckt, als Daddy mir davon erzählt hat. Es war mir so vollständig fremd, dass man Kinder schlägt; ein Daddy war dazu da, dass er die Kinder neckte oder mit ihnen Dame spielte, wenn er nicht zu müde war. Wenn einen jemand schlug, dann die Mutter. Ist das nicht ein Ding?«

Jake schüttelte nur teilnahmsvoll den Kopf, ohne sich weiter dazu zu äußern. Er wusste, wovon ich sprach, und er rührte nicht daran, wie ich nicht an die Sache mit Phyllis rührte.

»Vielleicht ist es mir deshalb im Gedächtnis geblieben«, fuhr ich fort. »Erwachsene Männer tranken Freitagabend vielleicht mal einen über den Durst, aber sie schlugen ihre Kinder nicht.«

Jake tat die ersten Austern vorsichtig auf den Teller und legte andere in die Pfanne nach, wobei er vor dem spritzenden Fett zurückwich.

»Wir hätten noch eine zweite Pfanne nehmen sollen. Sonst steh ich den ganzen Abend hier und brate diese Dinger.«

»Soll ich dir helfen?«

Er schüttelte den Kopf. »Nein, wie es sich anhört, hast du einen härteren Tag hinter dir als ich; ruh dich einfach aus und genieß es. Aber mir war gar nicht klar, dass dein Daddy und Jackson zusammen aufgewachsen sind«, fügte er nach einer Pause hinzu. »Jackson gehört zu den Typen, die sich an einem Abend bei einer Flasche Scotch hinsetzen und dir ihr ganzes Herz ausschütten, und am nächsten Tag sagen sie dir kaum noch Guten Tag. Er ist sehr verschlossen. Wusstest du, dass er ein Kind hat?«

»Ein Kind? War er denn mal verheiratet?«

»Weiß ich nicht. Vielleicht. Von einer Frau hat er allerdings nicht gesprochen. Als wir wieder einmal so zusammenhockten, hab ich angefangen, von Denise zu erzählen, und da hat er von seinem Kind gesprochen. Mir kam es vor, als ob es sich um einen Jungen handelt. Ich hatte das Gefühl, dass es Unstimmigkeiten zwischen ihm und der Mutter des Kindes gab, und er durfte es nie sehen.«

»Ein ziemlicher Luftikus, der Herr Papa, was?«

»Der Eindruck drängt sich auf. Aber weiß mans? Womöglich hat er ja den Kontakt zu ihr und dem Kind verloren, als er im Gefängnis saß.«

»Jackson hat im Gefängnis gesessen?«

»Ich dachte, du hättest gesagt, du kennst ihn.«

»Das hab ich nicht gewusst. Mein Vater hat jedenfalls nie davon gesprochen. Weshalb war er denn im Gefängnis?«

»Totschlag.« Jake holte wieder eine Lage Austern aus der Pfanne.

»Totschlag! Kein Wunder, dass Daddy nie davon gesprochen hat.«

»Er war noch jung, als es passierte. Wir sind einmal ins Reden gekommen, als wir abends aufgeräumt haben. Er hat immer wieder gesagt, wie stolz er auf mich ist, weil ich schon in jungen Jahren was aus meinem Leben mache und es nicht vergeude, so wie er.«

»Wie lange hat er denn gesessen?«

»Gut zehn Jahre. Er wurde wegen guter Führung vorzeitig auf Bewährung entlassen. So leicht käme er heute nicht mehr davon.«

»Wen hat er denn umgebracht?«

»Darüber hat er sich nie geäußert. Irgendeinen Typen, der kein großer Verlust für die Menschheit war. Jackson hatte eine Wut auf ihn. Hat ihn erschossen. Im Affekt. Weil der ihn reinlegen wollte. Jackson hat immer ausgesehen, als könnte er kein Wässerchen trüben, so mit Plätzchenbacken und Gumbokochen und dergleichen, aber er konnte auch bösartig werden. Tatsache ist, wer ihn richtig kannte, der ist ihm lieber nicht in die Quere gekommen. Und wenn doch, dann hat er es ganz gewiss kein zweites Mal getan.«

»Meinst du, er könnte Lincoln Storey umgebracht haben?«, fragte ich. Plötzlich war mir eingefallen, dass er der einzige Mensch war, den ich nicht ernsthaft in Erwägung gezogen hatte. *Einmal ein Killer, immer ein Killer?* Ich fragte mich, ob die Staatsanwaltschaft über Jacksons Vorstrafe Bescheid wusste. Ob ich am Ende Jackson Tate ans Messer liefern musste, um Tasha herauszupauken? Schon bei dem Gedanken wurde mir übel.

»Lincoln Storey umgebracht? Jackson Tate? Nein, ausgeschlossen.«

»Warum?«

»Weil er vorbestraft ist, Tam. Weil für ihn zu viel auf dem Spiel steht. Er hat mit alldem abgeschlossen. Einmal hat er mir erzählt, er hätte sein ganzes Leben lang versucht, das wiedergutzumachen, und er ist trotz seines Jähzorns mit der sanftmütigste Brother, den ich kenne. Die meisten Leute wissen nicht einmal, dass er im Gefängnis gesessen hat, und so will er es auch haben. Ich bin wohl einer der wenigen Menschen, die darüber Bescheid wissen.«

Ob es das war, was Lincoln Storey gegen Jackson in der Hand hatte?

Ich konnte mir Jacksons Gesicht nicht von solcher Wut verzerrt vorstellen, wie man sie braucht, um jemanden umzubringen. Aber vielleicht hatte er gar kein wutverzerrtes Gesicht gehabt, sondern nur das freundliche, liebenswürdige Verhalten gezeigt, das ich mein Leben lang kannte. Beide Möglichkeiten ließen mich schaudern.

Jake hatte Krautsalat und ein Baguette mitgebracht. Wir holten uns jeder einen Teller und setzten uns an den Küchentisch. Es war ein merkwürdiges Gefühl, ihm so gegenüberzusitzen, und für eine Weile vermieden wir es, uns anzuschauen, und aßen schweigend.

»Schmeckt gut«, sagte ich schließlich, überrascht, wie knusprig und zart die Austern waren.

Da schaute Jake auf und lächelte, und ich lächelte zurück, und auf einmal war jede Spannung von uns gewichen.

So aßen wir eine Weile, wobei ich mir Mühe gab, die auf dem Teller verbliebenen Austern nicht so gierig anzugucken und nicht mehr als eine auf einmal in mich hineinzustopfen.

»Hör mal, Jake, ich bin dort gewesen. Und ich werde das Gefühl nicht los, dass ich etwas übersehen habe. Wenn ich einmal weiß, wer wann was getan hat, dann weiß ich auch, wer Gelegenheit dazu hatte – das Motiv lassen wir im Moment mal beiseite. Das stellt sich manchmal erst heraus, wenn man den Täter kennt.« Ich erinnerte mich noch gut an meinen letzten großen Fall und die Mörderin mit dem Namen eines Sommermonats.

Ich holte mein schwarzweißes Notizbuch aus der Handtasche, riss eine Seite heraus und schrieb 20 Uhr 30 darauf, die Zeit, als ich im Tate's eintraf, lange vor 21 Uhr, wie Storey mir aufgetragen hatte. Dann kritzelte ich die Namen hin und darüber und darunter den ungefähren Zeitpunkt, zu dem die Leute gekommen und gegangen waren.

- Vorabend – Jackson Tate probiert Rezepte aus
- 18^{00} Tasha kommt, um alles vorzubereiten
- 19^{00} Lincoln kommt und streitet sich mit Tasha
- 20^{00} Stella Pharr trifft ein
- 20^{30} Ich
- 20^{50} Jackson und ich gehen in die Küche. Wir treffen Storey und Stella Pharr. Tasha kommt herein
- 21^{00} Die Storeys und Brandon Pike kommen
- 21^{35} Ich belausche Daphne und Alexa auf der Toilette
- 22^{15} Storey fällt tot um

Ich schob Jake den Zettel hin, damit er ihn sich ansah, und er las alles sorgfältig durch.

»Und wo war der Bohnendip?«

»Tasha hat ihn mitgebracht, als sie gegen sechs Uhr kam, hat ihn in den Kühlschrank gestellt und herausgenommen, als wir in der Küche waren, nachdem sie Storey gesehen hatte.« Ich erinnerte mich wieder, mit welcher Wut Tasha die Schale mit dem Dip auf die Anrichte geknallt hatte.

Außerdem fiel mir ein, dass Tasha in der Küche gewesen war, als ich auf die Toilette ging. Ich notierte das für 21 Uhr 25, kurz bevor ich um 21 Uhr 35 Daphne und Alexa belauschte.

»Die Polizei sagt, Tasha hätte die Erdnussbutter schon bei der Zubereitung in den Bohnendip getan, und zwar in dem Bewusstsein, dass ihn das umbringen würde. Davon willst du doch sicher nicht ausgehen?«

»Stimmt.«

»Dann muss die Erdnussbutter hineingerührt worden sein, während der Dip in der Küche stand, und dann könnte es fast jeder gewesen sein.«

»Es muss nach neun Uhr passiert sein, also zwischen neun und etwa zehn Uhr, als Storey starb. Das ist ein langer Zeitraum. Ich bin gegen Viertel vor neun mit Jackson in die Küche gegangen. Ich weiß noch, wie ich dachte, komisch, es ist schon so spät und Brandon ist noch nicht da. Es war gegen neun, als sie dann kamen. Ich bin mit Tate zusammen aus der Küche gegangen, direkt bevor Brandon mit den Storeys hereinmarschiert kam.

Außer mir, Tasha und Tate war nur noch Stella Pharr da drin, und sie saß mit Storey zusammen«, sagte ich nachdenklich. »Aber sie hätte ebenso gut auch schon früher dort gewesen sein können.« Ich versuchte immer noch, mich an irgendetwas Ungewöhnliches zu erinnern. »Oder später noch einmal. Andererseits hat sie der Polizei geraten, Proben von dem Bohnendip auf Storeys Teller mitzunehmen.«

»Vielleicht wusste sie ja, dass da Erdnussbutter drin war, und darum wollte sie, dass sie Proben nehmen. Mein Gott, das darf doch nicht wahr sein – da sitze ich hier und rede davon, dass diese Frau einen Menschen umgebracht hat. Ich arbeite jeden Tag mit der Sister zusammen.« Er schüttelte ungläubig den Kopf.

»Wie ist sie denn so?«

»Stella? Sehr intelligent. Sehr ernsthaft. Sie hält, was sie verspricht.«

»Ich glaube nicht, dass sie es war. Warum sollte sie den Menschen umbringen, der sie ins Parlament hieven will?«

»Keine Ahnung, aber man weiß ja nie, was sich hinter der äußeren Fassade verbirgt, bevor man daran kratzt«, meinte Jake philosophisch. »Jackson Tate war also mit dir zusammen, als du die Küche verlassen hast?«

»Yeah.«

»Und du hast niemanden wieder hineingehen sehen?«

»Nein. Es herrschte ein solches Gewühl an dem Abend, da hätte sich jeder hineinschleichen, die Erdnussbutter in den Bohnendip mischen und wieder rausschleichen können. Die Küche liegt direkt neben den Toiletten, also konnte jeder unbemerkt rein.«

»Demnach hat jemand die Erdnussbutter untergemischt zwischen neun Uhr, als du mit Tate aus der Küche gegangen bist, und zehn Uhr, als Tasha Storey den letzten Bohnendip serviert hat.«

»Tja, Tasha war, wie gesagt, um 21 Uhr 30 da drin.«

»Das hat dir gerade noch gefehlt, hm? Dass Tasha die Letzte da in der Küche war«, sagte Jake mit mitleidigem Lächeln. Ich nickte düster.

Das hatte mir gerade noch gefehlt. Beim Abräumen sprachen wir beide nicht viel. Als Jamal gegen acht Uhr hereingestürmt kam, meldete sich kurz mein Gewissen, weil mir plötzlich bewusst wurde, dass wir ihm keine Austern übergelassen hatten, aber ich bestellte ihm bei Dominoes eine Pizza, die er gierig hinunterschlang. Jake und ich redeten nicht weiter über den Fall. Ich hatte beschlossen, nichts von dem schwarzen Honda zu sagen – daran konnte er auch nichts ändern, und es wurde allmählich zur Gewohnheit, dass ich mich auf ihn verließ und er sich um mich Gedanken machte. Und ich hatte den Wagen ja sowieso nicht wiedergesehen. Vielleicht waren es Jugendliche gewesen, die mir einen Schrecken einjagen oder mein Auto klauen wollten.

Doch trotz des schönen Abends und des guten Essens mit Jake spürte ich immer noch eine unbestimmte Angst in mir, als ich später ins Bett ging. Gegen drei Uhr wachte ich auf – im Haus war alles still, ich wurde von wilden Fantasien geplagt und schob es darauf, dass ich mir den Bauch mit gebratenen Austern vollgeschlagen hatte. Ich stand auf, nahm ein paar Tabletten, als wären es Bonbons, und kroch wieder ins Bett. Doch es lag eine böse Vorahnung in der Luft, die sich nicht abschütteln ließ, als lauere das Unheil direkt vor meiner Tür.

12

Bis zum Morgen hatte ich das unheimliche Gefühl vom Vorabend erfolgreich verdrängt. Als ich aus dem Haus ging, winkte ich sogar meinem Nachbarn zu, trotz seiner untadeligen Tulpen. Außerdem hielt ich beim Pathmark an und besorgte mir das Pfund Kaffee, das ich schon die ganze Woche lang kaufen wollte, und gönnte mir bei Dunkin Donuts ein paar Vollkornkrapfen und eine große Tasse Kaffee.

Als ich die Treppe hinauf in mein Büro lief, schaute ich lieber nicht in das Beauty Biscuit hinein aus Angst, dort Wyvetta zu entdecken. Mir war nicht danach zumute, ihr zu gestehen, dass ich überhaupt nicht vorankam, oder ihr zu eröffnen, dass der Fall mit der Ermittlungsarbeit einer Woche – bei den zwei oder drei Leuten, mit denen ich bisher gesprochen hatte – wohl nicht zu lösen sein würde. Ich hatte keine Lust, den verzweifelten, angstvollen Blick in ihren Augen zu sehen, wenn sie erfuhr, dass ich die Sache am Freitag aufgeben musste, und ich hatte keine Lust, ihr zu erklären, dass sie mir mein Honorar zahlen musste, auch wenn ich nicht mit den gewünschten Ergebnissen aufwarten konnte. Jetzt, wo Storeys Scheck geplatzt war, konnte ich nichts mehr umsonst machen – weder für sie noch für andere Leute. Daphne Storey hatte mir zwar zugesichert, sie würde die Auszahlung veranlassen, aber das hieß, dass ich ihr eine neue Rechnung schicken und sie einen neuen Scheck ausstellen musste, und es konnte gut und gerne einen Monat dauern, bevor mir das Geld endlich gutgeschrieben wurde. In der Zwischenzeit würde ich mich nach Aufträgen umhören müssen, die schnelles Geld einbrachten, oder auf die Ersparnisse für Jamals Ausbildung zurückgreifen, um meine Rechnungen zu bezahlen. Wenn Wyvetta sich nur eine Woche leisten konnte, dann konnte sie auch nur eine Woche von mir bekommen, und diese Erkenntnis tat mir in der Seele weh.

»Verdammt«, fluchte ich wieder einmal vor mich hin, als ich an meine allgemeine Finanzlage dachte. Ich griff zum Telefon und rief meinen Auftragsdienst an, um zu hören, ob sich bei Karen, der Sister, die meine Anrufe entgegennimmt, vielleicht ein potenzieller Klient gemeldet hatte.

»Ms. Hayle«, säuselte sie. »Wie gehts Ihnen denn?«

»Gut, Karen.« Der wohl bekannte, verlässliche Klang ihrer Stimme tat mir gut, doch dann überlegte ich, wie lange ich mir den Auftragsdienst wohl noch leisten könnte, ehe ich mir einen Anrufbeantworter zulegen müsste wie alle anderen auch.

»Haben Sie etwas für mich?«

»Da waren gleich zwei Anrufe hintereinander, heute früh gegen halb neun. Einer von einem Mann namens Jackson Tate. Ist das der, dem früher das Restaurant Tate's gehört hat, das mal an der West Market war?«

»Genau der, Karen.«

»Dacht ichs mir doch. Er hat gesagt, er würde sich gern heute Abend um sieben in seinem Restaurant mit Ihnen treffen. Da gabs früher mal so ungefähr den besten Süßkartoffelauflauf, den ich je gegessen hab, Miss Hayle. So etwas findet man hier oben sonst gar nicht mehr. Dafür hätte man glatt seine eigene Mutter verkauft. Was ist eigentlich aus dem Lokal geworden?«

»Tate's? Das ist umgezogen, Karen. Nach Belvington Heights. Was hat er denn genau gesagt?«

»Entschuldigung, Miss Hayle. Ich hab mich ganz vergessen, als ich an diesen Auflauf dachte. Jedenfalls, Sie sollen sich, wie gesagt, heute Abend um sieben in seinem Restaurant mit ihm treffen. Er meint, er hätte Ihnen etwas Wichtiges zu sagen. Etwas, das Sie über ihn, über Lincoln Storey, wissen sollten. Etwas, das er Ihnen eigentlich schon das letzte Mal hätte erzählen sollen. War das nicht der reiche Farbige, der jetzt tot ist? Der Lincoln Storey, über den was im *Star-Ledger* stand?«

»Wie kam er Ihnen denn vor?«

»Tot, vermutlich.«

»Jackson Tate, Karen. Kam Tate Ihnen aufgeregt vor?«

»Ich weiß nicht. Ich hatte ja noch nie was mit dem Mann zu tun. Aber wenn ich ihn damals in dem Restaurant gesehen hätte, wo ich immer diesen Süßkartoffelauflauf gegessen hab, da hätte ich ihm gesagt ...«

»Karen, Sie haben von zwei Anrufen gesprochen?«

»Ja, Miss Hayle. Der andere Anruf für Sie war von einer gewissen Stella Pharr. Sie hat um Ihren Rückruf gebeten.« Jetzt schlug Karen wieder ihren berufsmäßigen Ton an und las mir die Nummer von Stella Pharrs Büro vor, und ich schrieb sie mir auf.

»Wenn Sie diesen Jackson Tate sehen, würden Sie ihm dann bitte ausrichten ...«

»Aber sicher, Karen«, sagte ich und legte auf. Doch meine Laune hatte sich gebessert; die Botin war eindeutig das Geld wert, das ich für die Botschaft bezahlte.

Was hatte mir Jackson über Lincoln Storey zu sagen, das er mir bisher verschwiegen hatte? Was hatte sich geändert? Würde ich DeLorca am Ende den alten Freund meines Vaters statt Tasha Green ans Messer liefern?

Daran mochte ich nicht einmal denken. Ich erledigte schnell den anderen Anruf, um mich von dieser Eventualität abzulenken.

»Stella Pharr«, meldete sie sich in ihrem knappen, direkten Ton. Ich musste an Jakes Worte denken, dass sie hielt, was sie versprach, doch was genau sollte ich mir von ihr versprechen?

»Ms. Pharr, hier spricht Tamara Hayle. Ich sollte Sie zurückrufen.«

»Ah«, sagte sie, als sei sie freudig überrascht. »Vielen Dank, dass Sie zurückrufen. Wie ich höre, hat jemand Sie mit zusätzlichen Ermittlungen wegen des Mordes an Lincoln Storey beauftragt?«

Es hatte sich offenbar herumgesprochen.

»Diese Dienststelle verkehrt sonst von Amts wegen nicht mit Privatdetektiven«, erklärte sie überheblich und hielt dann inne. »Aber ich habe hier etwas, das für Sie von Interesse sein dürfte. Könnten wir uns vielleicht heute sehen? Nach Feierabend, hier in meinem Büro, so um sechs.«

»Können Sie mir sagen, worum es sich handelt?«

»Am Telefon lieber nicht.«

»Okay, sechs passt mir.«

»Ich danke Ihnen, Ms. Hayle.«

»Ich danke Ihnen, Ms. Pharr.« Da wurde mir auf einmal peinlich bewusst, dass sich das anhörte, als würde ich sie nachäffen. Ich legte rasch auf und überlegte dann, ob ich noch einmal anrufen und einen früheren Termin ausmachen sollte, denn um sieben Uhr wollte ich mich ja mit Jackson treffen. Statt dessen rief ich jedoch bei ihm an und hinterließ eine Nachricht auf seinem Anrufbeantworter, dass ich mich möglicherweise verspäten würde.

Ich stellte meinen Computer an, rief die Datei TDBD auf, ließ sie bis zu Jackson Tates Namen durchlaufen und gab dort alles ein, was Jake mir über ihn erzählt hatte, und dass wir uns heute um sieben Uhr treffen wollten. Außerdem machte ich eine Notiz über meinen Termin bei Stella Pharr und setzte drei Fragezeichen hinter ihren Namen – es hätte auch jede andere Anzahl sein können. Ich erinnerte mich an unser letztes Zusammentreffen, als sie an jenem Abend im Tate's so kuschelig mit Storey zusammengehockt hatte. Außerdem fiel mir DeLorcas Bemerkung wieder ein, die mich so verblüfft hatte. Jetzt wünschte ich, ich hätte bei ihm nachgehakt.

»... hat aus persönlichen Gründen, die ihr persönliches Geheimnis bleiben sollen, die Frau an dem Abend mit Adleraugen beobachtet ...«

Hatte Stella auch mit Storey geschlafen?

Der Mann kam ja ganz schön rum.

Während ich mir Fragen notierte, die ich ihr stellen wollte, damit ich nicht so unvorbereitet wäre wie bei meinem Gespräch mit Daphne Storey, hörte ich ein energisches Klopfen an der Tür und dann eine leise, unsichere Stimme.

»Tamara, bist du da? Ich bins.« Es war Tasha Green. »Ich

bin heute Morgen auf Kaution rausgekommen, und ich muss mit dir reden. Es ist wichtig.«

Ich schob mein Notizbuch in die Handtasche zurück und ließ sie rasch ein.

»Da hat Wyvetta wohl das Geld aufgetrieben.«

»Yeah. Sie musste das Biscuit dafür verpfänden.«

Dazu gab ich keinen Kommentar ab, aber ich wusste, was das für Wyvetta bedeutete. Das Biscuit war alles, was sie besaß und je besitzen würde. »Wie geht es dir?«, fragte ich Tasha, da mir auffiel, wie anders sie heute Morgen aussah, anfälliger als damals im Gefängnis; aber vielleicht hatte sich auch ihre Einstellung verändert – sie machte einen stillen, fast schon verschüchterten Eindruck. Womöglich lag es auch an der Erkenntnis, wie teuer ihre Schwester für ihre Freiheit bezahlte.

»Ganz gut.«

»Du siehst aber nicht gut aus.«

»Dieses Kind kommt mich wirklich teuer zu stehen«, sagte sie.

»Dich? Ich dachte, du bist diejenige, die abkassiert.« Ich war stinkwütend, beschloss aber, ihre Antwort als Scherz aufzufassen.

Es war jedoch kein Scherz. Sie sah mich an, als wollte sie mich schlagen, und dann ließ sie den Blick zu ihrem linken Handgelenk herunterwandern und fing an, es zu reiben. »Mir tut alles weh. Das kommt von der Sichelzellanämie. Wenn die einen packt, tut einem alles weh.«

Ich wusste nicht viel über Sichelzellanämie, nur dass es scheußlich sein konnte, wenn man die Krankheit hatte. Tasha sah wirklich aus wie ein Häufchen Elend.

Sie trug weit geschnittene Girbaud-Jeans und einen extraweiten, lang herunterhängenden roten Pullover mit rundem Ausschnitt, der alle Anzeichen der Schwangerschaft verbarg. Der leuchtend rote Pullover ließ ihre Haut blass und kränklich aussehen. Sie hatte sich nicht die Mühe gemacht, Ohrringe anzulegen, und die beiden Löcher in jedem Ohr bildeten winzige dunkle, einstichartige Ringe. Ihr kurzes schwarzes Haar war glatt zurückgekämmt wie bei einem Stachelschwein. Sie wirkte klein, schwach und verschreckt.

»Ich bin krank geworden«, bestätigte sie meinen Verdacht. »So geht das jedes Mal. Ich krieg Schmerzen im Rücken und in den Gelenken. Wenn ich mich überanstrenge oder zu viel Flüssigkeit verliere. Es hätte mich umbringen können, Tamara, dass ich in dem verdammten Gefängnis da gesessen hab. Ich weiß nicht mal, ob ich das Baby austragen kann.«

»Willst du es denn austragen? Als wir das letzte Mal miteinander sprachen, hatte ich den Eindruck, als ob es dir einzig und allein um das Geld geht.« Ein gequälter Ausdruck huschte über Tashas Gesicht, und einen Moment lang tat es mir leid, dass ich das erwähnt hatte.

»Es ist beschlossene Sache«, sagte sie scharf und ohne weitere Erklärung, was mir in Erinnerung rief, dass Tasha zäher war, als sie aussah. Ich lehnte mich auf dem Stuhl zurück und schaute sie einen Augenblick wortlos an, wobei ich mich fragte, worauf sie wohl hinauswollte.

Plötzlich wurde ihr Gesicht weich. »Aber in Wirklichkeit geht es darum, dass dieses Baby die Fortsetzung meiner Familie ist. Es ist ein kleiner Teil von mir und Wyvetta und

Mama und Daddy, von Lincoln Storey einmal abgesehen. Darum will ich, dass dieses Baby auf die Welt kommt.

Du weißt ja, dass Mama daran gestorben ist«, fügte sie nach einer Weile hinzu.

»An Sichelzellanämie?«

Sie nickte. »Damals wusste man noch nicht viel darüber.

Man konnte daran sterben, ehe man vierzig war. Vielleicht hat es ihre Krankheit verschlimmert, dass sie mich so spät bekam. Aber jetzt ist das anders. Solange man sich schont.« Sie schaute weg, über meinen Kopf hinweg, zum Fenster hinaus. »Ich habe viel über sie nachgedacht. Über Mama, über Wyvetta, darüber, wie ich sie beide enttäuscht habe.«

Dazu sagte ich lieber nichts; man musste ja dem Mädchen nicht noch zusätzliche Schuldgefühle machen.

»Tasha, du bist sicher nicht hergekommen, um mit mir über deine Mutter und deine Krankheit zu reden«, meinte ich schließlich sanft. »Sag mir doch, was du auf dem Herzen hast.«

»Wenn man mich wegen dem Mord an Lincoln ins Gefängnis steckt, komm ich nie wieder raus«, erklärte sie ruhig. »Wenn ich ins Gefängnis komme, dann bringt diese Krankheit mich um.«

»Das ist möglich«, antwortete ich ernst, denn sie hatte recht. »Im Gefängnis nimmt man nicht viel Rücksicht auf chronische Krankheiten.«

»Mir sind eine Menge Dinge durch den Kopf gegangen.«

»So ist das, wenn man Aussicht hat, ins Gefängnis zu kommen.«

»Ich meine, was mit Lincoln passiert ist, wer es getan haben könnte«, sagte sie, als hätte sie mich nicht gehört. »Ich war es nämlich nicht, Tamara. Ich hab schon viel getan, worauf ich nicht gerade stolz bin, aber ich würde nie einen Menschen umbringen.«

»Auch nicht aus Versehen?«, fragte ich aufs Geratewohl; meine Vorstellung von dem verwöhnten kleinen Kind ging jetzt mit mir durch. Aber inzwischen waren mir da selbst Zweifel gekommen.

»Du hältst nicht viel von mir, Tamara, nicht wahr?«, fragte sie ganz ernsthaft. »Ich meine, du hast keine Achtung vor mir, nicht wahr?«

»Ich glaube nicht, dass du ganz offen zu mir warst, wenn du das meinst«, erwiderte ich wahrheitsgemäß. »Nein, Tasha, ich hab keine Achtung vor einer Frau, die einen Menschen deckt, der sich einen feuchten Kehricht um sie schert, wie du das anscheinend tust. Und ich habe keine Achtung vor einer Frau, die von einem Mann ein Kind bekommt, weil sie damit Geld auf die Kralle kriegen will.«

Ich ließ das ein Weilchen wirken und sah zu, wie die Tränen kamen und die Mundwinkel sich nach unten zogen, sah zu, wie sie beschämt den Blick senkte. »Wer ist diese kleine Affäre nebenher?«, fragte ich mit leiser, vertraulicher Stimme, sobald ich wusste, dass es seine Wirkung getan hatte.

»Alexa Storey«, sagte sie. Sie sah mir voll ins Gesicht und beobachtete mich genau, während sie das ihrerseits wirken ließ.

»Du hattest eine Beziehung mit Alexa Storey?«

»Ja«, sagte Tasha ruhig.

»Das heißt, Alexa war die kleine Affäre nebenher, die dir etwas bedeutete?«

»Ja.«

»Aber du hattest auch ein Verhältnis mit Storey, und sie hat immer noch eins mit Brandon Pike.«

»Ja. Kann ich etwas zu trinken haben?«, sagte sie in einem Atemzug.

Ich stand rasch auf, froh, etwas zu tun zu haben, und stöpselte den Elektrokessel ein. Dann tat ich Moonlight-Mint-Kräuterteebeutel in zwei Tassen, und wir setzten uns hin und warteten, bis das Wasser kochte. Zuerst schwiegen wir beide. Dann verzogen sich Tashas Lippen zu einem gequälten Lächeln, während ich ihr die Tasse reichte. Ich dachte an das letzte Mal zurück, als wir über ihr Liebesleben und ihre Affäre mit Lincoln Storey sprachen, und an die supercoolen großspurigen Reden, mit denen sie davon berichtet hatte. Das war jetzt eine neue Tasha, deren Innerstes offen zutage lag. Ich goss das Wasser ein, und wir warteten, bis die Teebeutel gezogen hatten, wobei wir sie beide beobachteten, als erwarteten wir einen Beitrag zur Unterhaltung von ihnen, und dann begann sie zu reden.

»Ich hab weder vor noch nach Alexa je etwas mit einer Frau gehabt, darum weiß ich nicht, ob ich deshalb lesbisch bin«, sagte sie mit trotzigem Schnauben. »Aber nach Lincoln hab ich auch nichts mehr mit einem anderen Mann gehabt, darum weiß ich auch nicht, ob ich deshalb hetero bin. Ich glaub, wenn ich das Kind hab, dann geb ich Sex überhaupt auf, wie im Kloster sozusagen. Es ist alles zu verwirrend.« Das sagte sie wie im Scherz, und ich lächelte, als würde ich es als Scherz auffassen, achtete dabei aber auf die kleinen Feinheiten, an denen ich erkennen könnte, ob sie es ehrlich meinte. Sie trank einen Schluck Tee, zuckte zusammen, als ob er zu heiß wäre, und musterte mich dann über den Rand ihrer Tasse hinweg.

»Wir haben uns in New York kennengelernt. In Soho. Im Club Redemption unten an der Cleveland Street. Sie spielen viel Reggae da, und darauf stehen wir beide. Wir waren beide gerade achtzehn geworden. Wir sind auf der Toilette ins Gespräch gekommen und haben festgestellt, dass wir aus derselben Stadt kommen.« Sie sah auf ihren Tee hinunter. »Na, jedenfalls aus Jersey. Aus demselben Staat. Sie hat nie eine große Sache daraus gemacht, dass sie da in den Heights wohnt. Ich hatte damals gerade meinen Führerschein gemacht, und der Typ, mit dem sie da war, hatte zu viel getrunken, und sie wollte nicht mit ihm fahren, darum hab ich sie schließlich nach Hause gebracht. Zuerst war es nichts Besonderes. Wir waren Freundinnen. Wir sind immer noch Freundinnen.« Das fügte sie rasch und wie zu ihrer Verteidigung hinzu.

»Wann ist etwas anderes daraus geworden?«

Sie sah aus dem Fenster, als müsse sie wegschauen, um sich zu erinnern. »Wir haben uns wohl beide in der Seele der anderen wiedergefunden«, sagte sie nach einem Moment. »Wir waren befreundet, und dann hatten wir eine Beziehung miteinander, und dann waren wir befreundet, und dann hatten wir eine Beziehung miteinander. Wir konnten uns da nie festlegen. Verstehst du, was ich meine?«

Ich nickte, was zuerst gelogen war, doch dann fiel mir Jake und meine Beziehung zu ihm ein, die sich jeder einfachen Definition entzog, selbst meiner eigenen. Da merkte ich, dass ich genau wusste, was sie meinte.

»Ich war mir aber sicherer als sie. Über unsere Beziehung. Ich hab begriffen, dass da nichts Böses dabei war. Sie ist schwach, Tamara. Sie ist nicht so stark wie ich. Ich glaube, das hab ich Wyvetta zu verdanken, dass ich mich behaupten, für mich selbst geradestehen kann. Aber Alexa hat sich für unsere Liebe geschämt.«

Sie wich meinem Blick aus und sah mich dann wieder an, und der Schmerz stand ihr deutlich ins Gesicht geschrieben.

»Viele Leute haben Probleme mit Frauen wie mir«, sagte sie leise. Ich wusste, dass sie meine Meinung und ein Urteil über ihre Beziehung zu Alexa hören wollte.

»Tasha, ich würde dich oder sonst wen nie dafür verurteilen, wen sie lieben. Das ist nicht meine Art. Wen du liebst, das ist deine Sache, nicht meine. Liebe ist etwas so Kostbares und Seltenes, dass du dich glücklich schätzen kannst, wenn du sie gefunden hast. Lass dir nicht einreden, du solltest dich schämen, jemanden zu lieben«, versuchte ich sie zu beruhigen.

»Was meinst du, wie Wyvetta es aufnehmen wird?«, fragte sie ängstlich, ohne mir ins Gesicht zu sehen.

»Nun hab mal etwas Vertrauen zu deiner Schwester, Tasha«, gab ich schärfer als beabsichtigt zurück. »Aber was hat denn Lincoln Storey zu deiner Beziehung zu seiner Stieftochter gesagt? Wusste er, dass ihr beiden zusammen wart?«

Mir fiel wieder ein, was Jake auf meine Frage geantwortet hatte. Wollte er womöglich seine Stieftochter beschatten lassen, um herauszufinden, ob von da eine Spur zu seiner eigenen Freundin führte?

»Ich weiß nicht, ob er es wusste und ob es ihn überhaupt interessiert hätte. Er hätte es wahrscheinlich für belanglos gehalten, weil es nicht um einen Mann ging. Weiberkram, der für ihn keine Bedeutung hatte.«

»Und Daphne Storey?«

»Soweit ich weiß, hat Alexa ihrer Mutter nie etwas anvertraut, das ihr wichtig war«, antwortete Tasha schlicht. »Ich weiß nicht, ob sie es wusste. Weißt du über ihre Familie Bescheid? Was mit ihrem Vater war?«

»Dass er sich umgebracht hat?«

»Alexa behauptet, ihre Mutter hätte ihn dazu getrieben.

Dass er Depressionen hatte, genau wie sie, und dass ihre Mutter ständig auf ihm herumgehackt hat, bis er total die Nerven verloren hat. Bei Alexa ist das manchmal auch so. Mit ihrer Mutter, Mrs. Storey, ist weiß Gott nicht zu spaßen.«

»Wie meinst du das?«

»Ich meine, niemand weiß, was sie eigentlich will. Vor allem Geld, wahrscheinlich. Geld und anderen Blödsinn, oberflächlichen Blödsinn, von dem man annehmen sollte, dass jemand wie sie das mittlerweile hinter sich hätte. Das meint jedenfalls Alexa. Und als ihre Tochter muss sie es wohl wissen.

Wahrscheinlich hält jeder seine Eltern irgendwie für bescheuert, aber die ist wirklich total durchgeknallt. Miss Daphne macht Alexa ständig das Leben schwer: Alexa ist nicht intelligent genug. Alexa ist nicht hübsch genug. Alexa hat keinen Stil. Und so weiter. Manchmal denk ich, sie hasst

Alexa. Gibt es das, dass eine Mutter ihre Tochter hasst?«, fragte sie, als ob sie erwartete, dass ich das wusste.

Ich zuckte die Achseln, weil es zu wehtat, ihr eine Antwort zu geben.

»Und dann war da noch Lincoln mit seinem Mist.«

»Was hat er ihr angetan?« Mir war plötzlich der Schatten eingefallen, der um Alexas Augen lag, als wir von ihrem Stiefvater sprachen. »Hat er sie belästigt?«

»So weit ist es wohl nie gekommen, nicht körperlich jedenfalls, aber er hatte so einen lüsternen Blick, wenn er sie anguckte. Anzügliche Bemerkungen, die er ihr gegenüber fallen ließ. Dadurch hat sie eine Zeit lang ihre ganze Weiblichkeit versteckt. Sie ist depressiv geworden. Und sie hat angefangen, ihn zu hassen und ihre Mutter auch, weil sie ihn gewähren ließ. Sie ist so depressiv geworden …« Tasha hielt abrupt inne, aber in dem Punkt hatte Brandon mich ja bereits aufgeklärt.

»Jedenfalls konnte ich nachvollziehen, was sie durchmachte.«

»Das mit den Selbstmordversuchen?«

»Nein, das nicht« – sie blickte erstaunt auf –, »aber ich bin auch oft deprimiert über mein Leben. Manchmal hab ich das Gefühl, ich werd keine fünfzig Jahre alt.«

»Warum hast du dich mit Lincoln Storey eingelassen, nach allem, was du über ihn wusstest, wo du doch wusstest, wie er mit seiner Stieftochter umging?« Meine Entrüstung darüber ließ sich nicht verbergen.

»Es war das Geld«, sagte Tasha mit einem halbherzigen Lächeln, auf das ein Seufzer folgte. »Und auch, weil ich neugierig war. Ich hatte davor erst mit einem anderen Mann etwas, so einem Typ auf der Highschool, und es musste alles so schnell gehen, weil wir ständig gehorcht haben, ob seine Mutter nach Hause kommt, dass ich fast nichts dabei gespürt hab. Ich wusste nicht, ob ich nun lesbisch bin oder hetero oder bi oder was. Da kam Lincoln mir gerade recht, um das herauszufinden.

Und außerdem hatte Alexa damals auch etwas mit einem anderen. Irgend so ein weißes Jüngelchen mit einem Haufen Geld, der es gern mal mit einer schwarzen Tussi trieb. Sie hat nur mit ihm geschlafen, um sich etwas zu beweisen, weil sie unsere Liebe nicht akzeptieren wollte.

Und mittlerweile hatte Lincoln es wirklich auf *mich* abgesehen. Manchmal glaub ich, er hat alles mit mir angestellt, was er eigentlich mit Alexa anstellen wollte.« Hier hielt sie jäh inne, als sei sie von dieser Entdeckung selbst überrascht.

»Weißt du, ich war fast vier Jahre mit dem Mann zusammen. Wenn ich jetzt so über unsere Beziehung nachdenke« – sie schüttelte den Kopf, als ob es sie ekelte –, »dann mein ich – na ja, ich war zwanzig, und er war über fünfzig. Ich hab ihn nicht umgebracht, aber ich hätte es tun sollen.«

»Du warst alt genug, du hättest mehr Verstand haben können. Du hättest auch Nein sagen können, wenn du gewollt hättest.« Ich wollte nicht, dass sie sich in ihrer Opferrolle zu gut gefiel. »Du hast auch etwas dafür bekommen, Tasha. Und du hast deine Liebe zu Alexa verraten.«

»Sie hat mich zuerst verraten.«

»Mit Brandon Pike?«

»Er war der Letzte, der Tropfen, der das Fass zum Überlaufen brachte.« Ihre Miene verriet Verachtung, die aber rasch wieder schwand. »Sie meinte, sie hätte das große Los gezogen. Der Märchenprinz. Der einzig Wahre. Die ganz große Liebe. Der große schöne Sexbolzen, der mit seinem langen, harten Schwanz alles zunichtemachen würde, was zwischen uns noch an Gefühlen war. Vielleicht hatte sie ja recht. Anscheinend hat er ihr wirklich etwas gegeben, das sie brauchte. Es macht mir Angst, wie sie an diesen Idioten glaubt, wie viel für sie davon abhängt, was er von ihr hält.«

Aber das war doch Brandons besondere Begabung, dass er Frauen bieten konnte, was sie zu brauchen meinten.

»Ist jetzt noch etwas zwischen dir und Alexa?«

»Da wird wohl immer etwas sein, irgendetwas. Aber sie würde das nie zugeben. Ich schon. Es ist tiefer gegangen als alles, was ich je erlebt habe. Es ist das einzig Wahre in meinem Leben.«

»Und Alexa war dabei, als ihr Stiefvater den ersten allergischen Schock hatte?«, fragte ich dennoch.

»Yeah.«

»Du hast neulich gesagt, dass sie an dem Abend gekommen wäre, um dir etwas wiederzugeben, das sie von dir hatte. Was war das denn?«

»Ein Ring. Er war von meiner Mutter. Darum ist sie in die Küche gekommen. Solange sie ihn hatte, wussten wir beide, dass wir trotz der Männer etwas gemeinsam hatten, an das niemand rühren konnte.« Sie hielt einen Moment inne. »Wenn sie mir meinen Ring zurückgeben wollte, dann war es wirklich aus. Es hat mir wehgetan, dass sie das tat.« Sie sank in ihrem Stuhl zusammen und stellte die leere Tasse auf den Tisch zurück.

»Weißt du noch, dass du mir am Montag erzählt hast, zwei Leute hätten den Bullen ausgeplaudert, was ich damals gesagt hab? War einer von ihnen Alexa?« Plötzlich lag eine ängstliche Spannung in ihrer Stimme. »Hat Alexa den Bullen erzählt, dass ich diesen Mist über Lincoln gesagt hab? Wollte Alexa es so hinstellen, als hätte ich es getan?«

»Du glaubst, Alexa hätte ihn getötet, nicht wahr?«, fragte ich, ohne ihr zu antworten. »Dass er ihr gegenüber vielleicht zu weit gegangen ist, ihr womöglich etwas Unerhörtes angetan hat, das ihr den Rest gab. Vielleicht meinte sie ja, dass sie Lincoln Storeys Geld genauso gut gebrauchen kann wie ihre Mutter, und wollte kein Risiko eingehen, dieses Geld durch einen dummen Zufall zu verlieren – zum Beispiel, weil sie gegen Storeys Willen mit Brandon zusammenblieb. Vielleicht hat Storey deiner Beziehung zu ihr mehr Bedeutung beigemessen, als du dachtest – jedenfalls genug, um sicherzustellen, dass sie nie etwas von seinem Geld in die Finger bekommt. Oder vielleicht hatte sie einfach die Nase voll von ihm und von der Art, wie er mit Leuten umsprang, die ihr wichtig waren, vielleicht hatte sie einfach eine Mordswut in sich. Meinst du, sie hat ihn umgebracht?«

Tasha schaute wieder auf dieselbe Stelle wie zuvor, wich meinem Blick aus und sah über meinen Kopf hinweg ins Leere.

»Ich weiß nur, dass ich ihn nicht umgebracht hab«, sagte sie nach einer Weile mit müder, leiser Stimme. »Und ich weiß, dass ich nicht für etwas im Gefängnis sterben will, das jemand anders getan hat. So viel Liebe gibt es gar nicht auf der Welt.«

13

Zu beiden Seiten von Aktenordnern, drei Gesetzessammlungen und mehreren Notizblöcken umgeben, saß Stella Pharr kerzengerade hinter ihrem wuchtigen Eichenschreibtisch. Ihr kleines Büro war mit System und Ordnungsliebe eingerichtet, wohlorganisiert wie der Mensch, der darin lebte. Als ich ihr so gegenübersaß, hatte ich den Eindruck, dass sie – bis auf ein paar Stunden in der Nacht und am frühen Morgen, wenn sie sich endlich nach Hause schleppte – immer hier in diesem Büro zu finden war. Es standen keine Fotos auf dem Schreibtisch oder dem grauen Metallaktenschrank an der Wand, kein lustiger Trinkbecher zeugte von dem Humor seiner Besitzerin, kein buntes Sitzkissen wirkte der geschäftsmäßigen Atmosphäre des Raums entgegen.

Auf dem Computer lag jedoch ein großer, kitschiger Stern aus Goldpapier, der mir sofort auffiel. Es war eine billige Dekoration, wie man sie in Spirituosenläden an der Spitze eines unechten Weihnachtsbaums findet, und sie wirkte in diesem Büro etwa so fehl am Platz wie ein nur knapp den Po bedeckender Minirock und schwarze Netzstrümpfe. Stella Pharr folgte meinem Blick zu dem Stern und wandte sich dann wieder dem vor ihr aufgeschlagenen Aktenordner zu, ohne eine Erklärung anzubieten oder zu einem Gespräch darüber einzuladen. Ich setzte mich gerade hin wie damals in der Schule, wenn die Lehrerin im Kasernenhofton unsere Anwesenheit feststellte.

Sie trug ein elegantes schokoladenbraunes Schneiderkostüm, das aussah, als hätte sie es bei Barney's zum vollen Preis gekauft. Beide Ohren waren mit winzig kleinen Perlenohrsteckern geschmückt, ergänzt von einer zierlichen Piaget-Uhr an ihrem schlanken Handgelenk. Der Grace-Kelly-Knoten, der am vergangenen Freitag ihr Gesicht straffgezogen hatte, tat immer noch Dienst, und oben auf dem Kopf saß eine Schildpattbrille wie ein Krönchen. Sie hatte Shalimar aufgelegt, das auf der Highschool meine persönliche »Duftmarke« gewesen war. Es war ein Geburtstagsgeschenk von Randy, meiner schlösserknackenden ersten Liebe. Johnny hat immer behauptet, er hätte es von der Parfümtheke bei Bamberger's mitgehen lassen. Für eine Siebzehnjährige war das damals ein ausgefallenes Geschenk – das extravaganteste, das ich je von einem Jungen bekommen hatte; und als ich jetzt diesen Duft roch, musste ich wieder daran denken, wie scheu und leidenschaftlich wir uns geliebt hatten – zwei Kinder, die vor der Zeit erwachsen sein wollten. Das Parfüm erschien mir zu jung und unschuldig für diese stocknüchterne Umgebung, genau wie der Goldstern, ein seltsamer Höcker auf einer glatten Oberfläche. Denn Stella Pharr war Juristin vom Scheitel bis zur Sohle, selbst wenn man das Gefühl hatte, man sollte ihr lieber nicht die Hand geben, sonst bekäme man sie schockgefrostet zurück. Eine ausgesprochen verschwiegene, seriöse Sister, der man sich gerne als Klient anvertrauen würde, wenn man in einem Mordfall vor Gericht stand, die aber auch eine öffentliche Hinrichtung beantragen würde, wenn sie auf der anderen Seite stünde. Frauen wie Stella Pharr flößen mir immer ein bisschen Respekt ein, aber auch ein wenig Neid. Sie würde nie zittern müssen, ob ein Scheck gutgeschrieben wird, oder die Ersparnisse für das College-Studium ihres Sohnes angreifen, um die Stromrechnung zu bezahlen. Sie hatte offenbar ihren Weg gemacht. Das musste ich der Lady lassen.

»Vielen Dank, dass Sie gekommen sind«, sagte sie, ohne ihre dunklen Augen von mir abzuwenden. Diese Augen waren mir aufgefallen, als ich sie damals zum ersten Mal mit Jake sah und dann wieder mit Storey zusammen. Solche Augen ließen einen nicht los, bis sie ihr Ziel erreicht hatten, egal wie. Sie holte zwei Päckchen mit Fotos aus dem Ordner, schaute beide Serien noch einmal durch und gab sie dann mir. Ich nahm sie, ohne sie anzusehen.

»Ich möchte gleich zur Sache kommen, Ms. Hayle. Ich habe Roscoe DeLorca angerufen – ich glaube, Sie kennen ihn – und mich erkundigt, wie er mit dem Mordfall Storey vorankommt, und da erwähnte er, dass Sie an dem Fall arbeiten. Er scheint viel Respekt vor Ihnen zu haben«, bemerkte sie nebenbei. Ihr Tonfall verriet nicht, ob sie seine Meinung teilte oder darüber erstaunt war. »Er ist sich sicher, dass er die Richtige verhaftet hat, aber ich bin da nicht so überzeugt, und ich möchte, dass wirklich alles bedacht wird. Zum Beispiel weiß ich mit Bestimmtheit, dass Lincoln Storey sein Adrenalinset wieder aufgefüllt hat, nachdem er es bei dem ersten allergischen Schock benutzt hatte – er hat mir nämlich erzählt, dass er sich einen neuen Vorrat besorgt hat. Er hat es nach dem ersten Allergieschock sofort nachgefüllt.« Sie hielt kurz inne und beobachtete genau, ob ich die Tragweite dieser Information begriff. »Und außerdem habe ich mir gedacht, das da könnte für Sie von Interesse sein.« Sie deutete mit dem Kopf auf die Fotos. Dann lehnte sie sich zurück und verschränkte die Arme vor der Brust, während ich die Fotos durchsah, die sie mir gegeben hatte.

Die erste Serie bestand aus professionell aufgemachten Hochglanzaufnahmen von drei jungen Männern, eigentlich noch Kindern, in weit geschnittenen Jeans, aus denen der Bund ihrer Tommy-Hilfiger-Unterwäsche herausguckte, und tief in die schmalen Gesichter gezogenen Baseballkappen; aus ihren Kindergesichtern blickten die müden, traurigen Augen gebrochener Männer. Auf einem Bild standen sie lässig an ein Auto gelehnt, als wüssten sie nichts Besseres mit sich und ihrer Zeit anzufangen. Auf einem anderen zeigten sie einem unsichtbaren Beobachter den Finger. Als ich sie genauer betrachtete, erkannte ich, dass es sich um Standfotos aus Brandon Pikes Dokumentarfilm *Slangin' Rock* handelte. Das waren die jungen Dealer, die damals so viel Aufsehen erregt hatten. Er hatte ihr verzweifelt-aggressives Machogehabe ebenso eingefangen wie ihre anrührende Verletzlichkeit. Jungen, die Männer sein wollten und das auf die einzige ihnen bekannte Art.

»Und jetzt sehen Sie sich die anderen an, und lesen Sie das Geständnis da in dem Ordner«, sagte Stella Pharr mit einem ungeduldig-gespannten Unterton, während sie mein Mienenspiel zu deuten versuchte.

Diese Bilder waren Aufnahmen aus dem Verbrecheralbum mit Vorder- und Seitenansicht, und die Gesichter der Kinder waren jetzt vollkommen ausdruckslos, die Augen stumpf und tot.

»Lesen Sie das Geständnis«, drängte sie wieder, und ich nahm es und las es durch.

Es war lang und verworren, da sprach ein Kind mit Slang-Ausdrücken und umgangssprachlichen Wendungen. Das meiste betraf Einzelheiten über das Vertriebssystem, das sie aufgebaut hatten, für wen sie dealten, wo sie dealten, wie sie sich die Drogen beschafften. Doch als ich zu den beiden letzten Seiten kam, wusste ich, was ich hatte finden sollen.

Sie waren auf einem Basketballplatz von Brandon Pike angesprochen worden, und er hatte sie engagiert, damit sie in seinem Film als junge Kokaindealer auftraten. Er hatte sie instruiert, was sie anziehen, was sie sagen, wie sie sich benehmen sollten, wie sie das allgemeine Klischee von Aussehen und Sprache eines Dealers erfüllen sollten – wie man sich auf die schiefe Bahn geratene junge Schwarze halt so vorstellt. Doch für sie war diese Vorstellung am Ende Wirklichkeit geworden. Und Brandon Pike hatte dazu beigetragen.

»Pike hat sich nicht strafbar gemacht«, erläuterte Stella Pharr. »Er hat ihnen kein Dope zum Dealen gegeben oder verkauft und hat sie nicht überredet, etwas zu verkaufen. Sie waren bezahlte Schauspieler. Aber es waren Kinder. Er trug die moralische Verantwortung. Er hat sie auf eine seltsame Art und Weise korrumpiert. Und was seinen Film anbelangt …«

»Dokumentarfilme basieren auf Tatsachen, nicht auf Erfindungen. So wie Zeitungen. Bezahlte Schauspieler dürfen nur dann darin auftreten, wenn in dem Film ausdrücklich darauf hingewiesen wird.« Damit gab ich beinahe auswendig wieder, was Brandon selbst mir einmal erzählt hatte, als ich mich für solche Sachen interessierte.

»Es ist nicht verboten, Kinder gegen Honorar in einem Film auftreten zu lassen«, wiederholte Stella Pharr. »Aber sein Film, dieser angebliche Tatsachenbericht, war eine Fälschung.«

»Was wollen Sie jetzt unternehmen?« Ich gab ihr die Fotos zurück. Sie widerten mich an, und ich musste an meinen Sohn und die Sehnsucht aller vaterlosen Jungen denken, dass ihnen ein Mann – und sei es ein Dealer, ein kleiner Ganove oder ein Brandon Pike – das bietet, was ihnen die Mutter ihrer Meinung nach nicht bieten kann.

»Ich konnte da nicht viel tun. Eine Eingabe an die Gruppe machen, die ihm den Preis verliehen hat. Versuchen, ihn wegen Betrugs zu belangen. Aber Lincoln Storey wollte auf jeden Fall etwas unternehmen. Er hatte Einfluss und Beziehungen, er hatte Pike absolut in der Hand, und das wusste Pike auch. Nichts machte Lincoln so viel Spaß, wie Leute am Boden zu zerstören, wenn er etwas gegen sie in der Hand hatte.« Das sagte sie voller Bewunderung, als sei es eine Tugend und kein Makel, und in dem Moment wurde mir klar, dass sie und Storey aus demselben Holz geschnitzt waren.

Doch dann begann ihre Unterlippe plötzlich zu zittern. Sie biss sich so heftig auf die Lippe, dass ich sekundenlang den blassen Abdruck ihrer Zähne sah.

»Wer wusste außer Brandon Pike darüber Bescheid? Seine Freundin Alexa Storey?«

»Daphne wusste davon. Vielleicht hat sie es Alexa erzählt.«

»Meinen Sie, dass Brandon Pike etwas mit Lincoln Storeys Tod zu tun hatte?« Ich hielt nicht länger mit dem Unausgesprochenen hinter dem Berg.

»Ich weiß es wirklich nicht.«

»Daphne Storey hatte anscheinend nichts gegen ihn«, sagte ich eher zu mir selbst und dachte an ihre herzliche Begrüßung und die freundliche Umarmung, als er sich bei unserer letzten Begegnung hinunterbeugte, um sie auf die Wange zu küssen.

»Wann haben Sie sie denn zusammen gesehen?« Jetzt brannte Stella Pharr offensichtlich vor Neugier.

»Ich habe Mrs. Storey und ihre Tochter vor ein paar Tagen befragt.«

»Und wie geht es der trauernden Witwe?«

»Den Umständen entsprechend. Vermutlich ist sie jetzt recht wohlhabend. Ich war offen gestanden überrascht, dass sie nicht stärker unter Verdacht stand.«

Stella Pharr rückte von ihrem Schreibtisch ab, ohne mich aus den Augen zu lassen, und gab dann zu meiner Überraschung ein hässliches Schnauben von sich.

»Oh, sie stand unter Verdacht«, sagte sie gleichmütig. »Und zwar ganz entschieden.«

»DeLorca sprach davon, dass man über jeden ihrer Schritte an dem fraglichen Abend Bescheid weiß.«

Stella Pharr hat aus persönlichen Gründen, die ihr persönliches Geheimnis bleiben sollen, die Frau an dem Abend mit Adleraugen beobachtet …

»Auf die Sekunde genau.« Sie zischte die Worte hervor,

als würden sie ihr die Zunge verbrennen. »Yeah, Mrs. Storey ist jetzt ziemlich reich, und sie wird noch reicher sein, wenn alle Transaktionen abgeschlossen sind.«

Sie stand auf, als wolle sie mich rausbegleiten. Ich rührte mich nicht, obwohl ich wusste, dass sie mir kein Wort mehr erzählen würde, als sie mich wissen lassen wollte.

»Transaktionen?«

»Die Veräußerung der Vermögenswerte. Dadurch habe ich Lincoln Storey kennengelernt. So kam unsere Bekanntschaft ursprünglich zustande. Ich mache manchmal nebenher Beratungen, das hat nichts mit meiner Stellung zu tun, ich gebe nur Ratschläge. Lincoln Storey hatte weiß Gott mehr Anwälte, als andere ihr Leben lang brauchen.« Diese Erläuterung wurde rasch nachgeschoben.

»Er hat seine Vermögenswerte veräußert?« Das wollte ich nun doch genauer wissen.

»Einen zumindest.« Sie zögerte, als überlege sie, ob die Mitteilung dieser einfachen Tatsache einen Verrat an einem Klienten darstellte, und komme dann zu dem Schluss, dass dem nicht so war. »Das Tate's«, sagte sie schließlich. »Er hatte sich mit einer großen Restaurantkette – Olsen's Taverns – in Verbindung gesetzt, die sich für Tates Haus in Belvington Heights interessierte. Es lag ein Kaufangebot vor. Lincoln hatte beschlossen, es anzunehmen.«

»Er wollte Jackson Tates Restaurant an einen Laden verkaufen, der sich Olsen's Taverns nennt?« Mein Erstaunen hätte nicht größer sein können.

»Sie haben einen guten Preis geboten, und Lincoln war immer in erster Linie Geschäftsmann. Sie scheinen entsetzt zu sein. Sind Sie mit Jackson Tate befreundet?«

»Ich kenne ihn seit meiner Kinderzeit.«

»Aha.« Sie machte eine Pause und zuckte dann die Achseln, als sei es ihr egal. »Er hatte das Tate's praktisch aufgekauft. Die Sache war so gut wie gegessen, wie meine Mutter zu sagen pflegte. Ob die Witwe jetzt verkaufen will? Wenn ja, dann gibt es da ein paar Punkte, ein paar Feinheiten, die sie und ihre Anwälte wissen sollten.«

»Mir gegenüber hat sie Tates Restaurant überhaupt nicht erwähnt.« Ich nahm mir vor, Tate auch danach zu befragen. »Aber die arme Mrs. Storey wirkte furchtbar mitgenommen durch den Tod ihres Gatten. Furchtbar mitgenommen. Da saß sie neben ihrem geliebten Ehemann und musste mit eigenen Augen mit ansehen, wie er eines so gewaltsamen, so tragischen Todes starb!« Ich nickte bedeutungsvoll mit dem Kopf wie ein Klageweib. Der Zynismus und die Verbitterung in Stella Pharrs Tonfall, als sie von Daphne Storey sprach, hatten mich irgendwie nicht überrascht. Da steckte noch mehr dahinter, daher hatte ich beschlossen, so richtig dick aufzutragen.

Doch Stella Pharr entging nichts. Sie musterte mich, als wolle sie mir sagen, ich solle doch den Quatsch lassen, überlegte es sich dann aber anders.

»Ja«, sagte sie unbestimmt. »Es war eine Tragödie.«

»Was für ein Mensch war er eigentlich, Lincoln Storey?«, fragte ich, um es auf eine andere Tour zu probieren. »War er so gemein, wie alle immer behaupten? Mein Gott, ich glaub die Horrorgeschichten ja nicht, die sie mir alle über ihn erzählen, von seiner Stieftochter angefangen bis hin zu Tasha, die bald die Mutter seines Kindes ist ...«, hier unterbrach ich mich und ließ das einen Moment nachklingen, wobei ich das leichte Zucken in ihren Augen bemerkte, und setzte dann noch eins drauf: »… bald die Mutter seines Kindes ist«, wiederholte ich.

»Wenn es Ihnen nichts ausmacht, Ms. Hayle« – sie schaute von mir weg und zu dem Aktenschrank hin –, »ich habe noch einiges zu erledigen. Vielleicht möchten Sie diese Fotos mitnehmen – ich weiß nicht, was ich noch mit ihnen anfangen soll. Strafrechtlich kann ich nicht gegen Brandon Pike vorgehen. Vielleicht haben Sie irgendeine Verwendung dafür. Womöglich liegt da ein Motiv für ihn oder jemand anders verborgen. Die Polizei ist überzeugt, dass Ihre Klientin die Täterin ist, deshalb will sie nichts davon hören.«

»Halten Sie sie denn nicht für die Täterin?«

»Ich weiß es nicht. Allerdings weiß ich, dass Ihre Klientin Tasha Green in Lincoln Storeys Leben irrelevant war«, sagte sie unverblümt und hob jedes einzelne Wort bissig hervor.

»Irrelevant?«

»Belanglos. Unerheblich.«

»Ich weiß, was das Wort bedeutet, Ms. Pharr. Sie sind da ganz sicher, ja? Dass Tasha irrelevant war?«

Sie sah mich an, als sei sie erstaunt, dass ich an ihren Worten zweifelte, dann drückte ihr Blick verächtliche Gleichgültigkeit aus.

»Yeah. Ich bin mir ganz sicher«, bekräftigte sie gereizt und griff zu den Nachschlagewerken auf ihrem Schreibtisch. »Wenn Sie mich bitte entschuldigen würden.«

»Warum haben Sie der Polizei gesagt, sie sollte sein Essen untersuchen? Wieso hatten Sie den Verdacht, er hätte einen allergischen Schock erlitten? Alle anderen gingen davon aus, dass es eine Herzattacke war oder irgendein Anfall.«

Sie wirkte einen Moment lang verwirrt und verkrampfte die Hand auf den Büchern, die sie zu einem Stapel geordnet hatte.

»Ich habe mich an das erste Mal erinnert«, sagte sie mit leerem Blick. »Als der Arzt dabei war und ihm das Leben rettete. Es sah genauso aus. Diese Zuckungen. Es sah nicht nach einem Herzanfall aus. Vermutlich war es reiner Instinkt, Ms. Hayle«, sagte sie mit leiser, trauriger Stimme. »Derselbe Instinkt, durch den ich erreicht habe, dass ich heute hier sitze. Lincoln hat immer behauptet, ich hätte diesen Instinkt, und in dem Punkt hat er recht behalten, selbst am Ende noch.« Jetzt nahm sie die Bücher in die Hand und ließ damit keinen Zweifel daran, dass unsere Unterredung beendet war. Ich griff nach dem einzigen Strohhalm, der mir noch blieb.

»Was für ein schöner Stern, Ms. Pharr!«, platzte ich mit einfältigem Lächeln heraus. Doch ihre Reaktion war völlig unerwartet; sie zuckte zusammen, als hätte ich sie geschlagen. »Darf ich ihn einmal anschauen?«, fuhr ich rasch fort.

Es war eine verrückte, ungehörige Bitte, und das wusste sie auch, doch ich hegte einen bestimmten Verdacht und streckte die Hand nach dem Stern aus, damit sie gar nicht erst auf die Idee kam, mir die Bitte abzuschlagen. Plötzlich wirkte sie verletzlich. Sie nahm den Stern in die Hand und betrachtete ihn selbst, ehe sie ihn mir gab.

»Wie hübsch. Wo haben Sie den her?«

»Von einem Freund«, sagte sie, als wäre sie mit ihren Gedanken ganz woanders. Doch etwas in ihrer Stimme und ihrem Blick sagte mir, was ich wissen wollte, und jetzt ging ich aufs Ganze.

»Sie waren sein Stern, sein Star, nicht wahr, Stella? Lincoln Storeys Star.« Ich sprach sanft wie eine Lehrerin, die einem verschüchterten kleinen Mädchen gut zuredet, und nannte sie so ungezwungen beim Vornamen, als wären wir Schwestern. Sie schaute erschreckt auf, dann verlor sie vollends die Fassung. Ihr Blick umdüsterte sich vor Qual.

Sie nickte schweigend wie ein kleines Mädchen, und ich hielt den Stern so vorsichtig in der Hand wie sie zuvor, dann gab ich ihn ihr zurück. »Es tut Ihnen weh, wenn die Leute schlecht über ihn reden, nicht wahr? Jemand hat mir sogar erzählt, er hätte seine Stieftochter sexuell belästigt. Glauben Sie, dass das stimmt?« So genau hatte das weder Alexa noch Tasha gesagt, aber ich behauptete es einfach, um eine bestimmte Wirkung zu erzielen. Und ich bekam, was ich wollte.

»Das ist eine verdammte Lüge. Das ist eine verdammte Lüge. Ich habe Lincoln Storey gekannt und geliebt. Ich weiß, was für ein Mensch er war.«

»Würden Sie es mir sagen?«, bat ich sanft. »Könnten Sie mir sagen, was er für ein Mensch war, damit ich Licht in diese üble Geschichte bringen, damit ich den wahren Täter finden kann?« Jetzt sprach ich aufrichtig mit ihr, sagte ihr die Wahrheit, und das drückte mein Blick ebenso aus wie meine Worte. Ihre Mundwinkel zuckten, doch dann riss sie sich zusammen und räusperte sich.

»Ich heiße Star«, begann sie unerwarteterweise, aber vielleicht konnte sie nicht anders anfangen. »Star Farr. Meine Mutter hat mich tatsächlich Star Farr getauft. Mein

Nachname wurde F-A-R-R geschrieben. Star Farr – wie ein ferner Stern. Können Sie sich vorstellen, dass man ein Kind so nennt? ›Siehst du dort den Stern so fern? Der Stern so fern. Der ferne Stern.‹ Das haben mir die Kinder immer nachgerufen.« Dabei lachte sie verächtlich und gequält auf. »Als ich auf der Highschool lernte, dass Stella auf Lateinisch Stern heißt, habe ich mich so genannt – Stella. Außerdem habe ich die Schreibweise meines Nachnamens geändert. Meine Mutter war ganz und gar dagegen – sie sagte, ich wolle mich wohl wichtig machen, doch da war ich schon so viel weiter, als sie sich für ihr eigenes Leben je erträumen konnte, dass sie für mich überhaupt keine Rolle mehr spielte.« Das sagte sie voller Bitterkeit und mit einem schmerzlichen Kummer, der mich an meinen eigenen erinnerte.

»Wir sind einmal spazieren gegangen, und da habe ich Lincoln das erzählt, unten im Ironbound, in der Gegend der Ferry Street. Wir hatten eben zu Abend gegessen und kamen an einer kleinen portugiesischen Bodega vorbei, es war um die Weihnachtszeit. Überall hing dieser glitzernde Weihnachtsplunder herum, an der Wand und von der Decke, und da hat Lincoln einen Stern abgepflückt, den da, und hat ihn mir geschenkt. ›Ein Stern für Stella‹, hat er gesagt, und ich habe einfach angefangen zu heulen. ›Mein Stern‹, hat er gesagt. Kitschig, nicht? Aber das hatte noch niemand zu mir gesagt, und es hat mich gerührt.«

»Waren Sie denn sein Stern?«

»Das hat er zu mir gesagt.«

»Und was für ein Mensch war er nun genau?«

»Er hatte viele Seiten«, entgegnete sie langsam mit halb

belustigter, halb entsetzter Miene. »Er konnte gemein sein, das steht außer Frage. Aber ich habe das verstanden, weil mir Gehässigkeit, Gemeinheit auch nicht fremd sind, und deshalb haben wir uns da verstanden. Man kann es nicht so weit bringen wie Lincoln, und noch dazu so schnell, ohne sich bei den Leuten verhasst zu machen – und sie haben ihn gehasst. Er konnte ein Schwein sein, ein kaltblütiges Schwein, wenn er wollte. Aber er hat gesagt, ich bin sein Ein und Alles.« Das fügte sie leise hinzu, fast bittend, dass ich ihr glaubte.

»Und dann war da noch das Geld. Dieser Riesenhaufen Geld.« Ich beobachtete, wie sie das aufnahm. Ihre Lippen verzogen sich leicht, als habe sie einen bitteren Geschmack im Mund.

Zuerst guckte sie erstaunt, dann leicht beschämt und schließlich trotzig. Ihr Blick besagte, dass ihr Storeys Geld ebenso zustand wie anderen auch, dass sie auch einen Anspruch darauf hatte, genau wie Tasha das von sich behauptete. »Ja«, sagte sie, »und dann war da noch das Geld.«

»Es gab ziemlich viele, die sein ›Ein und Alles‹ waren, nicht wahr?«

»Yeah. Das stimmt.«

»Wann haben Sie das mit dem Baby erfahren? Tashas Baby?«

»Lincoln hat es mir ein paar Tage später erzählt, nachdem sie es ihm gesagt hatte. Wir haben überlegt, ob er es anfechten sollte, meinten dann aber, wir sollten vielleicht das Sorgerecht beantragen. Wenn die Sache mit seiner Frau erledigt war.«

»Demnach hatte er vor, Daphne zu verlassen.«

»Yeah.«

Aber natürlich.

»Und er wollte das Sorgerecht für das Baby von Tasha haben?«, fragte ich, ohne meine Ungläubigkeit zu verbergen.

»Er hatte keine eigenen Kinder. Alexa war ja nicht seine Tochter, und das hat sie ihn immer spüren lassen. So abwegig wäre es nicht gewesen, wenn er Tashas Kind hätte aufziehen wollen.«

»Das klingt mir eher nach Ihrer eigenen Wunschvorstellung als nach seiner«, sagte ich scharf, um sie an ihrer wunden Stelle zu treffen. Gleichzeitig fragte ich mich, ob das nicht womöglich alles eher Wunsch als Wirklichkeit war. »Hat er das Tasha erzählt?«

»Nein. So weit ist es gar nicht gekommen. Er war nicht so recht davon überzeugt, dass es sein Kind war. Aber er hat mit ihr geschlafen, ein- oder zweimal sogar in der Zeit, als wir zusammen waren. Es hat mir aber eigentlich nichts ausgemacht.« Das klang aufrichtig.

»Es hat Ihnen gar nichts ausgemacht, dass er mit einer anderen Frau geschlafen hat? Einer früheren Geliebten?« Ich staunte, wie leicht sie sich von mir ins Kreuzverhör nehmen ließ.

»Sex war nicht das Wesentliche zwischen uns. Wir hatten andere Gemeinsamkeiten. Er fand es faszinierend, dass ich Juristin bin, eine wirklich gute Juristin. Er meinte, ich könnte in der Politik Karriere machen – auf dem Gebiet könnten wir zusammenarbeiten. Lincoln hatte ein Faible für die Macht, und er war überzeugt, ich könnte eines Tages über sehr viel Macht verfügen. Und dann hatten wir noch etwas gemeinsam …« Sie verstummte plötzlich und fuhr dann fort. »Ich bin so aufgewachsen wie Lincoln auch, genauso arm. Ich habe mich hochgearbeitet, genau wie er. Ich wusste, was für ein Mensch er ist, und er kannte mich besser, als mich ein anderer Mensch je kennen wird. Mir ist ganz bestimmt nichts in den Schoß gefallen«, sagte sie hochmütig, dann nahm sie den Stern und legte ihn auf seinen Platz auf dem Computer zurück. »Ich weiß, dass sie ihm nichts bedeutet hat.«

»Seine Frau oder seine Freundin?«

»Zu Tasha hatte er alle Beziehungen abgebrochen. Die Wohnung. Das Geschäft.«

»Und seine Frau?«

»Sie ist eine törichte, oberflächliche Frau, die sich auf ihr Aussehen und Geld verlassen hat, um es zu etwas zu bringen. Er hatte sie abgelegt wie eine alte Jacke, und das wusste sie auch. Er konnte sie nicht mehr gebrauchen.«

»Daphne Storey stellt das aber anders dar«, sagte ich.

»Wundert Sie das?«, meinte sie mit einem belustigten Glitzern in den Augen. »Und wem von uns beiden wollen Sie jetzt glauben?«, fragte sie beinahe spöttisch. »Wer sagt Ihrer Meinung nach die Wahrheit?«

»Der Mensch, der mir die Wahrheit sagen könnte, ist tot.« Mit dieser bissigen Bemerkung verabschiedete ich mich, bevor ich meine Sachen nahm und zur Tür hinausging, um mich mit Jackson Tate zu treffen.

Aber ich hätte um die goldenen Ohrringe gewettet, die mein Bruder Johnny mir einmal als Talisman geschenkt hat, dass ich es auch so herausfinden würde.

14

Auf der Fahrt zu meiner Verabredung mit Jackson Tate in Belvington Heights schob ich im Auto eine Miles-Davis-Kassette in den Rekorder. Es war der klassische Miles mit »It Never Entered My Mind« und »Yesterdays«, und das erinnerte mich daran, wie mein Vater immer in seinem Sessel saß, Bourbon trank und an das zurückdachte, was Miles Davis in ihm an Erinnerungen wach werden ließ. Mir wurde ganz besinnlich zumute.

Ich kann nicht behaupten, dass mich Stella Pharrs Beichte überrascht hätte, aber ich bin zynisch genug, um zu wissen, dass die vermeintliche »wahre Liebe« meist nicht hält, was sie beim ersten Kuss verspricht. Wer nach Leuten suchte, die der Öffentlichkeit Vertrauen in die Regierung in Trenton einflößen könnten, der war bei Stella Pharr auf jeden Fall an der richtigen Adresse. Storey und Stella hätten ein unschlagbares Gespann abgegeben. Sie waren füreinander bestimmt, und das wussten sie auch.

Doch wenn ichs mir recht überlegte, hatte ich nur Stella Pharrs eigene Aussage darüber, wie Lincoln Storey *wirklich* zu ihr stand. Er hätte ihr an dem Abend, als ich sie im Tate's miteinander reden sah, genauso gut auch erzählen können, er habe beschlossen, bei seiner treu sorgenden Gattin zu bleiben.

Mein Mann hatte mir meine Verbitterung verziehen, und ich hatte ihm seine Untreue verziehen.

Behauptete jedenfalls Daphne Storey.

Die gute Tasha hatte mich mit ihrer Geschichte ziemlich umgehauen, selbst wenn ich Alexa jetzt besser begriff. Und dann war da noch Brandon Pike mit dem bronzefarbenen BMW, der ihm nicht gehörte. Ich freute mich schon darauf, ihn wegen *Slangin' Rock* zur Rede zu stellen; diese Sache lag mir immer noch schwer im Magen.

Was hatte ich nur an ihm finden können?

Auch darüber musste ich allmählich einmal ernsthaft nachdenken. Ich kannte seine Vergangenheit, und er hatte mir Sachen über sich erzählt, die er inzwischen bestimmt selbst nicht mehr wusste.

Eines jedenfalls hatte ich mittlerweile begriffen. Die Lösung, die ich suchte, war zumindest teilweise bei Brandon zu finden. Und ein anderer Teil bei Jackson Tate.

Ich schaute auf die Uhr und fluchte beim Einbiegen in Tates Einfahrt vor mich hin, weil ich mich so verspätet hatte. Doch als ich seinen schwarzen Seville neuester Bauart da stehen sah, musste ich lächeln. Das war auch der Traumwagen meines Vaters gewesen – eine »Wahnsinnskarre«, wie er sagte –, und ich dachte lächelnd daran zurück, wie aufgeregt seine Stimme immer geklungen hatte, wenn wir einen auf der Straße sahen.

»Alle Achtung, Mr. Tate«, tat ich meine Anerkennung für das Auto kund, als säßen er oder mein Vater neben mir.

Daneben stand ein roter Chevrolet – der sogar noch älter aussah als mein Wagen, wie ich mit selbstgefälliger Befriedigung dachte – am Rand des Parkplatzes. Als ich an beiden Autos vorbei zur Hintertür fuhr, überlegte ich, wem der gehören mochte, wer Tate wohl heute Abend noch besuchen kam. Meine Frage wurde beantwortet, noch ehe ich richtig ausgestiegen war.

Den ersten Schrei hätte man in einem Film wohl markerschütternd genannt – ein Schrei, der durch Mark und Bein ging und das Blut in den Adern gefrieren ließ. Der zweite kam ganz oben aus der Kehle, durchdringend und spitz, als sei er unter Schmerzen ausgestoßen worden, und da blieb ich wie angewurzelt stehen.

Kam das aus dem Tate's, oder wollte sich ein Kind einen Scherz erlauben?

In Belvington Heights gibt es Kinder, die solche Streiche lieben – Kinder, die zu viel Geld und nichts Besseres zu tun haben. Als ich hier arbeitete, hatte ich in der Beziehung allerhand erlebt. Jetzt blieb ich mucksmäuschenstill stehen, sah mich um und hielt Ausschau nach dem Kind.

Doch die Schreie hörten nicht auf, sie kamen in immer schnellerer Folge, und zwar aus dem Lokal. Ich lief den Weg entlang und durch die, wie mir auffiel, unverschlossene Hintertür ins Haus, dann blieb ich unvermittelt stehen, um mich zu orientieren.

Alles war jetzt ruhig, dunkel und still, bis auf das Geräusch meines eigenen Atems. Von irgendwo ganz hinten kam ein Lichtschimmer.

»Mr. Tate!«, schrie ich. Ich hörte, wie meine Stimme zitterte. »Mr. Tate, sind Sie da?«

Ich stand in einer kleinen Vorratskammer. Erst suchte ich an der Wand nach einem Lichtschalter und ruderte dann mit den Armen, um eine Schnur zu finden, doch da war nichts. Ich tastete mich an der Wand entlang etwas weiter hinein, zu dem Lichtschein hin. Die Kammer ging offenbar von dem Flur ab, der an den Sechstausend-Dollar-Toiletten und der Küche vorbei zu dem Hauptspeisesaal führte. Fast wäre ich über einen großen Kanister gestolpert, an dem ich mir das Knie aufschlug. Ein Schmerz durchzuckte mich.

Ich stieß einen lauten Fluch aus, dann war ich still, denn mich packte wieder die Angst, als ich an diese entsetzlichen Schreie dachte.

Wer war hier noch?

Im Geiste ging ich die Sachen in meiner Handtasche durch und überlegte, was ich davon notfalls als Waffe gebrauchen könnte. Das Einzige, was mir einfiel, war ein Klappmesser, das derart alt und verrostet war, dass man damit jemanden eher durch Blutvergiftung umbringen als erstechen könnte. Ich überlegte, ob ich zum Auto zurückgehen und den langen Schraubenzieher und die Taschenlampe holen sollte. Aber damit wäre auch nichts gewonnen; ich wusste nicht mehr, ob in der Taschenlampe noch Batterien waren, und ein Schraubenzieher würde nicht mehr Schutz bieten als das schäbige Taschenmesser. Wehmütig dachte ich an den .38er-Revolver, der bei mir zu Hause in einer Schachtel im Schrank lag. Den hätte ich jetzt verdammt gut gebrauchen können.

»Mr. Tate?«, rief ich noch einmal, jetzt mit gewollt fester Stimme. »Sind Sie da?«

Das Licht kam aus der Küche, und ich stolperte über den Flur dorthin. Dann hörte ich das Schluchzen, so traurig und verzweifelt, wie ich es mein Lebtag nicht gehört hatte, und bewegte mich darauf zu.

Zuerst erblickte ich Tates Füße, die in teuren Chevreaulederschuhen steckten; ihre Quasten hingen zu beiden Seiten schlaff herunter. Eine Hand – die mit dem großen Ring, von dem mein Vater immer behauptete, damit sähe er aus wie ein Gangster aus Tennessee – lag auf seiner Brust, die andere mit weit ausgebreiteten Fingern über dem Kopf, als wolle er jemandem zum Abschied zuwinken. Das Schluchzen kam von Minnie, der Oberkellnerin, die Tasha den »Hexenbesen« nannte. Sie wiegte Tates Kopf in ihrem Schoß, als sei er noch am Leben. Als ich hereinkam, schaute sie auf. Die braunen Augen hinter den grünen Kontaktlinsen, die ihnen die Farbe von Haselnüssen verliehen, waren blicklos und stumpf.

An der Stelle, wo sein Herz war, sah ich Blut aus dem flauschigen Pullover sickern. Es tröpfelte seitwärts auf den Fußboden mit dem schwarzweißen Karomuster und bildete am Saum von Minnies schwarzem Trenchcoat ein nasses Dreieck. Sie folgte meinem Blick zu dem Blut hinunter und sah mir dann wieder ins Gesicht.

»Bitte, hilf ihm.«

Ich beugte mich hinunter und tastete nach dem Pulsschlag am Hals, obwohl ich wusste, dass da keiner mehr war.

»Er ist nicht mehr, Minnie. Mr. Tate ist nicht mehr.« Das sagte ich eher zu mir selbst als zu ihr und setzte mich neben sie auf den Boden, um diese Erkenntnis zu begreifen. Dann begann ich zu beten; ich sagte einfach, was mir zu Jackson und seiner Seele so in den Sinn kam.

»Er ist nicht mehr«, wiederholte Minnie, als hörten wir beide es zum ersten Mal.

»Wir müssen die Polizei rufen«, erklärte ich ihr und fragte mich gleichzeitig, ob sie etwas mit der Sache zu tun haben könnte; ich hatte nicht das Gefühl, dass eine Bedrohung von ihr ausging, und in der Beziehung habe ich einen sicheren Instinkt. Da war nichts als Angst und Trauer.

»Hast du etwas angefasst?«, fragte ich sanft. Ich verdrängte meine eigenen Gefühle, sah Tate nicht an und dachte auch nicht daran, dass er tot war und wer es getan haben könnte; ich dachte und redete wie eine Polizistin, denn das war das Einzige, was mir jetzt einfiel.

»Hast du außer seinem Kopf noch etwas angefasst?«, fragte ich noch einmal.

Sie schaute voller Entsetzen auf, sah Tates Leiche und dann wieder mich an.

»Nein.«

»Minnie. Das hast du gut gemacht.«

In ihren Augen las ich Dankbarkeit für diese Bestätigung, und ich half ihr auf und setzte sie an den Küchentisch. Ich dachte daran zurück, wie ich das letzte Mal hier war und mit Tate dort gesessen und bei Tee und einer halben Flasche Merlot über Lincoln Storey gesprochen hatte. Dann stand ich auf und ging wieder zu seiner Leiche zurück, setzte mich daneben und hielt seine Hand, die mit dem Ring, über den mein Vater sich immer lustig gemacht hatte. Der Körper war noch warm, aber das Gesicht hatte das wächserne, puppenhafte Aussehen, das zwanzig bis dreißig Minuten nach dem Tod eintritt. Die Augen waren stumpf, offen und blicklos. Mir fiel auf, dass auf seinem Pullover keine Schmauchspuren waren, und das sagte mir, dass sein Mörder in einiger Entfernung gestanden haben musste, wahrscheinlich an der Tür, durch die ich eben hereingekommen war. Außerdem war das Loch groß, ganz bestimmt nicht von einer .22er. Dem Augenschein nach hätte ich mindestens auf Kaliber 38 getippt.

Er hatte auf mich gewartet. Wenn ich mich nicht verspätet hätte, wäre er vielleicht noch am Leben.

Ich sah auf die Uhr, es war zehn vor acht. Um sieben hatte er wahrscheinlich noch gelebt, als ich kommen sollte, als er mir sagen wollte, was er mir zu sagen hatte. Ich spürte, wie mir die Tränen kamen, und verbarg mein Gesicht in den Händen; ich hatte einen solchen Zorn, dass ich dachte, ich würde ihn nicht bändigen können.

Ich zwang mich, aufzustehen und zu dem Telefon an der Wand zu gehen. Es hing ein Zettel daneben, auf den meine Büronummer gekritzelt war. Ich holte tief Luft, so tief ich konnte, atmete aus und rief dann die Polizei von Belvington Heights an, nannte meinen Namen und meldete eine Schießerei mit tödlichem Ausgang. Dann ging ich zum Tisch zurück und setzte mich zu Minnie.

»Wer könnte das gewesen sein?«, fragte sie, als ob ich das wüsste.

Ich schüttelte den Kopf. »Wann bist du gekommen?«

»Etwa fünf Minuten vor dir. Ich sollte ihm gestern früh diese Schachtel mit Papieren vorbeibringen, aber mein Baby ist krank geworden.« Sie zeigte auf eine viereckige Schachtel mit Deckel, die zwischen uns stand und wie ein Schuhkarton aussah. »Sie war bei den Sachen meiner Mutter, die ich bei ihrem Tod bekommen habe. Ich hab sie nicht mal durchgesehen. Aber dann hat er Montagabend angerufen und gefragt, ob ich sie hätte. Mama hatte ›Jackson‹ draufgeschrieben. Er hat davon gesprochen, dass er das Lokal für eine Weile schließen will, weil da jemand drin gestorben ist und so, und jetzt ist Mr. Tate auch darin gestorben. O Gott, ist das verrückt.« Sie redete wirres Zeug zusammen, als stünde sie unter Schock, und sprach eher mit sich selbst als mit mir.

»Er hat gesagt, vielleicht fährt er eine Zeit lang weg. Er wollte ein paar Wertpapiere oder Aktien oder so verkaufen und auf seine alten Tage noch ein bisschen reisen, und jetzt ist der Mann tot! Es muss ihm wichtig gewesen sein, wenn er mich so aus heiterem Himmel wegen dieser Schachtel anruft, so spät am Abend.

Ich hab sein Auto noch da stehen sehen, da bin ich rein und – ich dachte, er hätte einen Herzanfall. Ich hab gedacht ...« Sie machte eine Handbewegung zu Tate hin. »Meinst du, es ist okay, wenn ich hier rauche? Ich brauch jetzt eine Zigarette.«

»Gehen wir in ein anderes Zimmer«, sagte ich. »Bis die Polizei den Raum untersucht und alle Spuren gesichert hat, sollten wir hier nichts machen, nicht einmal eine Zigarette anzünden.«

Sie nickte gehorsam, und wir gingen ohne ein weiteres Wort oder einen Blick auf Tates Leiche in den Speisesaal. Ich knipste das Licht an. In dem Raum herrschte eine unheimliche Stille.

»Zwei Menschen sind hier gestorben«, murmelte Minnie. Sie zündete sich eine Zigarette an, wobei die Flamme in ihrer zitternden Hand flackerte. Die dunklen Augen hinter den grünen Kontaktlinsen waren feucht. »Innerhalb einer Woche sind hier zwei Menschen gestorben.«

Wir saßen beieinander, dachten an das Verhängnis, das offenbar über diesem Ort lag, und warteten auf das Eintreffen der Polizei von Belvington Heights. Mir war auch nach einer Zigarette zumute, und ich wehrte mich heldenhaft gegen das Verlangen, indem ich einatmete und dann ausatmete, als würde ich rauchen.

Minnie sah mich merkwürdig an und lächelte dann, jedenfalls öffneten sich ihre Lippen, als würde sie lächeln. »Ich hab auch schon versucht, es aufzugeben«, sagte sie nach einer Weile. »In solchen Momenten bin ich froh, dass ichs nicht getan habe.«

Da mussten wir beide lachen, gedämpft und verlegen, aber das Schweigen war gebrochen.

Matilda Gilroy kam als Erste herein; sie hatte das kurze blonde Haar so weit unter die Mütze geschoben, dass es nicht mehr zu sehen war. Sie begrüßte mich mit einem knappen Nicken und fragte, ob ich angerufen hätte. Ich führte sie nach hinten in die Küche und zeigte ihr Tates Leiche, und sie fragte, ob wir irgendetwas angerührt hätten. Ich sagte, ich hätte mich gehütet, aber Minnie hätte seinen Kopf in ihrem Schoß gehabt, als ich kam, und dann gestand ich, dass ich seine Hand gehalten hatte.

»Demnach kannten Sie ihn?«, wollte sie wissen. Ich nickte. »Sie hätten ihn nicht anfassen sollen«, schalt sie mich.

»Ich weiß.« Sie sah aus, als ginge ihr etwas durch den Kopf, das sie mir nicht verraten wollte, und forderte mich dann auf, den Tatort zu verlassen und wieder zu Minnie in den Speisesaal zu gehen, bis die Kriminalpolizei so weit wäre, unsere Aussage aufzunehmen.

Als die Polizisten hereinstürmten, redeten sie leise miteinander, musterten uns aber mit Blicken, in denen ungelöste Fragen lagen und die zuerst neugierig, dann verächtlich und schließlich gleichgültig wirkten. Es wurden Fotos gemacht, Fingerabdrücke genommen und Beweisstücke in kleine Plastikbeutel gesteckt. Schließlich trafen die Kriminalbeamten ein; einer von ihnen rauchte eine Zigarre, und sie unterhielten sich über ein Pferderennen in den Meadowlands. Sie nahmen unsere Aussagen auf und fragten dann Minnie, ob sie sich einem Test unterziehen würde, der gleich hier an Ort und Stelle durchzuführen wäre, um festzustellen, ob sie in den letzten vierundzwanzig Stunden eine Schusswaffe abgefeuert hatte. Sie schaute mich stumm an, um meinen Rat einzuholen, und ich redete ihr zu, weil ich ebenso neugierig war wie die Polizei, was da geschehen war. Und ich wollte mir auch über sie Gewissheit verschaffen. Aber es wurden keinerlei Spuren bei ihr gefunden, und das war für mich die größte Erleichterung, die ich in den letzten anderthalb Tagen erlebt hatte.

DeLorca kam herein und verdrehte die Augen, als er mich erblickte.

»Sie schon wieder!«, verkündete er theatralisch. Ich zuckte die Achseln, um ihm zu bedeuten, dass ich keine Ahnung hatte, warum es mich im Laufe einer knappen Woche zweimal in dasselbe gottverdammte Lokal und in so ein Schlamassel verschlagen hatte. DeLorca schüttelte schnell den Kopf, eine Geste, die allen vertraut war, die je mit ihm zusammengearbeitet hatten, und die besagte, er würde später noch mit mir reden.

Schließlich kam der Amtsarzt hereingerauscht, in einen

eleganten schwarzen Mantel gehüllt, als schaue er auf dem Weg in einen Club kurz hier vorbei. Er eilte in die Küche und untersuchte Jacksons Leiche. Minnie und ich sahen zu, wie Tate hinausgetragen wurde.

DeLorca kam zu uns und bedeutete mir, ich solle ihm in eine andere Zimmerecke folgen; damit Minnie uns nicht hören konnte, vermutlich.

»Hier scheint sich ja allerhand abzuspielen.« DeLorca sah mich unverwandt an.

»Sieht so aus, Captain.«

»Wissen Sie, was hier passiert ist, Hayle?«

»Auch nicht besser als Sie.«

»Was hat sie damit zu tun?« Er deutete mit dem Kopf auf Minnie.

»Sie hat bei ihm gearbeitet.«

»Vielleicht war es ein Einbruch«, sagte er und sah sich misstrauisch um, als läge der Täter womöglich unter dem Tisch auf der Lauer. »Yeah, es könnte ein Einbruch sein. Irgendein junger Gangster, der den Caddy des alten Herrn da in seiner ganzen schwarzen Pracht draußen auf dem Parkplatz stehen sah. Irgendein nichtsnutziger Schweinehund, der dem alten Herrn etwas von seinem Besitz abknöpfen wollte. Ich hab allerdings den Eindruck, dass mit dem alten Herrn nicht zu spaßen war, Hayle. Der hat sich sicher zur Wehr gesetzt. Meinen Sie, dass es so war?« Er sah mich an, als erwartete er eine Antwort.

Ich schwieg.

»Aber vielleicht war es auch ganz anders. Meinen Sie, dass das etwas mit dem Tod von Lincoln Storey zu tun hat, Hayle?«

Darauf war ich auch schon gekommen, sagte aber nichts. »Wie ich höre, wurde Ihre Klientin Ms. Tasha Green, die den ersten Mord auf dem Gewissen hat, heute auf Kaution entlassen«, sagte er. »Wussten Sie das?«

»Yeah«, sagte ich.

»Sie hat für den Mann hier, diesen Jackson Tate, gearbeitet, stimmts? Meinen Sie, er hat etwas gewusst, und sie wollte verhindern, dass es noch andere erfahren?«

Da kam Matilda Gilroy zu uns; sie hatte sich einen Kuli hinter das Ohr gesteckt.

»Ich erfahre gerade, dass Ihre Klientin Tasha Green auf Kaution entlassen wurde.«

»Vielleicht sollten Sie sich beide mal hinsetzen und mit ihrem Anwalt reden«, sagte ich. Sie wechselte einen Blick mit DeLorca. »Können wir jetzt gehen?«

»Sie hören von uns«, sagte DeLorca statt einer Antwort. Als wir endlich vor der Tür standen, war es halb elf. »Kannst du mich im Auto mitnehmen? Ich glaub nicht, dass ich jetzt fahren kann«, bat Minnie, als wir zu unseren Autos gingen. Die Tränen hatten ihre Wimperntusche total verschmiert. An ihrem Mantelsaum war Tates Blut festgetrocknet. Zum ersten Mal fiel mir auf, wie jung sie aussah.

»Natürlich. Und was ist mit deinem Auto?«

»Ich bitte meinen Mann, dass er es später abholt«, sagte sie. »Ich sag der Polizei, dass ich es hier lasse. Ich will jetzt nicht fahren. Ich sag meinem Mann, dass er es nachher abholt.« In ihrer Verwirrung merkte sie gar nicht, dass sie zweimal dasselbe sagte.

Sie ging zu Tates Cadillac und berührte ihn liebevoll, als sei er lebendig, dann setzte sie sich zu mir ins Auto. Sie zündete sich wieder eine Zigarette an, inhalierte tief und blies den Rauch in einem langsamen, gleichmäßigen Zug aus, während ich den Motor anließ.

»Ist das Miles Davis?«, fragte sie, als sich die Kassette einschaltete. »Jackson hat auch immer Miles Davis gehört.«

»Genau wie mein Vater«, sagte ich, während ich rückwärts aus der Einfahrt fuhr.

»Wer war dein Vater?«, fragte sie rasch. »Wie hat er geheißen?«

»Royal. Royal Hayle. Alle nannten ihn Roy. Die meisten jedenfalls. Nur Mr. Tate nicht, der hat ihn immer Royal genannt, und Daddy hat immer Tate zu ihm gesagt.«

»Royal, als wär er ein König oder Herzog oder so?«

Ich warf ihr einen Blick aus den Augenwinkeln zu und merkte dann, dass sie das nicht abschätzig gemeint hatte. »Yeah. Wie ein König.«

»Ich glaube, ich erinnere mich, dass Jackson mal von jemand gesprochen hat, der so ähnlich hieß. Der Name kommt mir bekannt vor – Royal.«

»Sie waren uralte Freunde.«

»Ich glaube, ich erinnere mich, dass er von deinem Vater gesprochen hat. Royal.«

»Wirklich.« Ich fragte mich, wie die Rede wohl auf meinen Vater gekommen war und was Jackson über ihn erzählt haben mochte. »Würd mich nicht wundern.«

»Der alte Mann wird mir fehlen.« Sie zündete sich mit dem halb aufgerauchten Ende der letzten Zigarette eine neue an. »Der alte Mann wird mir furchtbar fehlen.«

Ich bog in den Parkway ein und steuerte auf die Ausfahrt

zu, die der Straße in Newark am nächsten lag, die sie mir als Adresse angegeben hatte.

Es ging bereits auf elf Uhr zu, und ich fuhr völlig mechanisch, hielt an, wenn es nötig war, bremste ab, wenn der Fahrer vor mir bremste. Aber in Gedanken war ich nicht beim Fahren und auch nicht bei Minnie, die auf dem Beifahrersitz ihre Zigarette rauchte und sich die ständig fließenden Tränen abwischte. Ich dachte an Jackson Tate. Solange ich denken konnte, war er mit seinen Brötchen wie »leichte Lüftchen« und seinem Bourbon zu Weihnachten in meinem Leben präsent gewesen. Wenn ich seinen Namen aussprach, sah ich jedes Mal meinen Vater vor mir, und dieser Name war jetzt so tot wie der meines Vaters. Ich war wie betäubt.

Was hatte er mir sagen wollen?

Karen war über seinen Süßkartoffelauflauf so in Verzückung geraten, dass sie mir nichts erzählt hatte, was mir geholfen hätte, das Ganze irgendwie zu begreifen. Vielleicht sollte ich mir doch bald den bereits erwogenen Anrufbeantworter anschaffen, dachte ich ärgerlich. Aber es war ja eigentlich nicht Karens Schuld. Sie hatte ihn nicht umgebracht.

Ob er gewusst hatte, dass sein Mörder unterwegs war?

Ich sah zu Minnie hinüber, die schon wieder eine Zigarette ausdrückte.

»Alles okay?«

»Yeah, es geht schon. Es ist nur der Schock.«

Was wusste Minnie über Tate und über Tasha und Lincoln Storey? Was würde sie mir verraten? Ich überlegte, ob Jackson Tate ihr etwas über mich erzählt hatte.

»Weißt du, was ich von Beruf bin?«, platzte ich schließlich heraus.

»Was denn?«, fragte sie erschrocken mit weit aufgerissenen Augen, als ob ich gleich »Auftragskillerin« oder »Vampir« sagen würde. Ich musste unwillkürlich lächeln.

»Ich bin Privatdetektivin.«

»So wie im Fernsehen?« Sie wirkte erleichtert. Ein scheues, verwundertes Lächeln erschien auf ihrem Gesicht. »Ich wusste gar nicht, dass eine schwarze Frau auch Privatdetektivin sein kann.«

»Heutzutage können wir alles sein, was wir wollen, Minnie«, sagte ich und hoffte dann, dass sich das nicht sarkastisch anhörte. Die Verwunderung in ihrer Stimme hatte mich gerührt, und sie sollte nicht glauben, dass ich mich über sie lustig machte. »Das heißt, jetzt hindert einen niemand mehr, das zu tun, was man will.«

»Was machst du denn da? Ich meine, als Privatdetektivin.«

»Ich finde etwas über andere Leute heraus. Meistens etwas, das ihnen nicht gefällt.«

»Klingt ganz schön gemein.«

»Yeah. Manchmal ist es das auch.«

»Macht dir das Spaß?«

»Ich verdiene mein Geld damit. Ich habe ein Kind.«

»Bist du verheiratet?«

»Nicht mehr.«

»Ich hab auch ein Kind. Aber ich bin noch mit meinem Mann zusammen. Er arbeitet beim Wachschutz.«

»Ich hatte den Auftrag herauszubekommen, wer Lincoln Storey umgebracht hat«, sagte ich.

»Du glaubst nicht, dass es Tasha Green war?«

»Nein. Ich arbeite für ihre Schwester, um die Wahrheit herauszufinden.«

»Ich bin überzeugt, dass sie es war«, sagte sie. »Weißt du, sie ist eine richtige Schlampe. Sie hatte nebenher was mit dem Boss, mit Mr. Storey. Und dabei wusste sie doch, dass der verheiratet war.« Minnie schüttelte empört den Kopf. »Ich kann solche fiesen Weiber nicht ausstehen.«

»Hast du der Polizei letzte Woche erzählt, was sie über Lincoln Storey gesagt hat?«

»Woher weißt du das?«

»Du hast es ihnen erzählt, stimmts?«

»Sie hat es wirklich gesagt. Jackson hat es genauso gehört wie ich. Jackson hat gesagt, ich soll es denen ruhig erzählen. Wer soll ihn denn sonst umgebracht haben?«

»Lincoln Storey oder Jackson Tate?«, fragte ich.

»Lincoln Storey.«

»Ich weiß, wer es nicht war«, sagte ich. »Minnie, Jackson Tate hat mich heute Nachmittag angerufen. Wahrscheinlich ein paar Stunden bevor er starb. Darum war ich auch dort. Ich sollte mich um sieben mit ihm treffen.«

»Um sieben?«, fragte sie ohne den geringsten Versuch, die Bewegung in ihrer Stimme zu verbergen. »Da war er wahrscheinlich noch am Leben«, sagte sie mehr zu sich selbst.

»Yeah.« Mein Gesicht war schamrot. »Du hast Jackson doch sehr gut gekannt. Hast du eine Ahnung, warum er mich sprechen wollte? Was er mir hätte sagen wollen? Er hat meinem Auftragsdienst erzählt, dass er mir etwas über Lincoln Storey mitteilen wollte. Hast du eine Idee, was das gewesen sein könnte?«

»Mein Gott …«, sagte sie, als sei ihr eben etwas eingefallen.

Ich bremste ab, sah zu ihr hinüber und dann wieder auf die Straße. »Was hat er dir gesagt?«

»Nichts.« Sie sprach unnötig laut und schob störrisch das Kinn vor, woraus ich schloss, dass sie es sich auf keinen Fall entlocken lassen würde, egal, was es war. Sie würde kein Geheimnis ausplaudern, nicht mal im Tod.

Doch ich war ebenso entschlossen, es herauszubekommen, wie sie, es nicht zu verraten. »Was war es, Minnie?«

»Nichts«, sagte sie wieder, genauso bestimmt. »Es ist jetzt noch etwa zwei Straßen weiter.« Sie versuchte offenbar, das Thema zu wechseln. »Gleich an der South Orange Avenue. Ein großes weißes Zweifamilienhaus an der Ecke.«

»Die Schachtel, die du da hingebracht hast, die war von deiner Mutter?«

»Sie hat Jackson gehört, wie ich schon sagte.« Plötzlich ging sie in Abwehrstellung. »Bloß ein paar Sachen, die sie für ihn aufbewahren sollte. Irgendwelchen Kram, den er nie wieder abgeholt hat, nicht mal nach ihrem Tod letztes Jahr.«

»Du weißt nicht, was das für Sachen waren? Was in der Schachtel war?«

»Ich würde nie etwas aufmachen, das jemand anders gehört«, sagte sie und zog selbstgerecht die Augenbrauen hoch. Dann schloss sie die Augen, als würde sie beten. »Das geht nur meine Mutter und Jackson etwas an. Nur diese beiden. Ich hatte damit nichts zu tun, und ich hatte Achtung vor meiner Mutter und Achtung vor Jackson Tate. Es war sowieso nur ein Haufen Zeitungsartikel. Nur ein

Haufen amtlicher Unterlagen, die für andere völlig ohne Belang waren.«

»Demnach war deine Mutter eng mit Jackson befreundet?« Jetzt bohrte ich an einer anderen Stelle, da ich mich fragte, wie eng die Freundschaft zwischen ihrer Mutter und Tate wohl gewesen war.

Ob Jackson Tates »Sohn« womöglich eine Tochter war?

»Willst du wissen, ob Mama und Jackson etwas miteinander hatten?«, fragte sie, als könne sie Gedanken lesen. »Yeah, sie sind mal miteinander gegangen, Jahre nachdem sie sich von meinem Vater getrennt hatte.« Wieder blickte sie starr geradeaus; ihre Miene verriet nichts.

»Nachdem Jackson aus dem Gefängnis kam?«

»Woher weißt du das denn?« Jetzt sah sie mich mit großen Augen an. »Es wissen nicht viele Leute darüber Bescheid. Er hat sich richtig geschämt dafür. Keine Ahnung, warum er sich so geschämt hat, dass er im Gefängnis war. Jeder macht mal einen Fehler. Und heutzutage stecken die ja so viele Männer für nichts und wieder nichts hinter Gitter, dass sich die meisten schon gar nicht mehr darum kümmern. Jackson wollte nicht, dass irgendwer erfährt, dass er gesessen hat, so viel steht fest. Aber das ist jetzt wohl so ziemlich egal, nicht?«

»Ja. Ich glaube schon. Jackson hat gesagt, du wärst mit ihm verwandt. ›So gut wie verwandt‹«, bohrte ich weiter.

»Hat er das gesagt?«

»Yeah.«

»Warst du so gut wie verwandt mit ihm?«, fragte ich, jetzt noch drängender. »Oder warst du mit ihm *verwandt*, Minnie? Bist du seine Tochter?«

Minnie fiel vor Schreck in ihren Sitz zurück und funkelte mich an, als hätte ich den Verstand verloren.

»Seine Tochter?«, fragte sie mit erhobener Stimme. »Jackson Tates Tochter? Du meinst, ich bin Jackson Tates Tochter? Wer hat dir denn so eine Lüge erzählt?«

»Also …«

»Was hast du gesagt, womit du dein Geld verdienst?« Sie zog ihre künstlich verlängerte Haarpracht mit einem heftigen Ruck nach vorn und setzte ein belustigtes Grinsen auf. »Du willst rausfinden, wer Lincoln Storey ermordet hat, und hast nichts Besseres vorzuweisen, als dass ich Jackson Tates Tochter bin?«

»Also, ich wollte nicht …«, sagte ich in dem Bemühen, etwas von meiner Würde zu retten.

»Nein, ich bin nicht Jackson Tates Tochter«, fiel sie mir barsch ins Wort. »Du kannst Jackson nicht besonders gut gekannt haben, wenn du mir solche Fragen stellst. Er hat – hatte – einen Sohn und keine Tochter. Seine Frau ist abgehauen und hat einen anderen geheiratet, als er im Gefängnis saß, und sie hat dem Jungen nicht mal gesagt, wer sein richtiger Vater ist. Er durfte nicht mal seinen Namen tragen.« Minnie schüttelte traurig den Kopf, als quäle sie allein schon der Gedanke daran. »Jackson und sein Sohn waren gerade dabei, sich miteinander auszusöhnen, vor ganz Kurzem erst, und das nach so langer Zeit.«

»Wer ist sein Sohn?«

»Brandon Pike«, sagte Minnie, als ich vor ihrem Haus anhielt. »Und dem muss jetzt jemand beibringen, dass sein neugefundener Daddy tot ist.«

15

Blut ist dicker als Wasser, aber manchmal ist es nicht so dick, wie man meinen sollte. Manchmal ist es so dünn, dass es nicht mehr bedeutet als den Fleck, der entsteht, wenn es vergossen wird. Wenn ich an Bindungen denke, die eben *nicht* verbinden, an eine solche Verquickung von Wut und Liebe, dass es schier unbegreiflich scheint, dann fällt mir meine Mutter ein. An sie dachte ich, als ich jetzt zu Brandon Pike fuhr.

Minnie hatte gesagt, jemand müsse ihm beibringen, dass sein Daddy tot war, und mir war sofort klar, dass dieser Jemand ich sein würde. Das war ich Jackson Tate schuldig. Doch es gab noch einen anderen Grund, und der beschäftigte mich auf dem Weg zur James Street, wo Brandon Pike nach wie vor wohnte. Ich wollte sehen, was sein Blick verriet, wenn ich ihm mitteilte, dass sein Vater ermordet worden war.

Als ich das erste Mal mit Brandon Pike schlief, da träumte ich, er sei ein Gespenst, ein Spuk wie die Erscheinungen in den Geschichten, mit denen uns meine Großmutter immer in Angst und Schrecken versetzte. Ich hatte die Hand ausgestreckt, um ihn zu berühren, um die glatten, strammen Muskeln an seinem Rücken zu streicheln, und da hatten meine Finger durch ihn hindurch gegriffen und direkt an das weiße Betttuch gefasst, das ihn einhüllte wie ein Leichentuch.

Hellwach und voller Angst hatte ich mich kerzengerade hingesetzt, ich war so kalt wie das Betttuch, das ich im Traum mit der Hand gestreift hatte. Brandon lag neben mir, warm und ganz eindeutig am Leben. Er schlug die Augen auf, musterte mich neugierig und zog mich dann zu sich herunter, berührte meine Lider sacht mit der Zungenspitze, und der Traum war so rasch verschwunden wie meine Angst.

Damals kannte ich ihn erst etwa drei Monate lang und war doch felsenfest entschlossen, in dieser Nacht mit ihm ins Bett zu gehen. Ich lebte schon anderthalb Jahre ohne Beziehung. Schlimmer noch, ich hatte nicht einmal jemanden kennengelernt, mit dem ich eine Beziehung hätte haben mögen. Mein Leben war ein ziemlicher Scherbenhaufen.

Etwa zwei Jahre zuvor hatte ich aus Stolz und prinzipiellen Erwägungen bei der Polizei von Belvington Heights gekündigt und sehr bald festgestellt, dass ich mit Stolz und prinzipiellen Erwägungen mein Kind nicht ernähren konnte. Fast hätte ich wegen meiner Steuerschulden das von meinen Eltern geerbte Haus verloren und stand bei Jake so hoch in der Kreide, dass ich sechs Richtige im Lotto gebraucht hätte, wenn ich meine Schulden je zurückzahlen wollte. Doch jedes Mal, wenn ich drauf und dran war, DeLorca in den Hintern zu kriechen, um meinen Job wiederzubekommen, beschloss ich, noch einen Tag zu warten, und dann wurde eine Woche daraus und dann ein Monat, und das führte mich schließlich zu Brandon Pike.

Wir lernten uns bei einem Existenzgründungsseminar

kennen (das ich bitter nötig hatte) und tauschten freundliche Blicke und Visitenkarten aus; Hayle Investigative Services Inc. hörte sich gesprächsweise solider an, als es in Wirklichkeit war. In der Woche darauf rief mich Brandon an und lud mich zum Mittagessen ein, um mir ein Geschäft vorzuschlagen.

Wie sich herausstellte, hatte er etwas Geld für einen kurzen Dokumentarfilm über Schwarze bei der Polizei bekommen und wollte zeigen, was sie sich von ihren Brüdern in Uniform und sogar manch einem Brother, der ebenso schwarz ist wie sie, alles gefallen lassen müssen. Er brauchte eine Fachberaterin, eine Expertin, die sich in der abgeschotteten, geheimen Welt der Polizei genau auskannte. Wir besiegelten unsere Abmachung am gleichen Abend per Handschlag und mit einem Glas Wein zum Essen. Die Abendessen wurden bald ausgedehnter, und der Wein floss reichlicher.

Alle Männer, die ich bis dahin gekannt hatte, waren meinem Vater ähnlich gewesen: Sie gebrauchten bei der Arbeit ihre Hände und sparten sich Kopf und Herz für den Sonntagsgottesdienst und die Liebe zu einer guten Frau auf. Brandons Arbeit war geistiger Natur, so sagte er jedenfalls. Er war Künstler – der Erste, den ich so richtig persönlich kennenlernte – und gab mir das Gefühl, eine wunderbare Frau zu sein, so etwas wie Aretha Franklins »natural woman«. Ihm vertraute ich mein Wissen, meinen Körper und meine Seele mit Freuden an. Es dauerte viel zu lange, bis ich begriff, dass sein Interesse an mir im gleichen Maß abnahm wie sein Bedarf an meinem beruflichen Rat.

Soweit ich mich erinnern konnte, hatten wir nur einmal

über unsere jeweilige Familie geredet. Nachdem wir etwa zwei Monate lang zusammen waren, lernte er Jamal kennen. Es erstaunte mich, dass er sich unbeholfen gegen jede nähere Beziehung zu meinem Sohn sträubte. Auf meine Fragen hin erklärte er mir, er habe Schwierigkeiten, sich auf andere Menschen einzulassen, vor allem auf Kinder. Sein eigener Vater sei tot, erklärte er mir, und im Haus seines Stiefvaters habe er eine Außenseiterrolle gespielt. Er hatte nur seine Mutter gehabt, und auch sie war gestorben, deshalb trug er ständig eine unerfüllbare Sehnsucht mit sich herum.

Ich hatte dieses Bedürfnis, das dem meinen so ähnlich war, vom ersten Moment an gespürt, und nach seinem Geständnis empfand ich das noch stärker. Sein Talent, sein Stil und sein zügelloser Ehrgeiz hatten mich für ihn eingenommen. Doch geliebt hatte ich ihn um seiner Verletzlichkeit willen, der Eigenschaft, die er an sich selbst am wenigsten mochte.

Er verließ mich, ohne dass es Streit oder böse Worte gegeben hätte, es gab keine hässlichen Szenen, an denen ich mich hätte hochziehen können, es gab nur unbeantwortete Anrufe, kommentarlos nicht eingehaltene Verabredungen, gleichgültiges und liebloses Verhalten – das Zerrbild einer Beziehung in einer Zeit meines Lebens, wo ich das ganz und gar nicht gebrauchen konnte, und das wusste er auch. Ich war mit genügend Männern hereingefallen, um auf der Hut zu sein, doch Brandon hatte sich mit allzu großer Leichtigkeit in mein Herz geschlichen und mich mit einer Verbitterung zurückgelassen, die mich noch immer erschreckt.

Ich schaute auf die Uhr in meinem Wagen; sie zeigte halb

zwölf an, und mir fiel ein, dass ich Jamal anrufen sollte. Ich machte in letzter Zeit so viel Wind darum, dass er mir sagte, wo er hinging und wann er nach Hause kommen würde, und ich wusste, dass er sich um mich Sorgen machte, wenn ich noch spät unterwegs war. Außerdem wollte ich ihm sagen, dass er bei Annie übernachten sollte. Eigentlich sah ich keine Gefahr für ihn, aber mir war nicht klar, was hier vor sich ging und wer noch alles mit hineingezogen würde, und wenn ich selbst mit hineingezogen würde, wollte ich Jamal möglichst weit weg wissen.

Ich hielt an einer Telefonzelle neben einer durchgehend geöffneten Fischbratbude, die sich Bensen's nannte, und als mir der Duft knusprig gebratener Meerbrassen mit dem erdigen Aroma des im Hintergrund köchelnden Kohlgemüses vermischt in die Nase stieg, da begann mein Magen zu knurren. Ich rief Jamal an und sagte ihm, dass es spät würde, und dann Annie, die ich bat, keine großen Fragen zu stellen und ihn abzuholen. Danach rief ich bei Brandon an, dessen Nummer ich zu meinem eigenen Erstaunen noch immer im Kopf hatte.

Es klingelte viermal, dann schaltete sich ein Anrufbeantworter ein, und eine blecherne mechanische Stimme teilte mir mit, dass sein Band voll war; sie verwies mich an eine andere Nummer, die ich als den Anschluss erkannte, den er für seine beruflichen Angelegenheiten benutzte. Auf dem Grund meiner Handtasche stöberte ich noch eine Fünfundzwanzig-Cent-Münze auf und wählte rasch die zweite Nummer, wo ich erfuhr, dass Mr. Pike erst Montagvormittag wieder im Büro sein würde.

Frustriert knallte ich den Hörer auf und beschloss, nach

Hause zu gehen und alles Weitere der Polizei zu überlassen, bis mir einfiel, dass die Polizei nicht so gut über Tates nächste Angehörige informiert war wie ich. Wenn Minnie heute Abend nichts verraten hatte, würde sie jetzt wahrscheinlich auch nicht bei der Polizei anrufen und es erzählen. Brandon würde wie jeder andere in Essex County aus *The Star-Ledger* von dem Mord an seinem Vater erfahren. Brandon fühlte ich mich in keinster Weise verpflichtet, doch Jackson Tate war ich diesen letzten Gefallen schuldig – meines Vaters wegen und für all das »Puddin'« hier und Augenzwinkern da, die mich zum Lachen gebracht hatten, seit ich denken konnte.

Also stieg ich wieder in meinen Wagen, fuhr die Central Avenue hinunter und bog dann in die Washington Street ein, von der die James Street abgeht. Es war sowieso fast um die Ecke. Ich hatte beschlossen, ihm meine Visitenkarte mit einer Nachricht an die Tür zu stecken, was eine gewisse Ironie an sich hatte, da so unsere Bekanntschaft ja ursprünglich einmal zustande gekommen war.

Die James Street, die etwa vier Häuserblocks lang und vom Newark Museum wie auch dem ehrwürdigen Ballantine House zu Fuß erreichbar ist, war zu meines Bruders Zeiten einmal eine heruntergekommene Ansammlung eintöniger Mietshäuser aus dem vorigen Jahrhundert.

»Die kleinen Brothers da hatten es faustdick hinter den Ohren damals, als ich noch jung war«, sagte er immer, wenn ich von der Straße sprach. »Einmal haben diese kleinen Luder mich, stell dir vor – *mich,* Johnny R. Hayle –, nachts von einer Party bis nach Hause verfolgt.« Und dann stieß er ein brüllendes Gelächter aus, das tief unten aus dem

Bauch kam und ganz oben im Kopf herausplatzte, und ich lachte mit und malte mir aus, wie mein großer Bruder mit schreckgeweiteten Augen und wehendem Mantel anderthalb Straßen weit um sein Leben rannte.

Das war mein Bild von der James Street, bis ich Brandon kennenlernte und meinte, genau wie die Straße wäre auch ich ein paar Klassen aufgestiegen. Die Gegend hatte immer noch etwas Altmodisches an sich, doch jetzt hatten sie gut betuchte Freunde der Stadt wieder in Besitz genommen, die entschlossen waren, dem Viertel zu seinem früheren Glanz zu verhelfen. Brandon hatte sich dort als einer der Ersten eine Bleibe gekauft und die riesige Dreizimmerwohnung im Dachgeschoss eines renovierten Backsteinhauses mit dem stilsicheren Blick eines Künstlers und dem geschäftstüchtigen Sinn eines Geizkragens eingerichtet, was mir ebenso imponierte wie alles andere an ihm. Doch als ich seine Wohnung zum ersten Mal betrat, hatte ich mich einen flüchtigen Moment lang gefragt, was wohl aus den Kindern geworden war, die meinen Bruder nach Hause gejagt hatten.

Beim Einparken befand ich, der freie Parkplatz sei ein Wink Gottes; es war richtig, dass ich zu Brandons Wohnung ging. Außerdem kam Licht aus seiner Dachgeschosswohnung. Im Fotofach meiner Brieftasche fand ich eine schmuddelige Visitenkarte und kritzelte eine Nachricht darauf, dass er mich anrufen sollte, wobei ich das Wort »umgehend« unterstrich, um meinem Anliegen Nachdruck zu verleihen. Ich strich meine Büronummer durch und schrieb meine private Telefonnummer hin für den Fall, dass sein Gedächtnis nicht ganz so gut war wie meins.

Am Eingang brannte Licht, und ich drückte auf den ersten Klingelknopf, auf dem »Tilsen« stand. Ein älterer Mann, dessen Stimme sich nach ein bis zwei Schachteln Marlboro pro Tag anhörte, öffnete das vergitterte Fenster und spähte hinaus. Um seinen Hals meinte ich den Kragen eines grün-seidenen Morgenrocks zu erkennen.

»Yeah?«, rief er durch das Gitter.

»Entschuldigen Sie bitte, Mr. Tilsen. Ich möchte zu Brandon Pike.«

»Der ist nicht da.«

»Wer ist es denn, Walter?«, hörte ich eine hohe Frauenstimme aus dem Inneren der Wohnung rufen.

»Irgendeine Frau, die zu Pike will!«, schrie er zurück.

»Sag ihr, er ist verreist.«

»Brandon Pike ist verreist«, erklärte er schroff. »Was wollen Sie denn von ihm?«

»Ich bin Tamara Hayle. Ich bin Privatdetektivin«, antwortete ich rasch, da ich nicht länger als unbedingt nötig »irgendeine Frau« bleiben wollte. Ich zog eine zweite Visitenkarte aus der Brieftasche und hielt sie ihm hin. Er warf einen Blick darauf und gab sie mir dann zurück.

»Kann ich von hier aus nicht lesen«, sagte er, als sei das meine Schuld. »Was wollen Sie denn von Pike?«

»Ich bin in einer ausgesprochen tragischen Sache hier«, bedeutete ich ihm gewichtig. »Eine Familienangelegenheit.«

»Tragisch? Sagten Sie, Sie sind von der Polizei?«

»Nein«, sagte ich ohne weitere Erklärung.

»Warum erledigt das nicht die Polizei?« Er musterte mich noch einmal argwöhnisch und stellte die nächste

Frage, noch ehe ich antworten konnte. »Warum rufen Sie ihn nicht an und sprechen ihm eine Nachricht auf den Anrufbeantworter?«

»Ich bin mit ihm befreundet«, entgegnete ich, was hoffentlich seine erste Frage zufriedenstellend beantwortete. »Und sein Anrufbeantworter ist voll. Ich konnte ihm keine Nachricht hinterlassen.«

»Das ist das Blöde an diesen verdammten Apparaten. Dann warten Sie doch, bis er wieder da ist.«

»Es geht um etwas, das er bestimmt so bald wie möglich von jemand erfahren will, den er kennt«, erläuterte ich.

»Tja, er ist nicht da. Was soll ich da machen?«

»Ich würde Ihnen gern meine Karte hier lassen, damit Sie sie ihm geben können, wenn das ginge.«

»Sie haben gesagt, Sie sind Detektivin. Ist das so was wie Polizei?« Er überlegte einen Moment. »Er kommt erst in ein, zwei Tagen zurück. Ich glaube, er hat was von Freitagabend gesagt.«

»Wäre es irgendwie möglich, dass ich Ihnen meine Karte dalasse, damit er sie bekommt?«

»Warten Sie mal.« Er machte das Fenster zu, schloss die Haustür auf und streckte die Hand durch den Spalt. »Geben Sie mir die Karte«, befahl er.

Ich reichte sie ihm rasch, denn jetzt wollte er bestimmt die darauf angegebene Telefonnummer überprüfen. Ich war froh, dass jemand von Karens Auftragsdienst da sein und den Anruf entgegennehmen würde. Nach kurzer Zeit machte er mir mit dem Summer die Tür auf und wartete im Flur auf mich.

»Sie haben rund um die Uhr auf? Das will was heißen«,

sagte er bewundernd. »Gehen Sie ganz nach oben rauf, da wohnt er. Vielleicht kriegt er die Karte schneller, wenn Sie sie da oben lassen. Ich und meine Frau, wir müssen beide zur Frühschicht unten in South Jersey sein, da müssen wir gegen drei Uhr früh hier los. Wenn er nachts nach Hause kommt, schlafen wir immer schon. Ich wollte gerade einschlafen, da haben Sie blöderweise angefangen zu klingeln.«

»Tut mir leid, dass ich Sie behelligen musste«, bat ich unterwürfig um Verzeihung, während ich schon die Treppe hinauflief.

»Schlagen Sie die Haustür ordentlich hinter sich zu, wenn Sie gehen, damit sie ins Schloss fällt. Wenn ich ihn sehe, sag ich ihm, dass Sie da waren.«

Als ich oben angekommen war, klemmte ich die Karte hinter den Messingklopfer an Brandons Tür und vergewisserte mich, dass sie nicht runterfallen konnte, dann rannte ich hinaus und knallte die Tür hinter mir zu, wie Tilsen mir aufgetragen hatte.

Draußen nieselte es, es war eine diesige und trüb-kalte Nacht. Bevor ich ins Auto stieg, sah ich mich mehr aus Gewohnheit noch einmal um. In Gedanken holte ich mir schon ein Dorsch-Sandwich an der Fischbratbude und womöglich noch eine Portion Käsemakkaroni oder etwas von dem Gemüse dazu, falls da Putenfleisch statt Schweinshachse drin wäre. Ich hatte den ganzen Tag noch nichts gegessen und spürte das langsam im Magen.

Da fiel mein Blick plötzlich auf den schwarzen Honda. Der Regen glitzerte auf der schnittigen Motorhaube und den protzig goldenen Luden-Zierleisten, sodass er glänzte, als hätte man ihn gerade erst aus dem Vorführraum gefahren. Er stand etwa zwei Straßenecken weiter am Bordstein, als hätte ihn jemand schlampig und in aller Eile einfach so abgestellt.

Ohne den anderen Wagen aus den Augen zu lassen, stieg ich in mein Auto und rechnete jeden Moment damit, dass sich vor oder hinter mir etwas bewegen könnte. Ich fuhr langsam auf den Honda zu und spähte angestrengt in die dunklen Fenster, doch durch die getönten, regenfeuchten Scheiben war fast nichts zu erkennen. Soweit ich feststellen konnte, war niemand in oder an dem Wagen zu sehen. Ich fuhr einmal um den Block herum und parkte dann zwei Autos dahinter ein, weil ich wissen wollte, ob wohl jemand aus einem Haus herauskommen und einsteigen würde. Doch niemand kam, und nach etwa zehn Minuten stieg ich aus, um mir den Wagen einmal anzuschauen.

Ich hatte so halb erwartet, dass sich der Honda meinetwegen von selbst in Bewegung setzen würde, doch er blieb ruhig stehen. Außer meinen Schritten war auf der Straße kein Laut zu hören. Mir fiel auf, dass der Hinterreifen an der Gehwegseite platt war. Vorne war anscheinend die Stoßstange an einer Seite abgegangen. Ich trat zweimal dagegen und dann aus lauter Wut noch ein drittes Mal; schließlich wusste ich ja, warum das Auto so aussah. Bei der Erinnerung an die nächtliche Verfolgungsjagd gab ich dem Reifen einen solchen Tritt, dass mir der Fuß wehtat; ich führte mich auf wie ein ungezogenes Kind, das einen Koller hat und gegen die Wand trampelt.

Die Straße war immer noch menschenleer, als ich zu meinem Auto zurückging, um die Taschenlampe zu holen. Als ich sie anknipste, stellte ich dankbar fest, dass die Batterien noch geladen waren. Ich kehrte zu dem Honda zurück und richtete den Lichtstrahl in den beigefarbenen Innenraum, um etwas zu finden, das mir verraten würde, was ich wissen wollte. Dieses Etwas entdeckte ich vor dem Rücksitz auf dem Boden: zwei Blechbüchsen, die aussahen wie Wagenräder, wie man sie zum Aufbewahren von Filmen nimmt. Da wusste ich, dass der Verdacht stimmte, der mir beim Anblick des Autos sofort gekommen war.

»Ich verfluche dich, Brandon Pike«, murmelte ich. »Ich wünsch dich zur Hölle!«

Ich knipste die Taschenlampe aus und ging zu meinem Auto zurück, wobei ich ihn mit den unflätigsten Ausdrücken bedachte, die mir nur einfielen. Bei dem Gedanken, dass er es war, der mich damals von der Straße abdrängen wollte, wurde mir regelrecht übel. Eine solche Gewalttat traut man doch keinem zu, den man an seinem Leben hat teilhaben lassen. So etwas traut man einem namenlosen Unbekannten zu, der von Dope high ist oder schon immer verrückt war, und mir wurde flau und elend, als hätte mir jemand etwas Wertvolles geraubt. Einen kurzen Moment lang war mir zum Heulen zumute; ich hatte einen solchen Kloß im Hals, dass ich nicht mehr schlucken konnte. Aber ich verdrängte das wieder. Verdammt noch mal – ich würde mich doch davon nicht zum Heulen bringen lassen.

Ich weiß nicht, wie lange ich da in meinem Auto saß und den Honda anstarrte, zu wütend, um nach Hause zu fahren, mir ein Glas Brandy einzuschenken und das Ganze zu vergessen. Dafür saß der Zorn zu tief; er brannte mir in der Seele.

Normalerweise tue ich nichts, was mich ins Gefängnis

bringen kann. Dazu kenne ich das System zu gut und weiß, wie es sich seine Opfer und Sieger ohne jede erkennbare Gerechtigkeit sucht. So viel Verstand habe ich schon, dass ich keinen Schabernack treibe mit dem Gesetz. Doch erst Jacksons Tod und dann noch Brandons Auto, und beides auf einen Schlag – das hatte mich in ein tiefes Loch geworfen, das ich noch nicht kannte und hoffentlich nie wieder kennen lernen würde.

Dieser Mensch ist mir vollkommen fremd.

Wenn er so niederträchtig war, dass er mich von der Straße abdrängen wollte, überlegte ich, dann war ihm auch anderes zuzutrauen, und zwar Dinge, die ich ihm nie und nimmer zugetraut hätte. Und jetzt lag es an mir, die Wahrheit darüber herauszufinden, bevor es zu spät war. Mit der Taschenlampe in der Hand ging ich zum Kofferraum und holte die Zigarrenkiste heraus, die früher einmal Randy gehört hatte.

Ich ging zu dem Backsteinhaus zurück und klingelte zweimal an der Tür. Als Tilsen sein Fensterchen aufmachte, rief ich ihm zu, ich hätte irgendwo im Treppenhaus meinen Autoschlüssel verloren, und bat ihn, mich noch einmal hereinzulassen, damit ich ihn suchen könnte. Er unterdrückte ein Gähnen, überlegte kurz und ließ mich dann mit dem Summer ein. Ich stieg geräuschvoll die Treppe hoch, zählte bis hundert, ging geräuschvoll wieder hinunter, machte die Tür auf und knallte sie so laut wieder zu, dass Tilsen es hören konnte. Dann schlich ich mich zu Brandons Wohnung zurück, brach mit dem Stahlhaken und einem Schlüsselrohling sein schäbiges Türschloss auf und spazierte seelenruhig in seine Wohnung wie ein geladener Gast.

16

Eine nackte Glühbirne, die in einer altmodischen Fassung in der Küche hing, warf einen gespenstischen Schein durch die ganze Wohnung. Ich musste zweimal an dem Griff drehen, bevor die Tür richtig zuging. Das Schloss hatte ich ohne Mühe aufgebrochen, es dabei aber gleich ganz kaputt gemacht. Ich hatte immer gehört, Schlösserknacken sei ein Kinderspiel, man müsse nur das nötige Feingefühl mitbringen – die Sensibilität eines Chirurgen oder eines Musikers. Die Spannung müsse stimmen, und die beweglichen Teile müssten so harmonisch ineinandergleiten, dass der Mechanismus einrastet, »so ähnlich wie beim Vögeln«, hat mir ein alter Knacki mal erklärt. Dass ich das Ding kaputt gemacht hatte, zeigte deutlich, wie viel mir noch zur Berufsverbrecherin fehlte, und als mir die Folgen meines Tuns aufgingen, verblasste der kurze Glanz meines Erfolgs als angehende Schlösserknackerin.

Tilsen würde den Verdacht sofort auf mich lenken, wenn Brandon ihm erzählte, dass bei ihm eingebrochen worden war. Einbruch ist ein Verbrechen. Ich könnte meine Zulassung verlieren. Und wofür? Für Hinweise, die ich nicht verwenden konnte, ohne zuzugeben, dass ich hier gewesen war. Ich hatte leichtfertig alles aufs Spiel gesetzt, was mir wichtig war.

Vielleicht sollte ich mich (wenn Brandon oder die Polizei mich schließlich zur Rede stellte) erst einmal damit herausreden, dass ich das aufgebrochene Schloss entdeckt hätte, als ich meine Karte hinterlassen wollte. Aber Tilsen hatte die Tür zuschlagen hören, als ich das zweite Mal »wegging«. Selbst wenn ich mich jetzt davonmachte, ohne die Wohnung überhaupt zu betreten, würde der Verdacht immer noch zuerst auf mich fallen. Verzweifelt erkannte ich, dass ich wahrscheinlich nur dann eine echte Chance hätte, wenn ich hier etwas fand, das Brandon so belastete, dass er der Polizei lieber nichts von meinem Besuch erzählte.

Ich schaute auf die Uhr. Mitternacht. Das Klügste wäre – wenn es in diesem dämlichen Schlamassel, in das ich mich selbst hineingeritten hatte, überhaupt noch etwas Kluges gab –, mich hier bis drei Uhr versteckt zu halten, wenn Tilsen und seine Frau zur Frühschicht aufbrachen. Dann könnte ich mich mit allem, was ich an Beweismaterial gegen Brandon gefunden hatte, ebenso heimlich davonstehlen, wie ich mich hier eingeschlichen hatte. Doch wonach suchte ich eigentlich? Ich konnte nur hoffen, dass mir das Entscheidende nicht entging.

Die Wohnung sah im Großen und Ganzen noch genauso aus, wie ich sie in Erinnerung hatte. Der Flur war lang und schmal und führte zu einer winzigen Küche mit Essplatz auf der linken Seite, wo das Licht herkam, das ich von der Straße aus gesehen hatte, und dann weiter zu dem Wohnzimmer mit dem hübschen doppelten Erkerfenster. Das Bad und die beiden Schlafzimmer, von denen das größere als Brandons Büro und Atelier diente, lagen im hinteren Teil der Wohnung. Jedes der beiden Zimmer hatte einen kleinen eingebauten Kleiderschrank, und zwischen dem Wohnzimmer und den beiden anderen Zimmern war ein riesiger begehbarer Wandschrank, in dem Brandon seine Wintermäntel und Anzüge aufbewahrte.

Ich ging an der Küche vorbei durch das Wohnzimmer zu der langen marineblauen Ledercouch vor dem Fenster und war froh, dass die Jalousien zugezogen waren. Ich setzte mich, zog die schwarzen Pumps aus und stopfte sie mit den Spitzen voran in meine Schultertasche. Dass Tilsen meine Absätze im oberen Stock klappern hörte, hätte mir gerade noch gefehlt. Vor der Couch lag noch immer der antike blau-rote Perserteppich; ich war dabei gewesen, als Brandon ihn einer reichen Witwe für ein paar hundert Dollar und der Aussicht auf Karten für die Vorführung eines seiner Dokumentarfilme im Sundance Film Institute abschwatzte. Mit perverser Neugier überlegte ich, wie viele andere Frauen er wohl dort auf dem edlen Flor noch gevögelt hatte.

An der anderen Wand stand nach wie vor das Rollpult aus Eichenholz, das er abgebeizt und neu lackiert hatte, während ich ihn von meinem Platz auf der Couch aus bei Laune hielt. Auf Zehenspitzen trat ich an das Bücherregal und den Schrank mit dem Fernseher und der Stereoanlage und ließ den Blick über die verschiedenen Film- und Fotobände gleiten, die sich dort in den Regalen stapelten.

Die Wände waren grellweiß gestrichen, wodurch die dramatischen Dogon-Skulpturen und die großformatigen schwarzweißen Standfotos aus seinen Dokumentarfilmen besonders gut zur Geltung kamen. Mir fiel auf, dass keine Bilder aus *Slangin' Rock* darunter waren.

Der flammende Zorn von vorhin war jetzt verraucht, meine Verletztheit erträglicher geworden, da ich nun meinerseits ihn verletzt hatte. Auf dem Weg ins Schlafzimmer schaute ich noch einmal auf die Uhr. Es war Viertel nach zwölf. Der Raum war unverändert bis auf die Farbe, die jetzt ebenso hellweiß war wie in der übrigen Wohnung. Das riesige Bett, in dem wir uns geliebt hatten, stand noch da, und auf dem Boden lag noch derselbe weiße Zottelteppich. An der Wand gegenüber hing ein vergrößertes Foto von Alexa Storey. Ich blieb einen Moment davor stehen und schaute es unverwandt an, von seiner Eindringlichkeit gebannt.

Sie wirkte jung, fast noch wie ein Teenager, und überaus verletzlich. Brandon war es eindeutig gelungen, ihr Wesen einzufangen, wie ihm das bei seinen Modellen stets gelang und auch bei den Kids in *Slangin' Rock* gelungen war. Auf diesem Bild verrieten Alexas Augen ein schmerzliches Verlangen, eine wehmütige Erwartung, die zwangsläufig enttäuscht werden musste. Doch das Eindrucksvollste und zugleich Verstörende an dem Foto war ihre Mundpartie. Sie zeugte von einer spöttischen Wut, einem Zorn, der dicht unter der Oberfläche brodelte, und es lag eine tiefe Traurigkeit in diesen Augen, die einen nicht mehr losließen. Wie oft hatte ich es schon erlebt, dass solche Gefühle sich verbanden und in mörderischer Raserei zum Ausbruch kamen?

Ich schaute gründlich und systematisch unter dem Bett, im Schrank und in den Schubladen nach, förderte aber nichts zutage. Als ich mit dem Schlafzimmer fertig war, ging ich in das Büro, wo ich die Schubladen und den Terminkalender ebenso sorgfältig in Augenschein nahm. Schließlich wandte ich mich dem Badezimmer zu und betrachtete Brandons Ordnungsliebe mit neidischen Augen. Als ich ihn kannte, war er stets zwanghaft auf Ordnung bedacht gewesen und hatte immer alles genau auf seinen Platz zurückgestellt. Zuerst fand ich das hinreißend und beeindruckend; am Ende war mir seine Pingeligkeit nur noch fürchterlich auf die Nerven gegangen.

Es war jetzt ein Uhr. Ich ging in das Wohnzimmer zurück und ließ mich auf die Ledercouch fallen; nun merkte ich, dass ich im Grunde todmüde war und dass ich den ganzen Tag über keine ruhige Minute gehabt hatte, um einmal Revue passieren zu lassen, was ich nun wusste und was nicht.

Ich brauchte Zeit, um nachzudenken, meine Gedanken zu ordnen, mich an den Computer zu setzen, meine Datei aufzurufen, mir die Listen anzusehen, die Ereignisse zu verarbeiten und mir einen Reim darauf zu machen, wie sich das für einen Profi gehört, statt blind in der Wohnung eines Exfreundes herumzustolpern, ohne zu wissen, was ich dort eigentlich suchte.

Wenn ich hier raus war, beschloss ich, wollte ich das Ganze erst einmal einen Tag lang ruhen lassen. Ich würde Annie bestechen, damit sie mir ein Alibi gab, wenn die Polizei wissen wollte, was ich in dieser Nacht getan hätte, bis ich mit Brandon reden konnte. Natürlich musste ich ihm das mit seinem Vater erzählen, doch im Augenblick hatte ich andere Sorgen, als Brandon Pike Kummer zu ersparen.

Vielleicht sollte ich zuerst einmal alles mit Jake durchsprechen, mir bei ihm eine kostenlose Rechtsberatung holen und dann DeLorca in meinen Verdacht gegen Brandon und die Gründe dafür einweihen. Auch wenn mir noch wesentliche Teile zu dem Mosaik fehlten, wusste ich doch mehr als gestern. Es gab Gründe genug, außer Tasha noch verschiedene andere zu verdächtigen. Und eines wusste ich ganz genau: dass Brandon Pike mich mit seinem Auto bedroht hatte, um mich einzuschüchtern oder gar zu töten. Hier musste doch etwas zu finden sein, das für die Polizei von Nutzen wäre. Yeah, mit meinem Einbruch hier hatte ich mich strafbar gemacht, aber ich wäre schließlich nicht die Erste, die durch die Maschen des Gesetzes schlüpfte.

Ich weiß nicht genau, warum mir auf einmal Brandons Revolver einfiel – der Gedanke war plötzlich da wie ein Fluch oder ein Gebet. Er war nicht in dem Rollpult gewesen, wo er sonst immer lag. Ich fragte mich, ob er ihn jetzt irgendwo anders aufbewahrte oder sich schließlich doch von ihm getrennt hatte.

Es war ein .45er-Colt, und Brandon behauptete, er hätte ihn sich angeschafft, weil es ihm gefiel, eine Waffe zu besitzen, die genauso hieß wie eine Biermarke, obwohl er ganz bestimmt kein Biertrinker war. Den Revolver hatte er sich praktisch aus Jux bei einem Händler besorgt. Er war ja schon fast eine Antiquität, ein Sammlerstück.

Das Einschussloch von Jackson Tate hätte von einem .45er-Revolver stammen können. Doch würde Brandon seinen eigenen Vater umbringen? Ich hatte keine Ahnung, wie ihre Beziehung ausgesehen hatte. Als Brandon mir am vergangenen Montag in das Auto fuhr, hatte er wie unter Schock gewirkt. War er womöglich wütend auf Tate? Wenn der Revolver hier wäre, hätte das auf jeden Fall etwas zu bedeuten, und wenn nicht, dann hätte es auch etwas zu bedeuten.

Ich machte mich wieder auf den Weg ins Schlafzimmer, um mich dort noch einmal umzusehen, und dieser Plan gab mir neue Energie. Doch dann hörte ich ausgerechnet das Geräusch, das ich jetzt auf keinen Fall hören wollte. Ich blieb wie angewurzelt mitten im Zimmer stehen, mir stockte der Atem, sodass ich meinte, ich bekäme keine Luft mehr.

»So ein Scheißkerl. Verdammter Mist!« Brandon stürmte wüst fluchend herein – er hatte gemerkt, dass irgendein »Scheißkerl« in seine Wohnung eingebrochen war. Ich hörte, wie er wohl einen Koffer mit dumpfem Knall auf den Boden warf, noch ein-, zweimal an dem Schloss rüttelte und dann in seiner Wut mit aller Macht gegen die Tür trat.

In dem kurzen Augenblick, als er da am Eingang stand und den »Scheißkerl« mit allen möglichen unchristlichen Namen belegte, schoss ich in den Wandschrank zwischen Schlafzimmer und Wohnzimmer; mein Herz klopfte so stark, dass ich kaum denken konnte. Ich hörte, wie er die Tür krachend hinter sich zuschlug und dann in das Zimmer trat, das ich eben verlassen hatte.

Ich ließ mich so leise wie möglich auf den Boden des Wandschranks gleiten. Die dort hängenden sechs langen Mäntel würden mich zumindest einen Moment lang verdecken. Ich dankte Gott, dass der Brother ein eingefleischter Modenarr war. Bei dem Geruch von Mottenkugeln und alter Wolle wurde mir leicht übel. Ich machte die Augen zu und gab mir alle Mühe, den Brechreiz zu unterdrücken.

Als ich sie wieder aufmachte, konzentrierte ich mich auf den dünnen Lichtstreifen unter der Schranktür. Ich hörte Brandon vorbeirennen, erst zum Badezimmer hin und dann wieder in einen anderen Teil der Wohnung. Wahrscheinlich ging er systematisch die Zimmer durch, um zu schauen, was da fehlte. Wie lange würde es dauern, bis er zu mir kam, überlegte ich.

Das Telefon klingelte, und ich hörte, wie er den Hörer abnahm. Ich strengte mich an, um die einseitige Unterhaltung zu verstehen.

»Yeah«, sagte Brandon mürrisch.

»Yeah. Ich hab das verdammte Flugzeug verpasst. Und dann ist jemand bei mir eingebrochen!«

»Yeah, glaubst du diesen Mist?«

»Was ist denn, Baby?«

(Pause) »Alexa, zieh keine voreiligen Schlüsse. Alexa!« (Lange Pause) »Wie kannst du nur so etwas von mir glauben?« (Noch längere Pause) »Baby, beruhige dich! Glaubst du wirklich, ich würde dir so etwas antun?«

»Heute noch?« Das klang ärgerlich, erschrocken. »Nein, natürlich nicht. Hier ist niemand außer mir. Okay.

Yeah. Ich muss sowieso warten, bis das gottverdammte Schloss repariert ist.«

»Yeah. Klingel zweimal, damit ich weiß, dass du es bist, wenn ich auf den Knopf drücke.«

»Bis dann.«

»Ich liebe dich auch.«

Er knallte heftig den Hörer auf.

»Das hat mir gerade noch gefehlt!«, hörte ich ihn in die vermeintlich leere Wohnung brüllen. »Das hat mir gerade noch gefehlt, verdammt noch mal! Verfluchte Scheiße! Warum muss so was immer mir passieren?«

Dann warf er den Koffer auf den Fußboden, er schlitterte über den Boden und krachte gegen meine Schranktür. Ich erstarrte, und ein kalter Schauder lief mir über den Rücken.

In dem Moment wusste ich, dass ich zwei Möglichkeiten hatte. Entweder ich blieb hier drin und wartete, bis Brandon die Tür aufmachte und mich wie eine Blöde hinter seinen stinkenden Mänteln hocken sah. Oder ich konnte alles auf eine Karte setzen. Ihn überrumpeln. Aufstehen, rausgehen, mich vor ihm aufbauen und ihn anbrüllen, weil er mich von der Straße abdrängen wollte.

Frechheit siegt meistens, und es gehörte schon eine ordentliche Portion Frechheit dazu, hier aus dem Schrank rauszukommen und mich vor den Mann hinzustellen, als sei er derjenige, der sich bei *mir* zu entschuldigen hatte. Doch wenn ich mich einigermaßen würdig aus der Affäre ziehen wollte, blieb mir keine andere Wahl. Und eins brannte mir vor allem auf der Seele: Ich musste so schnell wie möglich hier raus. Also setzte ich auf diese Karte – ich richtete mich auf, strich meinen Rock glatt, räusperte mich und kam dann hocherhobenen Hauptes aus dem Schrank, als hätte ich jedes Recht der Welt dazu. Brandon saß auf der Couch, den Kopf in den Händen vergraben.

»Hallo, Brandon«, sagte ich und ging so lässig auf ihn zu, als hätte ich ihn gerade getroffen, wie er am Obststand bei Pathmark an einer Grapefruit herumdrückt. Er sprang auf, stieß sich das Knie am Couchtisch an und fluchte vor Schmerz. Einen Moment lang glaubte ich, er würde in Ohnmacht fallen, was unter den gegebenen Umständen das Beste wäre, was ich mir erhoffen konnte. Ein Ausdruck von Verblüffung zeigte sich auf seinem Gesicht, während er versuchte, sich einen Reim auf das Ganze zu machen. Mit dem wachsenden Verständnis gewann er auch die Fassung zurück; jetzt stand der alte Brandon vor mir, kalt wie eine Eisbombe.

»Tamara Hayle.« Er sprach den Namen aus, als sei er die Antwort auf eine Frage. »Nun hast du dich also auf Einbruch verlegt. Hätt ich dir gar nicht zugetraut. Ich hätte dir mehr Stil zugetraut.«

»Und ich hätte dir mehr Stil zugetraut, als mich von der Straße abzudrängen.«

»Wovon redest du?« Ich sah ihm an, dass er genau wusste, wovon ich redete. Als ich direkt auf ihn zuging, verriet seine Miene erst Erschrecken, dann Angst und schließlich Verstörtheit, während er zu erraten versuchte, was ich wohl als Nächstes tun würde. Mir war schmerzlich bewusst, wo die Wohnungstür war und wie weit ich es bis dahin hatte.

»Du hättest dein Auto nicht direkt vor der Wohnung abstellen sollen. Die Polizei weiß, wie dein Auto aussieht. Die findet es genauso problemlos wie ich«, sagte ich mit gespielter Zuversicht. Das war schwach, aber ich baute darauf, dass er auch nicht klar denken konnte.

»Einbruch ist ein Verbrechen, das solltest du eigentlich wissen.« Er kam mit einem aufgesetzten Lächeln auf mich zu, das ich ihm abgenommen hätte, wenn ich ihn nicht so gut gekannt hätte. Ich wich einen Schritt zurück und hatte solches Herzklopfen, dass ich Angst hatte, er könnte es hören.

»Das Schloss war schon aufgebrochen, als ich hier ankam, Brandon«, sagte ich, ohne ihn aus den Augen zu lassen. »Ich bin erst seit ein paar Minuten hier. Dein Nachbar, Mr. Tilsen, hat mich reingelassen. In der Küche brannte Licht, darum nahm ich an, dass du zu Hause bist. Ich dachte, du schläfst oder dir wär vielleicht – Gott behüte! – etwas zugestoßen. Darum bin ich ganz nach hinten durchgegangen, als ich die Tür offen stehen sah. Ich konnte ja nicht ahnen, dass du gar nicht da bist. Ich hab meine Visitenkarte an die Tür gesteckt, du kannst ja nachschauen. Gott sei Dank, dass dir nichts passiert ist!

Denk doch mal nach, warum sollte ich bei dir einbrechen und meine Visitenkarte an die Tür stecken? Ich hab dich hier draußen am Telefon gehört, und da bin ich rausgekommen, aber das ist noch lange keine Entschuldigung für das, was du mir angetan hast, du elendes Schwein. Was fällt dir ein, dass du mich von der verdammten Straße abdrängen wolltest?«

Ich plapperte wie aufgezogen drauflos und fuchtelte wild mit den Händen herum, während ich eine Lüge und Halbwahrheit nach der anderen von mir gab. Brandon musterte mich unschlüssig, den Kopf ein wenig zur Seite gelegt wie jemand, der meint, man will ihn übers Ohr hauen. Er ging noch einen Schritt auf mich zu.

»Du glaubst wohl, das geschieht mir recht, nicht wahr?«, fragte er scheinheilig. »Dass du in meine Wohnung einbrichst und mir solche Beschuldigungen an den Kopf wirfst.«

Jetzt standen wir uns auf einen halben Meter Entfernung gegenüber. Ich wollte nicht zur Tür hinübersehen, aber mir war klar, wie lange ich dorthin brauchen würde. Außerdem war mir klar, dass ich erst einmal auf Brandon losgehen und ihn außer Gefecht setzen musste, bevor ich mich aus dem Staub machen konnte. Ein schneller Tritt in die Leistengegend würde genügen, dachte ich, aber dann fiel mir ein, wie kräftig er war. Ich schob mich einen Schritt weiter vor, einen Fußbreit näher zur Tür hin. Er blieb, wo er war.

»Du musst mich wirklich hassen. Ich kann es bei jedem Blick in deinen Augen lesen. Und wahrscheinlich nehm ich es dir nicht mal übel, Tamara. Wahrscheinlich kann ich es dir nicht mal übel nehmen.«

»Ich weiß nicht, wovon du redest.«

»O doch. Wir wissen es beide. Ich hab mir doch genauso gewünscht wie du, dass es mit uns klappt.«

»Mein Gott, Brandon. Das ist drei Jahre her. Das tut doch jetzt überhaupt nichts zur Sache.« Ich war ehrlich verblüfft. Für wie blöd hielt er mich? Wollte er mir wirklich wieder damit kommen?

»Das sagst du nur so, ich weiß.«

»Du kennst mich nicht richtig, Brandon.«

»Ich hab dich mal gekannt.«

»Das hast du dir eingebildet. Und ich habe mir eingebildet, dass ich dich kenne. Jedenfalls habe ich mir eingebildet, ich würde dich gerne kennen.«

Diesen letzten Satz sprach ich nur zögernd aus, obwohl er ein Körnchen Wahrheit enthielt. Ich wusste nicht recht, was er da mit unserer Vergangenheit und meinen Gefühlen im Schilde führte, aber ich habe noch nie einen Mann gesehen, dem es nichts ausmacht, wenn eine Frau ihm einen Orgasmus vortäuscht oder ihm nicht mehr nachtrauert, und Brandon war noch mehr von sich eingenommen als die meisten anderen Männer. Außerdem hatte mich die Neugier gepackt.

»Brandon, was war eigentlich mit uns los?« Das kam ungewollt traurig heraus, oder vielleicht war da mehr Verletztheit im Spiel, als ich mir eingestehen wollte, selbst nach drei Jahren.

»Du hast ja keine Ahnung, wer ich wirklich war, was für eine Leere ich in mir hatte«, entgegnete Brandon mit einer Aufrichtigkeit, die mich erschreckte. »Ich hab dir einen Gefallen getan, als ich mich von dir zurückgezogen hab, glaub mir.« Doch dann veränderte sich sein Blick, er kniff kaum merklich die Augen zusammen, als sei ihm etwas eingefallen, und legte mir ganz sacht die Hände auf die Schultern. Ich zuckte instinktiv zurück, doch er ließ nicht von mir ab. Mir war nicht klar, ob jetzt wirklich seine Gefühle mit ihm durchgingen oder ob er einfach ahnte, dass ich zur Tür flüchten wollte. Doch ich spürte die Spannung in seinen Händen und wusste, dass er notfalls alles im Griff hätte.

»Mir steht die Scheiße bis zum Hals, Tamara«, wisperte er, und aus seinen Augen sprach eine Furcht, bei der es mir kalt über den Rücken lief. »Es gibt nicht viele Frauen, denen ich das verraten würde, aber eine davon bist du. Mir steht die Scheiße bis zum Hals, und ich weiß nicht, was ich noch machen soll.« Seine Stimme zitterte wie bei einem Kind, und der Griff um meine Schultern wurde fester. Ich wollte seine Hände abschütteln, aber er ließ einfach nicht los.

»Hast du Lincoln Storey umgebracht?« Ich platzte damit heraus, ohne die Folgen zu bedenken, und kaum hatte ich es ausgesprochen, wurde mir klar, wie dumm das gewesen war, wo ich so ganz allein mit ihm dort stand und seine

Hände auf meinen Schultern lagen – nah genug, dass er mir den Hals umdrehen konnte.

Er nahm hastig die Hände herunter, als hätte er meine Gedanken gelesen. »Wenn das alte Schwein etwas gegen jemanden in der Hand hatte, dann hat er ihm keine ruhige Minute mehr gelassen. Er hat ihn gepeinigt bis aufs Blut. Hat es ihm bei jeder Gelegenheit wieder unter die Nase gerieben. Hat Witze darüber gerissen. Hat sich darüber lustig gemacht. Er war ein Sadist, Tamara. Weißt du, was das bei einem Menschen anrichten kann? Dass es ihn völlig fertigmacht? Dass es ihn dazu treibt, Dinge zu tun, die er normalerweise nicht tun würde?«

»Auch einen Menschen umzubringen?«

»Auch einen Menschen umzubringen.«

»Er wusste das mit *Slangin' Rock,* den Kids da in deinem Film, nicht wahr?«

»Yeah. Er wusste es.«

»Hast du ihn umgebracht?«, fragte ich noch einmal, diesmal ohne Furcht.

»Ich hätte es tun können, Tamara, aber ich war es nicht.«

Etwas an der Art, wie er das sagte, rief mir in Erinnerung, was ich damals so an ihm geliebt hatte: diese unendliche Verletzlichkeit, die ich auch von mir selbst kannte.

»Du wolltest den Mörder schützen, als du versucht hast, mich von der Straße abzudrängen?« Ich kannte die Antwort bereits, die einzig mögliche Antwort.

Er konnte mir nicht in die Augen sehen. Zuerst schaute er an die Decke, dann über meinen Kopf hinweg. »Ich wollte dir nicht wehtun. Es war einfach eine spontane Idee. Ich wollte schnell etwas unternehmen. Es war dumm von mir, schlicht und einfach dumm! Aber ich war außer mir, und ich hatte Angst. Ich würde dir nie derart wehtun. So tief bin selbst ich noch nicht gesunken.«

»Aber doch so tief, dass du Kindern beibringst, wie man mit Drogen dealt?« Die Frage konnte ich mir nicht verkneifen, aber er nahm es standhaft, und ohne mit der Wimper zu zucken, hin.

»Yeah, Baby. So tief, dass Kinder von mir lernen können, wie man mit Drogen dealt. Wenn du den Scheiß vergisst, vergess ich das da.« Er machte eine Handbewegung zu der Wohnungstür mit dem aufgebrochenen Schloss hin, und plötzlich sprach er so vertraulich und verschwörerisch mit mir wie jemand, der Gemeinheiten über einen Freund weitererzählt. »Wenn du die Geschichte mit dem Auto vergisst, dann vergess ich auch, dass du hier bei mir eingebrochen bist. Und ich hab dich nicht von der Straße abgedrängt, Tamara. Es waren doch nur ein paar Stupser, stimmts? Hätte ich dich von der Straße abdrängen wollen, dann hätte ich das auch geschafft, ich habs aber nicht getan. Ich war verzweifelt, und ich hatte Angst – hast du das noch nie erlebt? Wenn du das vergisst, dann vergess ich auch, dass du heute hier eingebrochen bist. Ich weiß nämlich, dass du es warst, Tamara, und ich weiß auch, dass du dann deine Zulassung los wärst. Eine Hand wäscht die andere. Das sind wir einander schuldig. Ich bin nämlich nicht mehr derselbe wie damals, als du mich kanntest, Tamara, noch nicht mal derselbe wie vor einem halben Jahr. Ich seh jetzt allmählich einen Sinn in allem. Es ist alles anders geworden. Es ist etwas passiert, das mein Leben verändert hat!«

»Du hörst dich an wie ein Gauner, der plötzlich fromm

geworden ist. Komm mir jetzt nicht auf die moralische Tour, Brandon, ich glaub, das halt ich nicht aus.«

Zorn und dann Gekränktheit blitzten in seinen Augen auf. »Ach, dann scheiß drauf, Tamara. Im Grunde kümmert es mich einen Dreck, ob du mir glaubst oder nicht.«

»Es ist höchst unwahrscheinlich, aber versuchs doch mal«, sagte ich, diesmal freundlicher.

»Ich hab ihn mein ganzes Leben lang gesucht«, antwortete er.

»Jackson Tate?«

»Meinen Vater.«

»Storey hat Jackson mit seiner Vergangenheit erpresst, nicht wahr?«

»Yeah.«

»Und mit dir, wegen *Slangin' Rock*.«

Er seufzte und ließ traurig und beschämt den Kopf sinken. »Yeah, und mit mir auch.«

»Und das soll ich jetzt alles vergessen, Brandon?«, sagte ich sanft. »Wenn ich vergesse, dass du mich umbringen wolltest oder anstupsen oder wie immer du es nennen willst, dann vergisst du auch, dass ich bei dir eingebrochen bin. Verbrechen gegen Verbrechen, und alles aus alter Freundschaft?«

»Tamara, mach dich nicht lustig …«

»Und Tasha lassen wir dabei einfach draufgehen. Soll sie doch für den Rest ihres Lebens im Gefängnis sitzen.«

Er starrte mich verständnislos an.

»Jackson hat dir erzählt, dass er Lincoln Storey umgebracht hat, als ich dich damals bei Tate gesehen habe, wo du mir ins Auto gefahren bist; du bist dann zurückgekommen, um mir eine Todesangst einzujagen – war es nicht so? *Du* warst das am Telefon, während ich bei ihm war und mit ihm gesprochen habe, nicht Minnie, wie er mir weismachen wollte. Er hat sich dermaßen schuldig gefühlt, dass du Angst hattest, er würde mir auch alles verraten.«

»Ich hatte ihn gerade erst gefunden, da wollte ich ihn nicht gleich wieder verlieren.« Aus Brandons Augen sprach abgrundtiefe Traurigkeit. »Ich wollte, dass du ihn in Ruhe lässt, Tamara. Er ist das Einzige, was meinem Leben jetzt noch einen Sinn gibt.«

Da zögerte ich und überlegte, wie ich diesem Menschen beibringen sollte, dass sein Vater tot war. Das erforderte eine Abgebrühtheit, die ich wohl doch nicht besaß. Ich suchte nach Worten, erwog das eine oder andere und verwarf es wieder. Doch bevor mir etwas Vernünftiges einfiel, hörten wir ein Geräusch, das uns beide aufschrecken ließ. Es war ein Schlüssel, der mit Gewalt in das kaputte Schloss gesteckt wurde, dann das Tap-Tap-Tap von Absätzen, während eine Frau mit lautem und schnellem Schritt über den harten Holzfußboden ging.

17

Ihr Parfüm verriet mir, wer es war, noch ehe ich ihr Gesicht sah. Es war die Duftnote meiner Mutter, und die jähe Erinnerung an ihre Grausamkeit durchfuhr mich wie ein Messerstich. Dann ging plötzlich alles so glatt auf, dass ich mich wunderte, wieso ich nicht früher darauf gekommen war.

Als Daphne Storey uns sah, blieb sie abrupt stehen, ebenso überrascht über dieses Zusammentreffen wie wir. Ihre Augen wurden schmal, während sie zu begreifen versuchte, weshalb ich hier war und warum Brandon noch in seiner Wohnung war, wo er doch verreist sein sollte. Doch dann zeigte sich etwas Verschlagenes in ihrem Blick, und sie schlüpfte mit der Selbstsicherheit einer Frau, die weiß, dass sie alles im Griff hat, aus ihrem grauen Wildledermantel.

»Ich kam gerade aus der Stadt zurück, da hab ich bei dir Licht gesehen. Ich hab mir gedacht, ich schau mal auf gut Glück herein. Ich bin so froh, dass du da bist.« Sie beantwortete Brandons Frage, noch ehe er sie gestellt hatte und ohne mich eine Sekunde aus den Augen zu lassen. Sie legte ihren Mantel sorgfältig zusammen, hängte ihn über den Schreibtischstuhl und kam auf uns zu. Doch die zum Mantel passenden weichen Wildlederhandschuhe behielt sie an und drückte ihre große schwarze Coach-Tasche eng an sich.

Als sie bei Brandon war, nahm sie seine Hand, schloss die Augen und küsste ihn sanft auf die Lippen, ein Kuss, der ebenso ungezwungen wie leidenschaftlich war. Da wusste ich, dass sie beschlossen hatte, ich würde nicht mehr so lange leben, dass ich erzählen könnte, was dieser Kuss verriet, und mir wurde schwindlig vor Angst.

Brandon, der sich offensichtlich überrumpelt fühlte, war die Enthüllung ihrer Beziehung nicht so angenehm wie ihr; er schloss die Augen keineswegs und wich etwas zurück.

»Ich habe das Flugzeug verpasst. Jemand ist bei mir eingebrochen«, erklärte er, wobei er leicht verstört wirkte.

»Und dieser Jemand war Ms. Hayle?«, fragte Daphne mit einem vorwurfsvollen Blick in meine Richtung, als hätte sie mich gerade beim Beschmieren der Wände mit obszönen Ausdrücken ertappt.

Er gab keine Antwort, und ich überlegte, ob er ihr die Lüge abnahm, dass sie auf dem Weg von New York City hier vorbeigekommen wäre. Ich aber kannte die Wahrheit, und die sah so aus, dass sie den .45er zurückbringen wollte, den sie sich ausgeliehen hatte, um Jackson Tate zu ermorden. Diese Wahrheit durfte Brandon nicht erfahren. Diese Wahrheit könnte mir aber auch das Leben retten, wenn ich sie im geeigneten Moment ins Spiel brachte. Im Augenblick wollte ich sie so sorgsam hüten wie Daphne ihre Tasche.

»Jetzt steht dir die Scheiße wirklich bis zum Hals, nicht wahr, Brandon?«, fragte ich nach einer Weile. Er schaute etwas unsicher drein. »Ich hab dir ja einiges zugetraut, Baby, aber dass du es mit Mutter und Tochter gleichzeitig treibst? Brandon, das muss selbst für dich eine Premiere sein, das muss ich dir lassen, Brother …«

»Halt den Mund«, sagte Daphne gleichmütig, ohne die Stimme zu erheben.

»Es ging die ganze Zeit um euch beide, stimmts?«, fragte ich. »Das wollte Lincoln Storey herausbekommen. Er wusste, wenn ich Brandon beschatte, dann führt er mich früher oder später an dein Bett. Das konnte er dann gegen dich verwenden, wie es ihm passte. Wir wissen doch beide, dass es in Wirklichkeit gar nicht um Brandon ging, nicht wahr?«

»Ich hab meinen Mann nicht umgebracht, wenn du das meinst. Die Polizei glaubt mir das. Selbst Stella Pharr glaubt es mir. Es gibt keinerlei Beweise, dass ich etwas mit seinem Tod zu tun habe.« Bei Stellas Namen zögerte Daphne kurz, und das verriet mir, warum Lincoln Storey ermordet worden war. Ich sah Brandon an, doch sein Gesicht war so starr wie eine Maske; er hatte die Augen niedergeschlagen, die Lippen fest zusammengepresst.

»Du hast ihn vielleicht nicht umgebracht, aber du hattest zweifellos deine Hand im Spiel, nicht wahr?«

»Ich weiß nicht, wovon du sprichst.« Jetzt ärgerte sie sich, und ich überlegte, wie weit ich noch gehen konnte, bevor sie den unausweichlichen Schritt tat.

»Du weißt nicht, wovon ich rede.« Ich wandte mich an Brandon. »Hast du heute schon mit deinem Vater gesprochen?«, fragte ich mit unschuldigem Lächeln. »Ruf ihn doch mal an. Er würde dich sicher gern wissen lassen, was so passiert ist.«

Sie zuckte leicht zusammen, fasste sich aber gleich wieder. »Was soll das heißen?«, fragte Brandon, und jetzt verriet seine unbeteiligte, kühle Miene Unruhe.

»Ich komme gerade von deinem Vater«, sagte Daphne, womit sie mir das Wort abschnitt. »Wir haben zusammen in einem neuen Lokal in der 145. Straße zu Abend gegessen. Von da komme ich eben. Ich soll dir ausrichten, dass er dich morgen im Lauf des Tages anruft. Er meint, wir sollten uns mal alle drei zum Mittagessen treffen.«

»Was für ein Zufall«, sagte ich mit hinterhältigem Lächeln. »Ich hab Jackson am frühen Abend noch gesehen. Er hat aber nichts davon gesagt, dass er sich mit Brandon zum Mittagessen treffen will und mit jemand anders auch nicht.«

Brandon sah mich fragend an. Daphne kniff die Augen zusammen und versuchte wohl herauszufinden, was ich im Schilde führte. Ihre haselnussbraunen Augen hatten sich verdüstert.

Ich warf einen raschen Blick zu der Tür am anderen Ende des Flurs und überlegte, ob ich es schaffen könnte. Sie waren jetzt zu zweit, aber ich beschloss, es darauf ankommen zu lassen. Ich bewegte mich auf die Tür zu. Doch sie war ebenso schnell wie ich. Lautlos und elegant zog Daphne den Revolver aus der Tasche.

»Bleib bitte stehen, genau da, wo du jetzt bist.«

Brandon war als Einziger überrascht, dass sie seinen .45er in der Hand hielt. »Stell dich dahin, wo du vorher warst. Du gehst da jetzt nicht weg.«

»Woher …«

»Aus deinem Schreibpult.«

»Was geht hier vor, Daphne?«

»Begreifst du nicht, Brandon? Deine Lady meint, sie muss mich umbringen.«

»Was redet sie da, Daphne?«

»Er soll es nicht wissen, stimmts? Jedenfalls jetzt noch nicht. Erst wenn die Polizei bei ihm an die Tür klopft«, sagte ich zu ihr, als sei Brandon gar nicht da.

»Halt den Mund«, fuhr sie mich an, und der veränderte Ausdruck ihrer Augen sagte mir, dass sie es ernst meinte. Sie hatte sich vor uns beide hingestellt, doch die Waffe war auf mich gerichtet.

»Ein Einbruch. Wir stellen es als Einbruch hin.«

»Ich will aber nicht, dass du sie umbringst«, sagte Brandon. »Ich sehe nicht ein, warum du sie umbringen musst. Ich …«

»Die mit der Waffe in der Hand hat immer das Sagen, und das ist nun mal eindeutig deine Lady, da ist es egal, wer hier deiner Meinung nach bisher den Ton angegeben hat, Baby, jetzt bestimmt sie«, unterbrach ich ihn, und er wich vor ihr zurück und rückte näher zu mir. Daphne sah, wie er sich auf mich zubewegte, und lächelte, den Kopf auf die Seite gelegt, als wolle sie ihn necken.

»Brandon, ich erschieß dich schon nicht«, sagte sie wie ein kleines Mädchen. »Du weißt doch, dass ich dich nicht erschießen will. Aber sie weiß einfach zu viel. Deshalb kannst du mich nicht aufhalten.«

»Was weißt du?«, fragte Brandon mich.

»Mehr als er«, sagte ich zu Daphne Storey.

»Was soll das? Daphne, wie meint sie das?«

»Also, fangen wir mal da an, wo dieses ganze Schlamassel begonnen hat, damit, was wir *alle* wissen. Wir wissen, dass zu einem Mord immer dreierlei gehört – Motiv, Gelegenheit und Methode. Und inzwischen wissen wir alle, wer davon profitiert hat oder zu profitieren meinte, wer wusste, wie man es anstellen kann, und wer die Gelegenheit dazu hatte, denn wenn er die Mordwaffe – ausgerechnet einen Kochlöffel – in der Hand hielt, würde sich niemand etwas anderes dabei denken, als dass dieser Jemand seinen Job tut.

Wir wissen alle, wie man einen Menschen umbringen kann, ohne direkt eine Waffe in der Hand zu haben oder den Löffel zu halten, der Erdnussbutter in einen Bohnendip rührt, und wie leicht sich eine Ehefrau vergewissern kann, ob ihr Mann auch wirklich alles bei sich hat – den Mantel, die Aktentasche oder eben das kleine Kästchen mit Adrenalin, das ihm das Leben rettet, wenn er einen Happen von dem Einzigen auf der Welt schluckt, das ihn so sicher erledigt wie ein .45er-Revolver.«

Brandon schaute von mir zu Daphne, und seine Stimme zitterte, als er dann sprach. »Du und mein Vater, ihr habt das zusammen ausgeheckt.«

»Man nennt das vorsätzlichen Mord«, sagte ich. »Wann hast du mit Jackson angefangen, das Ganze zu planen? Nachdem dir klar wurde, dass es Lincoln ernst war mit Stella? Ich möchte wetten, es war gar nicht so schwer, nachdem ihr einmal rausgefunden hattet, wie man es anstellen kann, wie leicht Tate sich auf einer Party voller Menschen in seine eigene Küche schleichen und das Nötige tun kann und wie einfach der Verdacht auf Tasha Green zu lenken wäre.«

»Das saugt sie sich alles aus den Fingern«, sagte Daphne, klang aber selbst nicht recht überzeugt.

»Warum willst du sie dann umbringen?« Brandon schaute Daphne an, als erwarte er tatsächlich eine Antwort.

»Mit dem Tod meines Mannes hab ich nichts zu tun«, sagte sie mit großen, unschuldigen Augen, die ihn anflehten, ihr zu glauben. »Ich liebe dich, Brandon. Ich will, dass du glücklich bist. Jackson hat Lincoln umgebracht, genau wie er es dir erzählt hat. Frag Jackson, wenn du ihn siehst.«

»Da möchte ich gerne Mäuschen spielen«, sagte ich.

»Das Geld gehört jetzt uns«, sagte sie zu Brandon.

»Uns?«, fragte ich sarkastisch.

»Du weißt, wie sehr ich dich liebe, was ich geopfert habe für unsere Beziehung«, sagte Daphne in flehendem Ton. »Ich hab meine eigene Tochter hintergangen, Herrgott noch mal!«

»Yeah, sie hat dich wirklich ins Herz geschlossen, Brandon. Wenn sie mich jetzt mit deinem Revolver erschießt, Brandon, was glaubst du wohl, hinter wem sie dann her sind? Was meinst du, was du noch von ihrer Liebe und ihrem Geld hast, wenn du erst im Gefängnis sitzt, weil du mich ja erschossen hast?«

»Es war ein Einbruch. Das bezeuge ich. Ich sag, wir beide waren zusammen hier. Da ist sie eingebrochen. Du hast sie erschossen. Oder sie war schon hier, als wir ankamen, und sie werden mir glauben, denn mit Geld kann man alles kaufen, mit Geld lässt sich alles regeln.«

Brandon machte einen Schritt auf sie zu, und sie wich zurück und hielt nun die Waffe auf uns beide gerichtet. War sie jetzt so weit, fragte ich mich, den letzten Schritt zu tun, die Sache abzuschließen? Zwei Morde – einer an mir und einer an Tate – und ein Selbstmord – Brandon Pike – und keine Spur, die zu ihr führte. Was sie Jackson Tate an Geld gegeben hatte – die »Aktien und Wertpapiere«, die er verkaufen wollte, wie er Minnie erzählt hatte –, das hatte sie ihm sicher bar auf die Hand gegeben. Auf Alexa würde der Verdacht noch eher fallen als auf Daphne, denn sie würde genauso davon profitieren wie ihre Mutter. Und da Brandon Alexas Freund war, würde man wohl eher ihre Tochter als sie selbst verdächtigen.

»Gib den Revolver her, Daphne«, sagte Brandon plötzlich. Ihm war aufgegangen, auf welch schwachen Füßen seine Beziehung zu ihr stand. »Gib ihn sofort her.«

Sie wich vor ihm zurück, ohne den Griff der behandschuhten Hand um die Waffe zu lockern.

Und da ertönte der Summer, zweimal, ohne abzusetzen. Brandon schnappte vor Schreck nach Luft. Daphnes Hand klammerte sich noch fester um den Revolver.

»Wer?«, zischte sie mit großen Augen hervor, nur dieses eine Wort. »Wer?«

»Alexa«, antwortete Brandon.

»Warum?«, verlangte sie zu wissen, die Augen plötzlich schreckgeweitet.

»Sie hat vorhin angerufen. Sie weiß über uns Bescheid.«

»Mach nicht auf. Sie wird schon weggehen, wenn du nicht aufmachst. Geh nicht da ran!«

»Willst du uns alle drei erschießen? Ist Lincoln Storeys Geld das alles wert?«, fragte ich sie. Sie beachtete mich nicht; ihr Gesicht verriet eiserne Konzentration, als könne sie durch bloße Willenskraft ihre Tochter zum Verschwinden bringen.

Es läutete jedoch wieder mehrfach hintereinander, und dann hörte man Tilsens Glocke einmal, dann ein zweites Mal klingeln. Es trat eine kurze Stille ein, bis schließlich ein lauter, langer Summton zu hören war, da Tilsen es offenbar satthatte, dass Pikes Frauen seinen süßen Schlaf störten, und einfach die Tür aufmachte.

»Sie kommt hoch«, sagte Brandon überflüssigerweise zu Daphne. Er rückte ihr näher, doch sie wich ihm aus.

Wir lauschten alle drei, während Alexa die Treppe heraufgerannt kam. Sie klopfte laut an die Tür.

»Brandon?«, rief sie. »Brandon, bist du da? Brandon?« Sie stieß die Tür auf und lief in den Wohnungsflur.

»Er ist hier bei mir«, sagte Daphne Storey mit einem Anflug von Resignation zu ihrer Tochter. »Komm her, Alexa. Ich habe dir etwas zu sagen.«

18

Bei unserem Anblick hob Alexa Storey vor Schreck die Hand vor den Mund, als wolle sie einen Schrei ersticken: Da stand ihr verängstigter Freund, ich, die noch elender aussah als er, und Mama mit einem auf uns beide gerichteten .45er in der Hand. Auf der Suche nach einer Erklärung sah sie uns forschend an, und da fiel mir zum ersten Mal auf, wie zart ihre Finger waren und wie hässlich die gezackte Narbe an ihrem linken Handgelenk aussah.

»Was zum Teufel ist hier los?«, fragte sie schließlich. Daphne bewegte sich etwas und bedeutete ihrer Tochter mit einem Kopfnicken, sie solle sich zu ihr stellen. Alexa zögerte kurz und gehorchte dann schnell. »Deine Mutter ist drauf und dran, uns umzubringen«, erklärte ich ihr. »Auf jeden Fall mich, wahrscheinlich auch ihn und vielleicht sogar dich.«

»Alexa, ich will dir die Wahrheit sagen, denn für etwas anderes habe ich keine Zeit«, sagte Daphne Storey. »Letzten Endes habe ich dir immer die Wahrheit gesagt, nicht wahr, Alexa? Denn du bist das Einzige, was für mich zählt.« Ihre Worte überstürzten sich fast, und ihre Augen glänzten, da ihr die Tränen kamen. Ich fragte mich, welcher Anstrengung es wohl bedurfte, um diese Tränen zustande zu bringen, aber vielleicht waren sie ja tatsächlich echt. Ich dachte an meinen Sohn und wie ich vor ein paar Tagen behauptet hatte, dass ich ihm immer die Wahrheit sagen würde, und ich schämte mich so, dass ich die Augen schließen musste, um diese Scham zu verdrängen.

Wie konnte ich mich so verrennen? Wie konnte ich so verantwortungslos sein?

Ich holte tief Luft und atmete langsam aus, um mich zu beruhigen. Brandon warf mir einen ärgerlichen Blick zu und schaute dann wieder zu der Mutter mit dem Revolver in der Hand und der verwirrten Tochter daneben. Er wirkte wie versteinert, seine Miene war starr, die Hände waren zu Fäusten geballt.

»Ich habe ihn ebenso gehasst wie du«, sagte Daphne zu ihrer Tochter.

»Ich kann nicht glauben, dass du …«

»Sei still und lass mich da anfangen, wo ich anfangen muss.« Die Worte klangen barsch, doch ihr Tonfall war eher kläglich als wütend.

»Ich habe ihn ebenso gehasst wie du, Alexa«, wiederholte sie, und dieser Hass blitzte in ihren Augen auf und war aus ihrer Stimme herauszuhören. »Ich habe ihn gehasst, als ich ihn heiratete, und ich habe ihn gehasst, als er starb. Ich habe es gehasst, wie er dich angeguckt hat, und ich habe es gehasst, wie er mich benutzt und gedemütigt hat.«

Alexa sah Daphne an, als wüsste sie, dass sie log. »Du hast nur gesehen, was du sehen wolltest, und das auch nur dann, wenn es dir passte.«

»Er hat dich nie angerührt.«

»Und wenn schon – hätte das etwas geändert? Hättest du etwas unternommen?«

»Er wollte alles behalten, Alexa. Bis auf den letzten Penny.« Sie warf einen raschen Blick auf die Uhr und schaute dann wieder ihre Tochter an, als habe sie noch etwas auf dem Herzen.

»Seit ich auf der Welt bin, seit dem Tag, als sich mein Daddy eine Kugel in den Kopf geschossen hat …«

»Fang mir nicht davon an!«, warnte Daphne. »Schließlich hat es dir nie an etwas gefehlt, Alexa. Niemals. Dafür habe ich Sorge getragen. Auch wenn die Lügen und Schwächen deines Vaters mich zugrunde gerichtet haben, habe ich doch stets dafür gesorgt, dass du hattest, was ich hatte, womit ich aufgewachsen bin.«

»Darum musstest du Lincoln umbringen.« Alexa schüttelte angewidert den Kopf. »Du hast ihn tatsächlich umgebracht.«

»Hilfreich unterstützt von einem guten Freund«, fügte ich hinzu.

»Du hast selbst gesagt, jahrelang, dass er den Tod verdient hat. Meinst du denn, ich hätte nicht gesehen, mit welchen Blicken er dich manchmal angeschaut hat, wie du ihn gehasst hast, genau wie ich?«, fuhr Daphne fort, ohne meinen Einwurf zu beachten.

»Weißt du, was mit uns passiert wäre, wenn ich es nicht getan hätte? Was aus uns geworden wäre? Was aus dir geworden wäre?«

»Komm mir bloß nicht mit dem Quatsch!«, zischte Alexa und kniff dabei vor Zorn die Augen zusammen. »Wag es bloß nicht, mir mit diesem Scheißdreck von wegen ›Ich habs nur für meine Tochter getan‹ zu kommen!«

Das war wieder die Alexa, die ich am ersten Abend im

Tate's auf der Damentoilette belauscht hatte, die gleiche, die ihre Mutter in ihrem eigenen Haus ein verlogenes Weib nannte, und in Daphnes Augen blitzte der Zorn auf wie damals, doch sie schluckte ihn hinunter; als sie ihr antwortete, war ihre Stimme gefasst.

»Nein«, sagte sie mit einem schwachen Lächeln. »So dumm sind wir beide nicht. Ich hab es auch für mich getan. Weil ich nämlich nicht anders leben kann als so, wie ich immer gelebt habe, wie ich es gelernt habe. Das habe ich gemerkt, als dein Vater zu Tode kam. Darüber bin ich mir jetzt im Klaren. Es ist keine schöne Wahrheit, aber ich bin mir darüber im Klaren.«

»O Gott …« Alexa schlug die Hände vors Gesicht, als beginne sie erst jetzt zu begreifen. »Und Brandon?« Sie schaute zu ihm hinüber und nahm ihn damit zum ersten Mal richtig wahr. »War er der Freund, von dem sie gesprochen hat? Hat er Lincoln umgebracht? Ihr habt die ganze Zeit zusammengesteckt, nicht wahr? Es ging die ganze Zeit um euch beide?«

»Nein«, entgegnete Brandon rasch. »Nein, Alexa. Ich hab ihn nicht umgebracht.«

»Aber es stimmt, das mit euch beiden, nicht wahr?«

»Alexa, ich wollte dir nie wehtun. Ich …«

»Ich verfluche dich, Brandon«, schrie Alexa. »Ich verfluche dich vor Gott! Warum tust du mir das an?«

Vor nicht einmal sechs Stunden hatte ich in fast demselben Ton beinahe die gleichen Worte über Brandon gesagt. »Brandon, schau dich um. Hier stehen drei Frauen. Drei Frauen! Und du hast dich vor jeder einzelnen von uns schuldig gemacht!« Das konnte ich mir nicht verkneifen –

plötzlich ging mir der einzige komische Aspekt dieses ganzen Schlamassels auf.

»Alexa, du wirst mir bestimmt nicht glauben, aber mir liegt viel daran, wie es mit dir, mit mir und deiner Mutter weitergeht. Wenn ich auch nur geahnt hätte, dass du es auf diese Weise erfährst, hätte ich meinen rechten Arm dafür hingegeben, dass du es nicht auf diese Weise erfährst.« Brandon stammelte eine Rechtfertigung und brachte es nicht einmal fertig, seine eigenen Sätze zu Ende zu bringen.

»Er ist es nicht wert«, sagte Daphne leise zu ihrer Tochter und fasste sie an der Schulter. Alexa schüttelte ihre Hand ab. »Er war es nie wert. Das habe ich in der Sekunde erkannt, als er in dein Leben trat. Das war das Einzige, womit Lincoln recht hatte.«

»Und was willst du jetzt machen?«, fragte Alexa ihre Mutter, wobei sie näher an sie heranrückte, als habe sie sich endlich entschlossen, auf welcher Seite sie stand, nämlich auf der mit dem Revolver.

Die eigentliche Frage war eher, wann würde Daphne es tun?, dachte ich bei mir. Ich hatte es gleich beim ersten Mal vermutet, als ich sah, wie sie auf ihre Uhr schaute. Sie wartete darauf, dass Tilsen und seine Frau um drei Uhr aus dem Haus gingen; dann war niemand mehr da und konnte den Schuss hören oder auch nur wissen, wann er gefallen war. Sie schaute wieder auf die Uhr, als hätte sie meine Gedanken gelesen.

»Alexa, hör mir zu. Du musst jetzt gehen. Geh! Nur so kommen wir aus der Sache heraus. Es ist unsere einzige Chance.« Ihre Stimme wurde mit jedem Wort lauter, verzweifelter. Die Hand mit der Waffe begann zu zittern. »Ich bin schon so weit gegangen, dass mir keine andere Wahl bleibt.«

»Es kann auch anders laufen.« Brandon schaute Daphne unverwandt an und legte den Ton in seine Stimme, mit dem er irgendwann einmal jede Frau hier im Zimmer verführt hatte. »Daphne. Ich werde doch nicht meinen eigenen Vater anzeigen«, fuhr er mit gedämpfter Stimme fort, als wäre er mit ihr allein. »Es kann alles so laufen, wie du vorhin gesagt hast – ich komme nach Hause, erschieße eine dunkle Gestalt, die da herumlungert, eine Exfreundin, eifersüchtig, die überhaupt nichts in meiner Wohnung zu suchen hat, die bei mir eingebrochen ist, weil sie dachte, ich wäre nicht da.«

»Na, das gibts doch nicht!«, murmelte ich verblüfft vor mich hin. »Du glaubst wohl, ich steh einfach hier rum und seh zu, wie du mein Leben für deins verschacherst und dich wieder mal bei jemand unter den Rock schleimst!«

»Tu doch was, damit sie mich nicht umbringt«, bat Brandon nun Alexa. »Bitte tu was, damit sie mich nicht umbringt.«

»Das Blut deines Vaters klebt an deinen Händen«, sagte ich gedehnt wie ein Provinzgeistlicher, wenn er in Fahrt ist. »Das Leben von Jackson Tate, Brandon.« Ich machte eine dramatische Pause und zischte die nächsten Worte hervor, als würden sie mir den Mund verbrennen. »Sie hat deinen Vater umgebracht, Brandon. Begreifst du denn nicht? Sie hat ihn mit dem Revolver umgebracht, den sie jetzt zurückbringen wollte. Sie hat ihn gestern Abend in seinem Restaurant erschossen. Sie hat deinen Vater mit *deinem* Revolver ermordet! Überleg mal, Brandon. Hast du ihr nicht das Geständnis deines Vaters verraten? Das hat nämlich sein Schicksal besiegelt. Da wusste sie, dass es nur eine Frage der Zeit ist, bevor er es noch anderen erzählt.«

Ich sah zu, wie er die Augen schloss und sich die Hände über die Ohren legte, als wolle er die Wahrheit nicht hereinlassen, und fragte mich, ob er es nicht im tiefsten Inneren die ganze Zeit über gewusst hatte, ob ich es nur noch laut auszusprechen brauchte, um ihm die Wahrheit vor Augen zu führen. Er stieß einen qualvollen Schrei aus, dann stürzte er sich auf Daphne und packte sie bei den Schultern, ohne sich um den Revolver zu scheren. Sie fiel hintenüber und Alexa beinahe vor die Füße, wobei der Revolver hinter ihrem Kopf auf den Boden knallte. Ich erkannte meine Chance und stürzte darauf zu, doch Alexa war vor mir da.

»Gib den Revolver her, Alexa.« Daphne riss sich von Brandon los und stand blitzschnell auf, streckte die Hand aus und ging auf ihre Tochter zu. »Das Schlimmste ist jetzt vorbei. Gib mir den Revolver wieder, und dann geh, wie ich es dir gesagt habe.« Ihre Stimme war leise und ebenso verführerisch wie die von Brandon. Alexa wich einen Schritt zurück.

Brandon stand auf, klopfte sich die Kleider ab und streckte Alexa die Arme entgegen, wobei er mit den Lippen stumm die Worte formte: »Gib ihn mir.«

Sie schaute zwischen ihrer Mutter und Brandon hin und her, und ihr Blick verriet Abscheu und dann Bestürzung.

»Alle, die ich je geliebt habe, haben mich betrogen«, sagte sie. »Mein Vater, du, Tasha und er auch.« Das kam aus tiefster Seele, und in ihre Augen trat eine Verzweiflung, die ich schon einmal in den Augen eines Menschen gesehen hatte und angesichts deren ich nicht gewusst hatte, was ich dagegen tun sollte.

»Nicht«, bat ich und ging auf sie zu. Meine Stimme kam aus dem Teil meines Herzens, von dem ich glaubte, er sei mit Johnny gestorben. Sie musterte mich, und ihre Lippen öffneten sich leicht, als versuche sie, sich an etwas zu erinnern, das sie vergessen hatte. »Bitte, Alexa, bitte nicht!« Sie gab mir die Waffe, fasste meine Hand und hielt sie fest, wie ein verirrtes Kind die Hand eines Fremden ergreift, weil es weiß, dass es ihm vertrauen kann.

Epilog

Als dann der Frühling in den Sommer überging, hatte ich vielerlei Grund zur Dankbarkeit. Ich war um tausend Dollar und eine Reise nach Jamaika reicher, und das Geschäft lief so gut wie nie zuvor.

Drei Monate lang hatte Wyvetta Green getreu ihrem Motto »Ehre, wem Ehre gebührt« tagtäglich jedem, der es hören wollte, erzählt, dass »Tamara Hayle, Privatdetektivin erster Klasse« ihre kleine Schwester vor »Tod und Verderben« bewahrt hatte, indem sie die Mörderin von Lincoln Storey fasste – und alles innerhalb einer Woche, wie versprochen. Dank Wyvettas Mundpropaganda war dieser Sommer der beste, den ich je erlebt hatte.

Jamal bekam ein Stipendium für das Computer-Camp, in das ich ihn schicken wollte. Alexa Storey übertrug Tate's Restaurant per Schenkung an Tasha, und die verlegte es umgehend wieder nach Newark zurück und nannte es in Tasha's um, nachdem sie Storeys Sohn zur Welt gebracht hatte.

Ich konnte sogar noch Brandon Pike meine Meinung sagen – oder vielmehr, ich ersparte sie ihm. Er schrieb mir einen weitschweifigen Brief von zehn Seiten, in dem er mich für »die kurzen unglückseligen Momente unserer beiderseitigen Verzweiflung« um Verzeihung bat. Doch im letzten Absatz wollte er wissen, ob ich bereit sei, mich für seinen neuen Dokumentarfilm *Lincoln Storey: Ein Porträt aus nächster Nähe* interviewen zu lassen, für dessen Produktion er gerade Förderungsmittel erhalten hatte. Ich kritzelte mit rotem Filzstift »Annahme verweigert – zurück an Absender« obendrauf und beschloss, alles Weitere dem Schicksal zu überlassen. Gottes Mühlen mahlen langsam, doch irgendwann bekommt Brandon Pike seinen gerechten Lohn.

Der Gedanke an Alexa und Daphne Storey aber verfolgte mich bis in den Herbst hinein. Ihre Beziehung hatte die Dämonen meiner Kindheit wieder wachgerufen, und das hatte in mir eine nachhaltige Traurigkeit erweckt, die sich nicht abschütteln ließ.

Ende Oktober traf ich Alexa Storey zufällig in der Short Hills Mall, und wir gingen auf eine Tasse Kaffee ins Au Bon Pain. Wir plauderten eine Weile über dies und das, und sie erzählte mir, sie sei näher zu der Stadt hin gezogen, wo Daphne ihre lebenslängliche Freiheitsstrafe verbüßen würde, damit sie die Mutter häufiger besuchen konnte.

»Wie hast du es geschafft, ihr zu vergeben?«, fragte ich schließlich.

»Mir blieb keine andere Wahl. Ich musste meinen Seelenfrieden finden. Schließlich ist sie ja doch meine Mutter.« Und dann lächelte sie, und zum ersten Mal, seit ich sie kannte, lächelten ihre Augen mit.

An dem Abend suchte ich die hasserfüllten Briefe heraus, die ich vor langer Zeit an meine eigene tote Mutter geschrieben hatte. Ich fand sie ganz unten in der Schublade, in der ich ihre Sachen aufbewahre: die leere Chanel-Flasche, ihren Ehering, die Glückwunschkarten, die ich in der Schule gemalt und ihr nie geschenkt hatte. Noch ein letztes Mal las ich die Briefe durch, und als keine Tränen kamen, trug ich sie in die Küche und verbrannte sie alle nacheinander im Ausguss.

»Ich liebe dich, Mommy«, sagte ich laut und verzieh meiner Mutter wie mir selbst, und dann fand ich endlich Frieden.

Danksagung

Ich danke Faith H. Childs und Stacy Creamer für Zuspruch und Ermutigung; Privatdetektivin Audrey Moore, Sozialpädagogin Janis Spurlock-McLendon, Police Lieutenant Alex Bearfield, Dr. med. Ed McCampbell und Dr. med. Lawrence Robinson für sachkundige Hilfe; den Freunden und Freundinnen im und um das Essence-Team J. Cain, G. Chambers, J. Nelson, J. Nash, P. Hawkins-Bond, B. Little-Virgin, R. Robotham und L. Villarosa für ihre aufmunternden Worte; und schließlich wie immer meinem Mann Richard für seine Liebe.

»Der Diogenes Verlag will durch lesbare Literatur unterhalten, durch Neues vor den Kopf stoßen, aber auch Altes neu entdecken; das ›Neue um des Neuen willen‹ übersehen und so das Modische vom Modernen unterscheiden. So viel wirklich Neues kann es gar nicht geben. Echte Avantgarde, sagt Karl Kraus, ist nichts anderes als der mutige Rückschritt zur Vernunft – und an das Neue, das nur aussieht wie das Alte, muss man sich erst gewöhnen.«

DANIEL KEEL

Krimi
Aus dem Amerikanischen von Gertraude Krueger
288 Seiten
Auch erhältlich als eBook und Hörbuch-Download

Tamara Hayle hat ihren Job als Polizistin an den Nagel gehängt, ihrem Ehemann DeWayne den Laufpass gegeben und schlägt sich alleine als Privatdetektivin auf dem harten Pflaster von Newark, New Jersey, durch. Doch DeWayne, Vater ihres Teenagersohnes Jamal, meldet sich spätestens, wenn er in Schwierigkeiten ist. Terrence, sein Sohn aus einer anderen Beziehung, ist ums Leben gekommen. Nun fürchtet Tamara um ihr eigenes Kind: »Wenn wir abwarteten, bis die Polizei die Sache in die Hand nahm, würde Jamal sterben.«